MAYTE NAVALES

LA ÚLTIMA
BRUJA

ALMUZARA

© Mayte Navales, 2016
© Editorial Almuzara, s.l., 2016

Primera edición: diciembre de 2016

Editorial Almuzara • Novela

Director editorial: Antonio E. Cuesta López
Edición de Ángeles López
Diseño, maquetación: Joaquín Treviño
www.editorialalmuzara.com
pedidos@editorialalmuzara.com - info@editorialalmuzara.com

Imprime: CPI Black Print

ISBN: 978-84-16776-69-6
Depósito Legal: CO-2310-2016
Hecho e impreso en España - *Made and printed in Spain*

Para Miguel

ÍNDICE

Parte
I

1

La mujer se alisó el cabello, negro como el de un cuervo, hasta dejar que rozara su espalda de gata. Satisfecha, se contempló en el espejo: botas de tacón negro hasta la rodilla, caderas de serpiente enroscadas en vaqueros muy ajustados. Labios rojos y grandes; pechos carnosos, turgentes. Tez blanca. Ojos verdes cubiertos por una sombra alargada y negra para emular a las antiguas reinas de Nubia. No, definitivamente no aparentaba más de treinta años.

La caravana estaba desordenada, llena de cachivaches. Frascos, huesos, brebajes, sedas, piedras, esferas de colores y mazos de cartas se desparramaban por los estantes de la *roulotte* como los tesoros acumulados de la cueva de un dragón.

Quizás debiera dormir. Era tarde y al día siguiente le tocaba doble función. Sus compañeros ya descansaban, pero ella tenía malos sueños. Niños quemados en hogueras. Así que, sin pensárselo demasiado, agarró las llaves de su viejo *volkswagen* escarabajo, dio un último trago a su lata de cerveza y descendió las escaleras de la caravana sin hacer ruido. Cerró con llave y, con una piedra blanca recogida del suelo, dibujó un símbolo cruzado en la puerta. Nunca se sabe qué enemigos pueden quedar ahí fuera.

Las luces de la ciudad relucían desde el otro lado de la colina. Era más de medianoche. Desde el campamento, situado a veinte kilómetros del centro urbano, se vislumbraban los rascacielos que guardaban la entrada a la metrópoli. Colosos de cristal que vigilaban un mundo.

Tardó media hora en llegar al centro. No le gustaban las ciudades modernas ni las capitales, detestaba las grandes avenidas y los edificios de cristal tanto como tiempo atrás aborreció las calles enfangadas de barro y orines. Además, todas las ciudades del mundo conservaban calles y edificios que se mantenían en pie con ladrillos que una vez brillaron con el rojo de la sangre recién derramada.

Aparcó el coche y, con tranquilidad, caminó entre los turistas. Varios hombres la silbaron, pero ninguno despertó su apetito. Sin apresurarse, tomó asiento en una cafetería con ventanales a la calle que permitían acechar a los viandantes. Una vieja leona apostada entre matorrales, eso era ella.

Un chico rubio de cabello rizado y labios gruesos alumbraba la noche sentado sobre una barandilla. Era joven y musculoso. Rondaba los veinte años y contemplaba el mundo con ojos rasgados, profundos y verdes. ¿Verdes? No. ¿Azules? No. Un ojo de cada color. ¿Dónde había visto esos ojos antes? ¿Acaso le conocía? No. Y entonces recordó. Vojkan. «No, no es Vojkan —se dijo a sí misma—, tan sólo me recuerda a él».

El joven fumaba un cigarrillo y sonreía a las chicas mientras los jirones del humo de su cigarro se perdían en la noche como serpientes en la maleza. Ellas, vestidas con minifaldas minúsculas y tacones kilométricos, le devolvían la sonrisa y le retaban a seguirlas. De sus muñecas colgaban bolsas de plástico que tintineaban con el entrechocar de vidrios ocultos.

Y cuando el muchacho de la barandilla dio un trago a su cerveza, las nubes que rasgaban los cielos se apartaron para permitir que la luna llena lo iluminara. Bajo su luz, el joven resplandeció en la noche con el añil de los lirios del agua, de las clemátides, de las campanulas, muscaris y lobelias. No eran las luces de neón ni los faros de los coches lo que provocaban el aura azulenca que lo rodeaba, no. La mujer se llevó la mano al rostro y con dedos trémulos se mordisqueó las uñas. «Ahora les llamaban niños índigo», pensó. Pronto la Tierra completaría otra vuelta, entrando en una nueva Era.

Los mayas, los incas y todos los antiguos chamanes hablaron tiempo atrás de una edad que se caracterizaría por el regreso de los niños de aura azul. Quizás fuera ésta, después de todo. En los últimos años había encontrado muchos más jóvenes de aura azul que en toda su vida.

El muchacho saltó con agilidad de la barandilla y se unió a un grupo de adolescentes que corrían entre las callejas. Los chicos vestían chaquetas y pantalones holgados, las muchachas mostraban sus ombligos, hombros y pechos como si sus cuerpos fueran inmunes al viento. Ninguno tendría más de veinte años. Bebían latas de cerveza que se pasaban de unos a otros entre risas.

La mujer les siguió.

Atravesaron una plaza rodeada de jardines donde otra veintena de jóvenes, ocultos bajo olivos y protegidos por estatuas ecuestres, se embriagaban y retozaban sobre el césped. Pero el grupo al que ella seguía no se detuvo allí. Dejaron atrás el parquecillo, encaminándose a una zona más amplia.

El Palacio Real se alzaba a la izquierda, majestuoso. Allí cerca se extendía un bosque con un lago profundo cuyos pinos y robles se desplegaban hacia las montañas. Sí, la energía de la Tierra la embriagaba. A pesar de que aquél no era un bosque primigenio —pocas florestas permanecían vírgenes e intocables—, todavía podía sentir la fuerza que manaba de su interior. La mayoría de los bosques habían sufrido el dolor del hacha, el hierro y el fuego. Pero no todos. Todavía quedaban árboles de poder en el mundo.

Respiró con profundidad, inhalando el aroma de los pinos. Después, continuó en pos del muchacho de aura azul.

Tras subir una pequeña cuesta sintió que se le paraba el corazón. Por un momento creyó haber saltado en el tiempo y en el espacio. Frente a ella, recortado contra un cielo lechoso, se erguía un antiguo templo egipcio. Pero no había viajado en el tiempo. Lo que tenía delante era un regalo, un símbolo de buena voluntad. Uno de los templos de Nubia, dedicados a Amón y a Isis, había sido transportado piedra a piedra desde las tierras del desierto y ahora se ofrecía, sobre un promontorio, como atracción para turistas curiosos. Por las noches, los adolescentes se congregaban en torno a él para yacer sobre sus piedras milenarias, para honrar a los dioses con ritos de fertilidad nunca olvidados. No, los tiempos no habían cambiado tanto.

¿Dónde estaba el chico cuyos ojos le recordaban a Vojkan?

Su mirada recorrió los cuerpos que gozaban sobre la hierba. Caminó entre los jóvenes amantes. Una risa. Un entrechocar de vidrios. Un resplandor dorado en la noche.

El chico descansaba embriagado sobre la hierba.

—¿Sabes que la cerveza es la antigua bebida de los dioses? —la mujer se recostó junto a él, se mordió un labio como si todavía fuera una adolescente y se llevó la botella a los labios—. En la India la utilizaban para alargar la vida —añadió.

El adolescente soltó una carcajada.

—Ésa sí que es una buena excusa para beber, tía. Se lo diré a mis padres —su voz de ángel cabalgó unos instantes sobre el viento que transportaba los murmullos de las hojas y los susurros de los árboles.

Cerca de ellos se oían risas y gemidos de placer.

La mujer rozó la mejilla del joven y sonrió con dulzura al contemplar sus ojos. Uno de ellos tenía un ligero tono verdoso, el otro era de un intenso color azulado. Igual que Vojkan. Igual.

—Hay quien piensa que tener un ojo de cada color —la mujer apartó la mano del rostro del muchacho— es signo de brujería —dijo con una sonrisa pícara.

—Ya lo sé —rió el joven acercándose a ella—. Todos me dicen lo mismo.

—¿Vives con tus padres? —la mujer alzó la botella y brindó por la luna.

—No. Me he independizado. Si quieres podemos ir a mi casa —el chico se incorporó y la agarró de la cintura con manos fuertes y seguras. Ella movió las caderas. La cerveza corría por su garganta. Se desabrochó la camisa y la derramó sobre su pecho.

—Más tarde —gimió—. Primero honremos a Ninkansi.

—¿Quién es ésa? —preguntó él antes de lamer la cerveza que chorreaba por su piel.

—Una diosa del alcohol. Complace y colma los deseos, aplaca el ansia, desata los instintos— se sentó a horcajadas sobre él.

—¿Qué eres, tronca? ¿Profesora de Historia o algo así?

—Algo así —repitió ella—. ¿Quieres que te dé una lección?

—No hace falta. Ya sé todo lo que hay que saber —le chupó, le mordió el cuello y le llenó la boca con su saliva y su lengua.

Pasaron un par de horas sobre el césped. No llamaron la atención. Todo el jardín estaba floreciendo con amantes que se revolcaban en la hierba.

De pronto, entre las risas y los jadeos, un haz multicolor de luces rojas y azules los deslumbró. Parecía como si un centenar de hadas, molestas por su intromisión, chispearan a su alrededor intentando espantarlos. Pero sólo eran las luces de los coches de policía. Los pitidos estridentes de sus silbatos pusieron fin a la bacanal.

—¡Larguémonos de aquí! —el muchacho la agarró de la mano y la atrajo hacia sí.

La mujer lo rodeó por la cintura. Sus manos frías sintieron el calor de su cuerpo. No se había equivocado con él. El muchacho era lo que necesitaba aquella noche. La llenaría, la satisfaría.

—¡Corre! —el joven tiró de ella.

Se escabulleron entre los arbustos hasta llegar a un viejo callejón de escaleras sinuosas. Se apoyaron contra una pared. Otro grupo de jóvenes pasó corriendo junto a ellos.

—¡Vamos! —él le dio un beso en la boca, mezclando su saliva, llenándola de su sabor—. ¡No hay nada mejor que cabrear a la pasma!

Y ella soltó una carcajada. Su corazón volaba lleno de vida, respiraba juventud. Sentía el viento golpear su rostro. Era un águila desafiando a los cielos. Casi podía recordar cómo era ser otra vez una niña salvaje de los bosques, libre, sin miedo.

Pronto los pitidos de la policía quedaron amortiguados por el ruido de los coches y la carrera se transformó en un paseo sosegado bajo las luces de neón que no dejaban ver las estrellas.

—¿Aquí es donde vives? —preguntó observando el edificio que se alzaba ante ella. Calle pequeña y oscura, suelos adoquinados. Todo el barrio transpiraba olor a antigüedad.

—Comparto piso con dos colegas, pero no nos molestarán —el chico sacó las llaves y abrió las pesadas puertas de hierro que lanzaron un chirrido quejumbroso.

Él se llevó un dedo a los labios. Caminaron de puntillas sin hacer ruido a lo largo de un estrecho pasillo hasta llegar a una habitación con ventanales a la calle. La luna llena iluminaba el dormitorio. Sin ningún cuidado, el joven apartó las camisas y pantalones que se amontonaban sobre la cama y con una sonrisa, de pronto tímida, la besó.

Al día siguiente, al despertar, ella lo contempló con ojos de vampiro. Él todavía dormía. Observó su torso desnudo y deslizó su mano sobre él, sintiendo la suavidad de su piel. Colocó la mano sobre su corazón, formando con sus dedos una estrella de cinco puntas, y escuchó su latido.

El dormitorio estaba atestado con pósters de futbolistas y diosas desnudas. Mujeres deslumbrantes y seductoras, de caderas rotundas, pechos enormes y bocas carnosas que prometían engullirte de un solo bocado. El armario estaba abierto de par en par y la ropa se acumulaba indolente sobre una mesa de ordenador. En cambio, libros y cds se mostraban pulcramente ordenados en una estantería. La cama, como la mayoría de las habitaciones de estudiantes, no era más que un pequeño colchón sin cabecera.

—¿Todavía quieres más? —el muchacho abrió los ojos, sonrió y se desperezó.

Ojos azules, ojos verdes, ojos rasgados. Los ojos de Vojkan. ¿Cuál es su nombre? La mujer no lo recuerda. ¿Cómo ha podido olvidarlo? ¿Tanto bebieron?

—Soy insaciable —jadeó ella cayendo sobre su cuello y deslizándose hacia su pelvis—. ¿Cómo te llamas?

—Trueno.

—¿Trueno es tu nombre? —la mujer se incorporó con incredulidad.

—Es un mote del colegio.

Por eso ha olvidado su nombre. No se lo ha dicho. Los motes no sirven para nada. Ella continuó con sus besos, le sonrió, le acarició el pecho.

—Trueno es un buen apodo. Fuerte, poderoso, te protege. Pero dime tu nombre real. El de verdad. El que te dieron tus padres. Aquel con el que te conoce tu dios —dijo al sentir que no podía descubrir ni atrapar el nombre. Su aura lo protegía de ella.

Él volvió a reír con la risa inocente de los que no tienen malos sueños, de los que todavía no han vivido. Sentado

17

sobre la cama encendió un pitillo, ladeó la cabeza, torció la sonrisa y exhaló el humo hacia el techo. Nada de lo que hacía conseguía ahuyentar la juventud de su rostro, el brillo de sus ojos, su sonrisa y sueños de niño.

—¿Para qué quieres saber mi nombre? —Trueno dio otra calada a su cigarro.

—Para leerte el futuro, por supuesto —la mujer le atrapó el dedo índice con la boca, lo apretó con los labios, lo chupó, lo lamió con voracidad. Él tuvo una nueva erección.

—¡Me has mordido! —el joven apartó la mano—. ¿Estás flipada o qué te pasa, tía?

Su dedo sangraba, muy poco, sólo unas gotas. La miró, receloso. Frunció el ceño. No entendía cuál era el juego que le proponía aquella extraña mujer de cabellos negros y ojos de gata. ¿Cuántos años tendría? Por un momento pensó que la mujer era la más vieja que había conocido. Agitó la cabeza, confuso, y soltó una carcajada. Siempre había oído que a las tías mayores les iban los rollos raros.

Ella se pasó la lengua por los labios y lo miró como una gata a un gorrión.

—No ha sido nada. No te vas a morir. Deja que te lea la mano.

—¿No jodas que sabes leer el futuro? —el cigarrillo saltó de sus manos y cayó sobre las sábanas. Ella se echó a reír y lo tomó entre sus dedos.

—¿No te lo he dicho? —aspiró una calada antes de apagar la colilla en el cenicero de la mesita de noche—. Soy pitonisa, trabajo en un circo.

—¿El que se ha instalado a las afueras de la ciudad? —el chico la miró con interés—. Pensaba que eras profesora de Historia o algún rollo así.

—Es parecido —la mujer ronroneó, reptó sobre su cuerpo.

Él cerró los ojos, echó la cabeza hacia atrás y exhaló un suspiro.

—No voy al circo desde que tenía cinco años —musitó con nostalgia—. Sólo fui una vez —continúo entre jadeos—, antes de que mis padres murieran.

Ella no se sorprendió. La energía que él desprendía era intensa y vigorosa, revelaba una cercanía a la muerte que le otorgaba más potencia, más fuerza. ¿Desde cuándo no yacía con alguien así?

—Deberías regresar —le dijo. Un susurro en su oído, un mordisco en su lóbulo izquierdo, un lametón entre la clavícula y el cuello. Otro gemido. Ella cruzó la pierna por encima de su torso y le acarició con los dedos de los pies—. ¿Eres huérfano?

Trueno asintió mirando al techo. Ella le tomó la palma de la mano. Con el dedo índice recorrió las finas líneas de su vida y le dijo que conocería el amor en un circo.

—¿Tú serás mi amor? —su amante se abalanzó sobre ella besando sus pezones.

—Soy demasiado mayor para ti —susurró con voz melosa—. Tu amor será joven, como tú —le agarró la cabeza para besarle en la boca, cerró los ojos y se dejó llevar.

Por la ventana, la luz de la luna ya se confundía con el resplandor del amanecer, alejando las sombras de la noche.

Más tarde, Trueno, todavía adormilado, se revolvió sobre las sábanas y entreabrió los ojos para verla vestirse con sigilo y abandonar la habitación sin decirle adiós, sin volver a preguntarle su nombre, y sin robarle el corazón.

—No me has dicho tu nombre —preguntó antes de que ella abriera la puerta.

—Irati —contestó ella sin volverse.

***

Condujo a través de las desiertas carreteras hasta divisar el campamento. Stephano no tardaría en arrear a los pocos animales que les acompañaban. Siete caballos, dos elefantes, un león, un tigre, una foca y sus lechuzas. Casi no quedaban circos con tantos animales.

Descendió de su desvencijado automóvil y se apresuró a entrar en la *roulotte* donde se despojó de sus ropajes de leona depredadora. Se sentó en el tocador y, sin prisas, con la calma propia de una anciana, deslizó un dedo desde la sien hasta la barbilla para deshacerse de sus encantos. Uno a uno, todos cayeron frente al espejo. Primero su rostro quedó cruzado por las arrugas del tiempo, después fue su cabello el que se tornó blanco níveo y por último le llegó el turno a su cuerpo. Sus caderas y vientre se ensancharon, sus pechos se agrandaron. Bebió una última lata de cerveza y, satisfecha, se contempló en el espejo. No aparentaba más de ochenta años. Abrió la portezuela de su *roulotte* y con una leve cojera en su pierna derecha se integró en la ruidosa y estrafalaria vida del circo que comenzaba a despertar.

2

—¡Eres increíble! ¿Dónde has estado? —Stephano contemplaba el amanecer sentado en los escalones de su *roulotte*. En las manos sostenía una taza humeante y lucía con orgullo un pequeño bigote —nada a la moda— para emular a los antiguos equilibristas del siglo XIX. Era alto, delgado y fibroso, de rostro enjuto y cabello rizado y negro como el hollín. Su piel cobriza y ojos grises le daban un aspecto exótico que beneficiaba sobremanera cada actuación, potenciando la ilusión de que el circo había surgido del oriente que sólo existe en las fábulas. Normalmente llevaba el cabello recogido en una coleta o en una trenza. Sólo cuando volaba en el trapecio lo ataba con un moño. Pero ahora, en la madrugada, sus rizos negros y rebeldes se dejaban mecer por el viento como los juncos de los ríos.

A lo lejos, las nubes, que ese día amanecían más bajas que de costumbre, se alzaban sobre los nuevos rascacielos que coronaban la ciudad.

—¿Quién dice que he salido? —la vieja rió con voz ajada y risueña, envolvió su enorme cuerpo en una manta azul oscura en la que todavía se marcaban los restos de antiguos dibujos bordados con hilos de plata.

—He pasado esta noche por tu *roulotte* y no estabas. ¿Dónde has ido?

—A invocar a la luna, por supuesto.

—¿A las tres de la mañana?

—Las ofrendas a la luna son inmunes al tiempo, ya lo sabes. ¿Es eso café? —Irati señaló la taza con un dedo firme y afilado.

—¿Cómo es posible que a tus años no sepas hacer un buen café? ¿Cuatro de azúcar?

21

Stephano ejercía de jefe de pista, dirigía el circo y era uno de los únicos trapecistas que todavía trabajaban sin red. Aparentaba unos cuarenta años, pero al igual que Irati, nadie sabía cuál era su verdadera edad. A veces, cuando alguien miraba en las profundidades de sus ojos grises sentía, por un instante, estar viendo al hombre más viejo del mundo.

Una niña de nueve años se asomó somnolienta a través de un pequeño ventanuco.

—¡Irati! ¿Me ensañarás hoy a hablar con Dalila? —Tania se restregó las legañas que aún tenía pegadas a los ojos.

—Tú, a la cama ahora mismo —Stephano alzó la taza con gesto amenazador—. Es demasiado pronto para empezar a molestar. ¿Ya se ha despertado tu madre?

La niña rezongó un bostezo y desapareció en el interior de la *roulotte*. En realidad no era hija natural de Stephano, pero él y su mujer la habían adoptado junto a Leo, Saris y Ciro.

Irati se recogió sus faldas de zíngara y se sentó junto a Stephano en una silla plegable. Tomó la taza que éste le ofrecía, cerró los ojos y se impregnó de los vahos del café.

—¿Un cigarro? —ofreció la bruja tras dar un sorbo y chasquear los labios.

Stephano encendió el puro tomándolo de las callosas, pero ágiles y experimentadas manos de la anciana. En ese momento, los gemelos Saris y Leo, los benjamines del clan, asomaron sus rubias cabezas por una de las ventanillas. La voz de Tania llegaba con claridad a través de las endebles paredes. La muchacha reprendía a los niños por levantarse tan pronto, temiendo que en cualquier momento su madre la obligara a hacerse cargo de ellos. La *roulotte* en la que dormían era de las más modernas de todo el campamento, pues la mayoría de artistas, incluida Irati, dormían en antiguos carromatos robados al tiempo o heredados de viejos circos ya extintos, convirtiendo todo el recinto en una reliquia en movimiento. Stephano y sus gentes restauraban las caravanas que encontraban abandonadas por el mundo.

—¡Irati! —dando una voltereta en el aire, apareció Tania saltando desde la portezuela—. ¡Vamos a hablar con Dalila!

—Gracias por el café —la vieja se levantó con pesadez. Su cuerpo de madre prehistórica se contoneó con la firmeza de una osa. Se aferró a la mano de la niña y se encaminó hacia las jaulas. De todos los niños que habitaban el circo, Irati sentía predilección por Tania. Desde el día que llegó con sus lechuzas, velas y trucos, la niña siempre rondaba a su alrededor. Aunque en realidad todos los niños le interesaban. Sus mentes infantiles, todavía incorruptas, eran increíblemente receptivas a su magia. La pequeña Ara, la hija de Viola y Ronaldo, tenía sólo siete años y no sólo manejaba el diábolo con pericia y montaba el monociclo con la agilidad de un mono, sino que era capaz de verla caminar entre las sombras incluso cuando vestía sus antiguos sayos negros cargados de poder. Y Ciro, el muchacho de doce años que Stephano recogió en un campo de refugiados tras las guerras, se entendía con los animales como si fuera capaz de penetrar en sus mentes. Todos habían sido bendecidos con algún don. Cuando Irati los observaba, no podía evitar recordar a Letvik, Yansen, Dusek y por supuesto a Greta. Aunque lo cierto era que Tania no se parecía a Greta. Ella había tenido el pelo rojo y rebelde y el de Tania era castaño y lacio, tan largo que le sobrepasaba la cintura. Todas las mujeres del circo lo llevaban así de largo, incluso las ancianas como ella.

—¡Date prisa, Irati! —le apremió Tania interrumpiendo sus pensamientos.

—¡Nosotros también vamos! —los gemelos saltaron de la *roulotte*, repitiendo la misma voltereta de su hermana.

—Vosotros, enanos —Stephano los cogió en volandas—, vais a aprender a sujetar un trapecio.

—¡Vamos! —Tania tiró de las faldas de Irati con más fuerza, casi escapando de sus hermanos.

Atravesaron el campamento. Aunque todavía era temprano, algunos de los artistas ya salían de sus caravanas y se preparaban para la función de la tarde.

Irati se detuvo frente a las jaulas.

—¡Vaya! Dalila está dormida —dijo con fingido enojo.

—¿No podemos despertarla? —protestó Tania casi gritando y golpeando los barrotes.

—No es aconsejable despertar a un tigre dormido, Tania. Se enfadaría. Y no queremos que Dalila enfurezca, ¿verdad?

En la jaula, Dalila, la fabulosa tigresa negra de ojos azules y rayas blancas levantó levemente una oreja, abrió las fauces con somnolencia y se agazapó al fondo. Era la última de su especie y única en el mundo. No había otra como ella y ya nunca la habría. Cuando muriera, su linaje quedaría definitivamente extinto.

Tania apretó los labios. ¡Qué fastidio!

—¿Cuándo se despertará?

—Por la tarde, cuando se haga de noche.

—¡Pero hoy habrá doble función! No nos dará tiempo a hablar con ella —Tania frunció el entrecejo y se retiró el cabello del hombro con gesto huraño.

—Vamos a hacer una cosa. ¿Quieres que hablemos con algún pájaro?

—¿Con tus lechuzas? —Tania lanzó una mirada hacia las jaulas de las aves.

Irati dudó. No quería perturbar a las lechuzas. Últimamente se las veía demasiado alteradas y necesitaba que estuvieran despabiladas para la función. «Además, todavía no las conozco lo suficiente» —pensó al recordar a su anterior grupo de lechuzas.

—No —dijo al fin—. Pero si quieres podemos intentar contactar con las aves del cielo —la bruja alzó la cabeza en busca de aves migratorias.

La muchacha se llevó la mano a la frente a modo de visera y levantó la mirada.

—¡No veo ningún pájaro!

—Podemos llamarlos.

—No. Aquí nunca vuelan —refunfuñó Tania.

—Bueno, vayamos a aquella ladera. Quizá veamos alguno —sugirió Irati encaminándose hacia la encina que se alzaba a las afueras del campamento.

—¡Pero está fuera del circo! —Tania señaló uno de los postes con que Stephano marcaba el área del recinto ferial. Eran cuatro estacas de madera de roble clavadas en los puntos cardinales, rodeando el campamento.

—No pasa nada. Mientras estés conmigo, no correrás peligro—dijo apretando la mano de Tania.

Irati desató de su cintura uno de los inmensos pañuelos que formaban sus faldas, lo colocó a los pies del árbol y se sentó cruzando las piernas. Todos sus huesos crujieron.

—Cierra los ojos, Tania.

La niña obedeció.

—Ahora intenta escuchar el latido de tu corazón. ¿Lo oyes? —la bruja la cogió de ambas manos.

Tania negó con la cabeza.

—Quédate quieta y escucha —Irati le colocó una mano sobre el pecho, formando una estrella—. ¿Y ahora? ¿Lo oyes?

—Sí —exclamó con un gritito.

—Repite lo que yo diga —y comenzó a cantar en una lengua extraña llena de murmullos.

Tania balbuceaba lo que podía. La bruja emitía un rumor suave y sosegado que, como una canción de cuna, se mezclaba con el susurro de los árboles. Las voces de la vieja y la niña se unieron y Tania sintió que se adormilaba, hasta que un destello azulado iluminó su mente.

Un aleteo.

—Abre los ojos, Tania. Mira hacia arriba —musitó Irati con un hilo de voz.

En lo alto de la encina dos garras fuertes y robustas se aferraban como garfios a las ramas más altas. Tania dio un respingo al sentir que una mirada penetrante de ojos amarillos se clavaba en ella.

La niña lanzó un gemido. Sobre ellas, un águila de cuello rojo las miraba desafiante.

—Shhh, no la asustes. Es un águila real. No nos hará daño.

—¿Podemos hablar con ella?

—No.

—¿Por qué?

—Tienes que ir a comer y prepararte para la función.

—¡Pero es pronto! —rezongó la chica.

El águila alzó el vuelo.

—No. Cuando se invoca a los animales, el tiempo pasa muy rápido.

Tania miró a su alrededor. Era cierto. El sol ya estaba en lo alto.

—¿Cuánto rato hemos estado cantando? —preguntó con extrañeza.

—Demasiado —Irati se incorporó. Le dolían las rodillas de mantener la posición.

«Es lo que tiene tomar un cuerpo de vieja —pensó—. Hora de volver».

La niña salió corriendo, olvidando el tiempo pasado, preocupada tan sólo por lo que su madre le habría preparado para comer.

Irati la siguió.

—¡Irati! ¡Irati! —Tania gritaba desde el campamento—. ¡Dalila está despierta! ¡Ya podemos hablar con ella!

La bruja resopló y aceleró el paso.

—¿No te ibas a comer?

—Luego, esto es más importante —replicó acercándose con sigilo a la jaula.

—Está bien, pero sólo un rato —consintió la vieja tras observar el firmamento una vez más—. No creas que es tan fácil hablar con los tigres como con las águilas. Si quieres entrar en su mente primero debes conocer su verdadero nombre y las fieras salvajes no son fáciles de entender.

Tras los barrotes, Dalila devoraba quince kilos de carne como si fueran algodón.

—Hola, Dalila —dijo Tania, situándose en cuclillas junto a la jaula y dirigiéndose a la fiera como si se tratara de un gatito.

La tigresa la miró con indiferencia y siguió comiendo.

—Observa —Irati puso una mano sobre el hombro de la niña—. ¿Qué ves?

Tania se encogió de hombros. La vieja insistió:

—¿No ves nada?

—No.

—Ven, acerquémonos —Irati tomó la mano de Tania entre las suyas y se aproximó a los hierros. Después se arrodilló sobre la tierra revuelta. Entonando una de sus canciones, introdujo con cuidado una mano en la jaula hasta tocar el pelaje de la fiera. Su otra mano permanecía posada sobre el hombro de Tania, formando un puente entre ella y el animal—. ¿La oyes?

La bruja cerró los ojos dejando que una descarga similar a un pequeño calambre eléctrico fluyera a través de su cuerpo. Una corriente se estableció entre las tres hembras. Tan sólo fue un instante, pero Irati sintió cómo Dalila se agitaba y rugía. Un arrebato de ira manaba de sus antes apacibles ojos azul hielo y, como en un trance, la vieja vio una extraña tormenta formándose alrededor de la tigresa. Irati soltó la mano de la niña e interrumpió la conexión.

Tania lanzó una exclamación.

—¡La he oído! ¡La he oído!

La hechicera sonrió, incómoda. Dalila había dejado de comer y comenzaba a moverse por la jaula con desasosiego.

—Cuando descubras su verdadero nombre podrás hablar con ella cuanto quieras. Ahora ve a comer —dijo disimulando su turbación. ¿Había ofendido a la fiera?

Tania se dio media vuelta para echar a correr de nuevo, pero se detuvo. Tenía una pregunta.

—¿De verdad tu nombre es Irati?

—¿Tú qué crees?

—Que no.

—¿Y por qué piensas eso?

—Si yo fuera una bruja de verdad, no le diría mi verdadero nombre a nadie. En tus cuentos siempre dices que las brujas nunca revelan su verdadero nombre.

—Por eso, si quieres ser bruja, tendrás que buscarte otro nombre que no sea Tania.

—¿Y qué pasa si alguien sabe mi nombre de verdad?

—Que pueden hacerte brujerías.

—O sea, que tú podrías hacerme brujerías…

Tania la miraba con los brazos cruzados y el ceño fruncido.

—No.

—¿Por qué no?

—Porque tu padre ha protegido el circo y nadie puede hacer brujerías aquí dentro.

Tania respiró más tranquila.

—¿Y por qué te llamas Irati?

—¿No te gusta?

Tania se encogió de hombros.

—A mí me parece un nombre normal.

—Es nombre de río, bosque y montaña. Fuerte y poderoso.

—¿Y qué nombre debería usar yo si quisiera ser bruja?

—Quizás podrías copiarle el nombre a Dalila.

—¡Tania! —Ivana apareció chillando tras la jaula. Era una mujer regordeta de unos treinta años, ojos negros y cabellos que le llegaban casi hasta las rodillas. En la mañana los llevaba recogidos en una trenza, pero durante la función los dejaría sueltos mientras entonaba las canciones romaníes que ayudarían a los equilibristas a volar sobre la carpa como pájaros en el viento—. Deja de molestar a Irati. ¡Es hora de comer! Ya he calentado las sopa dos veces —gritó enfurecida.

—¡Es mi madre! Me voy.

—¡Claro que te vas! —Ivana la agarró por el brazo y se la llevó entre zarandeos y reproches—. Pero ahora mismo. ¿Has hecho los ejercicios? Te pasas todo el día con los animales y luego te caes del caballo —las protestas de madre e hija se oyeron en todo el campamento.

***

Tras la exhibición de la tarde la bruja regresó a su tienda y se meció en su silla. Teniendo en cuenta que las lechuzas no estaban amaestradas del todo, no había sido una mala función. Merope, Maya y Celeno habían volado con diligencia sobre los niños, arrebatándoles sus pañuelos y gorras, mientras Ivana cantaba desde el fondo de la pista con su voz de alondra. Sin embargo, Alcíone y Electra no comprendieron sus palabras y dos nombres quedaron perdidos en el aire durante unos minutos que a Irati se le hicieron interminables. Corolco y el resto de payasos aparecieron al final, cuando las lechuzas formaban una estrella. Tania remató la actuación dando una voltereta triple sobre Pelar, el caballo plateado nacido en Siria.

Irati se mostraba impaciente. Sabía que pronto se comunicaría con las aves por completo y podría enviarlas a volar en los sueños que la noche ocultaba. Sin embargo, echaba de menos a sus compañeras, especialmente a Mizar, su lechuza blanca.

Errai, el tragafuegos, tragasables y escapista entró en la caseta en busca de los ungüentos que Irati tenía para las quemaduras. Era un hombre de unos treinta años, fibroso y de mirada aguileña. Se cubría los brazos para ocultar las arrugas con que el fuego le marcó de por vida. La primera vez que le aplicó una de sus pomadas, Errai quedó maravillado. Irati le explicó que la receta, difícil de elaborar, estaba fabricada con cocimientos antiguos y hierbas que se ocultaban en bosques perdidos. Algunos de ellos ni siquiera existían ya.

—Necesito tu pomada —Errai tenía la voz completamente rota.

Irati se revolvió en su silla y se levantó.

—Te estás acostumbrado a que yo te cure —protestó hurgando en sus arcones—. Si no puedes tragar fuego, deja de hacerlo, Errai —aunque Irati utilizó el nombre que él usaba en su vida diaria, sabía que no era el verdadero. Pero eso no era inusual en el circo, donde casi nadie se hacía llamar por el nombre que le dieron sus padres.

—Hoy estás de mal humor.

La vieja asintió.

—Sí. Es cierto, perdona. Ten, tu pomada. Y sé más cuidadoso —añadió con afecto.

Irati se quedó a solas y volvió a mecerse en su silla, deseando que nadie más la perturbara. A través de las telas escuchaba el jaleo organizado por los chavales de la ciudad. Corrían entre las tiendas, insensibles a la lluvia. El viento agitaba las sedas y terciopelos que cubrían la entrada de la caseta. Un grupo de críos de entre siete y diez años reía en un corro y miraba de reojo hacia el tenderete de la bruja. Ella se mecía y esperaba. Una araña paciente que aguardaba a que las moscas se pegaran a su tela. El ruido de los generadores de electricidad se mezclaba con la música estridente de los acordeones, del tiovivo y de las barracas de feria, creando una sinfonía delirante llena de euforia y locura. Los críos cuchicheaban escondidos en una esquina. Siempre llevaban a cabo el mismo ritual: uno de ellos se acercaba de puntillas y sigiloso, haciendo más ruido que un rinoceronte al galope, introducía la cabeza entre los paños y gritaba «¡bruja!». Después regresaba corriendo junto a sus amigos, escondidos en la esquina, a la vista de cualquiera. Le entretenía juguetear con ellos. Cabritillos inofensivos y tiernos. Cuando uno alcanzaba la puerta no encontraba ninguna anciana arrugada esperándole. Lo que veía era un gnomo, un duende, un lagarto o un lobo. Todo dependía de las ganas de jugar de Irati. En cualquier caso, los chicos siempre huían aterrados y gritando. Evidentemente debía tener cuidado. Una vez, en lugar de un niño apareció un padre y, cuando éste se encontró con un pequeño Dragón de Komodo que echaba fuego por la boca, se organizó un buen follón. Le costó dos horas convencerle de que todo se trataba de un juego de espejos, y sólo tras embotar sus sentidos con los efluvios de una de las velas que guardaba para problemas más importantes, consiguió que el padre no llamara a la policía.

Pero estaba cansada y la tarde se le antojaba interminable. Uno de los chavales se acercó de puntillas. Irati lo contempló con curiosidad mientras se mecía imperturbable. El chico caminaba varios pasos y después se quedaba inmóvil, casi petrificado. Con el oscilar de las telas daba la impresión de que saltaba en el espacio, como en ese juego en el que uno toca la pared recitando una cantinela mientras los demás se acercan por la espalda.

No estaba de humor para juegos. Cerró los ojos y creó en torno a ella la ilusión de un ser voluptuoso y deforme, con dientes torcidos y piel negruzca.

—¿Qué haces? —el chaval entró en la tienda—. ¿Por qué pones esa cara?

La bruja parpadeó con sorpresa y se contempló en el espejo que colgaba de una de las paredes. Su aspecto seguía siendo el de una abuela bonachona. ¿Qué había sucedido?

—¿Cómo te llamas? —preguntó incorporándose de la mecedora y señalando con un dedo al niño—. ¿No te doy miedo?

—No —el chico se acercó a los estantes—. ¿Qué es esto? —cogió un frasco con un líquido azulado.

—Sangre de lagarto.

El niño sonrió. Sus ojos brillaban con el deseo de lo prohibido y lo oculto.

—¿Y para qué sirve? —preguntó sin apartar la vista del frasco, embelesado por su brillo.

—Para caminar en sueños. Acércate a mí. Quiero verte bien.

Tenía el pelo rubio, los ojos verdes y su aspecto era vivaracho y dulce. Un niño normal. Irati lo observó unos instantes. Pero no pudo ver nada fuera de lo común. El niño era un niño.

—Tú eres la lechucera, ¿verdad?

—¿Lechucera? —Irati volvió a sentarse en su mecedora.

—Bueno, sí, no sé cómo se dice… la mujer que ha hecho la magia con las lechuzas antes… con los payasos…

—¿Te ha gustado? —Irati sabía perfectamente que tanto niños como adultos quedaban fascinados por el vuelo embriagador de sus aves.

El niño asintió.

—¿Cómo lo haces?

—¿El qué?

—¿Cómo haces para que las lechuzas te entiendan?

—Es un secreto de lechucera. No puedo revelarlo —le guiño un ojo.

—Yo también puedo hablar con las lechuzas —dijo bajando la vista y removiendo la arena esparcida con las zapatillas de deporte.

—¿De verdad? —preguntó Irati con una sonrisa.

—Pero sólo en sueños…

—¿Cuántos años tienes? —la vieja lo miró con curiosidad.

—¿Y tú? —replicó descarado.

—No me acuerdo. ¿Cuántos crees que tengo? —Irati arqueó las cejas y sonrió con gesto pícaro.

El chico la miró un buen rato apretando los dientes y frunciendo las cejas. Ella se recostó sobre la mecedora y se dejó observar.

—¡Mil! ¡No! —se quedó mirándola con intensidad, cerró los puños con fuerza—. ¡Dos mil quinientos treinta y cuatro! —gritó tras unos instantes.

Irati abrió los ojos mostrando sorpresa.

—¡Vaya! Eres adivino. ¿Cómo te llamas?

—¡Adivínalo!

La bruja no pudo sino soltar una gran carcajada. ¡Menudo mocoso!

—Está bien, está bien. Lo adivinaré. Hay muchas formas de adivinar un nombre. ¿Quieres que te enseñe?

El chaval asintió.

—Primero necesito un mechón de tu cabello.

—¿Me vas a cortar el pelo? —el niño se echó hacia atrás, alejando la cabeza de las afiladas uñas con que la vieja parecía amenazarle.

—Sólo un poquito, no te haré daño —Irati rozó el fino cabello del niño—. ¿Ves? No ha sido nada. Ni lo has notado —dijo sosteniendo un pequeño mechón dorado.

El chaval arrugó la nariz. Entonces Irati tomó un bote de arena marrón y lo volcó sobre la alfombra, formando un círculo.

—Siéntate en el medio —ordenó.

—¿Y tú?

—Yo también me sentaré contigo —dijo con un suspiro de resignación ante el descaro del muchacho. Después destapó otro frasco que inundó la estancia de vahos azulados. Se acercó el recipiente a la nariz y lo inspiró—. Ahora, bebe esto —le ofreció, vertiendo el brebaje en una copa ribeteada.

El niño la miró con asco y suspicacia. Frunció la nariz.

—¿Qué es?

—Una bebida parecida a la Coca-Cola.

—Mi madre dice que no tengo que coger nada de ningún extraño —dijo arrugando el ceño.

—Entonces no podremos hacer el encantamiento —Irati se cruzó de brazos.

—¿Por qué?

—Si me dijeras tu nombre todo sería más fácil… —la vieja se hacía la misteriosa.

El niño miró hacia atrás, receloso. Su pie izquierdo tamborileaba con nerviosismo contra el suelo. Sabía que no debía beber nada sin que su madre estuviera presente, pero estaba ansioso; quería saber qué había de verdad en la bruja y sus lechuzas.

—Está bien, beberé, pero tú primero.

La picardía del muchacho hizo reír a Irati que, alzando la copa, accedió a ser la primera en saborear el mejunje. Después el chico se llevó el pequeño cáliz a la nariz y lo olfateó, preparándose para lo peor. Pero tras el primer sorbo sus facciones se suavizaron.

—Está rica.

—Es sangre de bruja mezclada con azúcar, pero no pongas esa cara, es una sangre muy buena, no te hará daño.

—No te creo —replicó no muy convencido; sus labios apretados y su mirada inquisitiva indicaban que sí la creía. ¿Sería una bruja de verdad?—. La sangre no tiene este sabor —concluyó.

—¿Y tú cómo sabes eso? ¿Acaso eres brujo?

—No. Pero una vez me caí de la bici y me chupé la sangre que me salía del brazo y no era como ésta.

—Porque ésta lleva ingredientes secretos —Irati mascó las palabras con lentitud. Ningún mocoso iba a salir de allí sin irse un poquito impresionado—. Y ahora —continúo, dejando que el tiempo se apoderara de sus palabras—, los dos cerraremos los ojos y nos daremos las manos. ¿Tienes los ojos cerrados?

—Sí.

—¿Te sabes alguna canción?

—Sí.

—Canta, niño —susurró con voz melosa Irati—, canta para una vieja bruja.

—En el fondo del mar, matarile, rile, rile. En el fondo del mar... —la melodía inundó el mundo de la caseta. Los ruidos emitidos por los animales, generadores eléctricos, tiovivos y barracas enmudecieron bajo la tonadilla infantil.

Irati vio al niño correr por el parque, soñar con hadas voladoras, con un ratón gigante vestido con ropas multicolores que se columpiaba en un parque. Una tarta de cumpleaños. Unos brazos lo arrullan en la cama. Galletas. De pronto Irati ve una lechuza que sobrevuela los sueños del niño y se estremece. ¿Un residuo de la función de la tarde? ¿Acaso alguna de sus aves se ha introducido en la visión? ¿Cuál? ¿Merope? No. No. No. Irati no la conoce... pero la conoce. Algo va mal. La visión cambia. Ahora el niño dibuja y con dedos ágiles pinta a una señora alta y delgada. Una mano se introduce entre los colores. Fina, blanca, delgada. Uñas de marfil. ¿Su madre? Cabellos de fuego. Ojos azules como el cielo. Un sudor frío recorre la frente de la bruja. Su corazón palpita con rapidez. Irati suelta las manos del muchacho y sale del trance, desmoronándose sobre la arena con un dolor agudo. Una lanza se retuerce en su estómago. Al caer golpea el frasco que contiene la antigua sangre, que se desparrama por la arena, rompiendo el círculo de poder que la mantiene unida a la mente del niño.

«¿Greta?».

—¡Qué chuli! ¡Otra vez! —gritó el chico— ¿Cómo lo has hecho? ¡Eran hadas! ¡Parecían de verdad! ¿Lo eran? ¿Lo eran? —preguntaba emocionado.

Irati se incorporó y, todavía tambaleante, con el rostro lívido y los labios trémulos, volvió a sentarse en la mecedora. Apenas podía respirar.

—¡Aquí estás! —una mujer de pelo castaño, complexión fina y cara de niña entró en la tienda. Las arrugas de sus ojos revelaban que tendría unos treinta y cinco años—.¡Te he dicho que no te alejes sin decirme dónde vas! —gritó nerviosa, casi histérica—. ¡Pensé que te habías perdido!

—¡Mamá! —refunfuñó el muchacho—. ¡Estábamos haciendo magia!

Sólo entonces se fijó la mujer en Irati.

—¿Le ha estado molestado? ¿Se encuentra bien? —preguntó al ver jadear a Irati.

—No se preocupe, estoy bien, y no, el chico no molesta, es muy formal —la vieja recuperó su voz alegre y ajada.

—¿Está segura? ¿Necesita ayuda? —se ofreció la madre sin soltar la mano del niño.

—¡Mamá, no me agarres tan fuerte!

Irati volvió a levantarse y sacudió la arena del desierto que el muchacho llevaba pegada al pantalón.

—No seas cascarrabias, mozo. Toma, para ti —le dio un par de caramelos y, sin que el niño ni la madre se dieran cuenta, le introdujo un ramillete de ruda amarilla en el bolsillo del pantalón.

—¿Ya tenemos que irnos? —preguntó el chaval.

—Sí. Es tarde y mañana tienes colegio —el tono de la madre volvía a rezumar nerviosismo.

—Pero... pero... —balbuceó el muchacho—, yo necesito saber cómo hablan las lechuzas.

—Otro día, cariño, ahora tenemos que irnos. Además, hace frío, no quiero que te constipes.

La madre le dio las gracias a Irati y se llevó al niño insistiendo, casi gritando, que nunca, nunca debía alejarse de ella.

La bruja se incorporó, recogió del suelo el frasco que ella misma había derramado y lo colocó junto a los demás. Después clavó la mirada sobre la arena manchada. El círculo estaba deshecho, pero el pequeño mechón de pelo rubio permanecía en el suelo. Se agachó y con las manos todavía temblorosas lo guardó en una pequeña cajita de bronce.

Esa noche casi pudo oír la voz de Greta gritando en el viento. Hacia siglos que no pensaba en ella. ¿Cuándo la encontró? En un invierno frío y nevado, recordó. Sus ojos eran azules y fríos. Su cabello, rebelde, rojo y furioso como lava de volcán. Cuando corría por el bosque persiguiendo mariposas parecía una salamandra de fuego, un hada en llamas.

«Padre dijo que iba a cazar un ciervo» —el eco de su voz resonó con tanta fuerza que cuando Irati se giró, casi temió verla allí sentada, sobre su camastro, encendiendo una vela por su hermano, relatando una y otra vez cómo se perdió en el bosque.

—Entonces sólo eras una niña normal, humana, sin poder —musitó la bruja.

Parte
II

3

Sí, fue en invierno cuando encontró a la niña, pero ¿en qué país? Ya no lo recordaba o quizás nunca lo supo. Todos le parecían iguales, sólo los bosques tenían significado para ella. Bosques con dioses sibilinos que se ocultaban de la mirada morbosa de los hombres.

Fue un año frío, áspero, cruel. Todos aquéllos lo fueron. El hambre, la peste, la guerra y el miedo reinaban sobre los hombres. Sucumbían pastos, cosechas y rebaños. El mundo entero se alzaba en armas, el humo coronaba las campiñas y las tierras brillaban con miles de briznas de fuego que, como luciérnagas enloquecidas, cabalgaban a lomos de vientos de destrucción. El mundo tenía hambre. Y cuando los hombres tienen hambre, son crueles. Especialmente aquellos que tienen hijos. En años como aquél, lo habitual, lo normal, era envenenarlos, lanzarlos al río o abandonarlos en el bosque.

—Padre dijo que debíamos aprender a cazar, a poner trampas.

Todavía podía evocar su dulce voz de amapola rota.

Era pronto, muy pronto, los rayos del sol aún no asomaban entre los árboles. Una neblina húmeda rodeaba la casa y la escarcha continuaba incrustada en las ventanas.

Ni gorriones ni mirlos cantaban. No desayunaron, tampoco cenaron la noche anterior. Los niños tenían hambre.

—También la tenía padre.

Todos la tenían.

—Madre no se levantó de la cama.

Los dejó marchar sin decir nada, sin un beso.

—Padre dijo que estaba enferma.

Se adentraron en la espesura por caminos extraños que no conocían. Era la primera vez que atravesaban el río. Los dos niños, cogidos de la mano, corrían tras su padre para no quedarse atrás. Los arbustos y las ramas se agitaban a su paso. El bosque entero danzaba a su alrededor lleno de sombras encrespadas que se escurrían y arrastraban entre aullidos y siseos.

—Padre dijo que nos quedásemos quietos, muy quietos.

Llegaron a un claro. Un riachuelo corría cerca. Los niños, silenciosos, inmóviles, no hicieron ningún ruido. Padre iba a cazar un ciervo. Madre estaría contenta. El padre los abandonó bajo la luz de la luna.

No volvieron a verlo.

Lo peor no fue el frío ni el hambre, sino el miedo. Los árboles eran esqueletos gigantes al acecho. Los quejidos de lobos y lechuzas estallaban en sus oídos.

Esa noche durmieron sobre la hierba húmeda. Despertaron completamente ateridos, entumecidos. Se alimentaron de bayas y hierbas que el bosque les brindó, pero sus famélicos cuerpos las rechazaron entre arcadas y vómitos. Se quedaron quietos, muy quietos. Abrazados.

—¿Cuándo volverá padre? —preguntó el niño a su hermana—. Tengo hambre, tengo frío —balbuceó entre espasmos y temblores.

—Padre volverá con el ciervo. Padre volverá —rezó ella.

Pero no hace falta ser mayor para saber cuándo vas a morir. Aguantaron una semana. Rezaron a Dios, al Niño, a la Virgen.

Hasta que la mujer los encontró.

Era vieja y muy delgada. Llevaba su cabello, blanco níveo, recogido a la espalda, trenzado y sujeto con hebras. Sus manos nudosas, esqueléticas y llenas de manchas, se movían con dificultad. Caminaba con ayuda de un báculo y se defendía del frío invernal con las pieles de un oso.

Cuando la anciana vislumbró los cuerpos tendidos bajo el árbol pensó que se trataba de dos zorros muertos, pero el olor que emanaban era diferente. A madre, a mocos, a suciedad, a hambre... Olían a niño.

Se acercó hasta ellos y les rozó las mejillas con manos temblorosas. Todavía estaban calientes. Pero no por mucho tiempo. Pronto morirían.

La cabaña que habitaba estaba hecha de adobe y hierba seca, con dos habitáculos. Uno lo utilizaba para sus cocimientos; el otro, minúsculo, con tan sólo un ventanuco y un camastro de paja, le servía para dormir. El techo estaba plagado de cadáveres de animales colgados de vigas. Carne ahumada, hierbas, cajas, frascos y libros revestían la estancia.

La vieja les dijo que se llamaba Helga y que ya no debían tener miedo. Ella les cuidaría y sanaría como si fueran sus hijos, sus nietos, su propia sangre.

Y Helga acarició sus rostros y curó sus labios agrietados con mantecas y ungüentos. Y les arropó en la noche como si fuera su propia madre.

Los primeros días los hermanos apenas hablaban, no se atrevían, pero pronto se sintieron más fuertes. El color regresó a sus mejillas y sus ojos recuperaron su brillo azulado. Dos semanas después Helga les enseñó a cazar liebres, incluso les hizo dos pequeños muñecos de paja.

¿Por qué la vieja Helga podía cazar y su padre no?, se preguntaba la niña con rabia. ¿Conocía el lenguaje de los animales? ¿Podía llamarlos? ¿Invocarlos? ¿Por qué su padre no había podido cazar para ellos como hacía aquella anciana?

Un día la muchacha observó a Helga sentarse bajo un árbol y cantar con palabras extrañas. Poco después un ave de plumaje rojo se posó en las ramas más altas, como si hubiera acudido a su llamada. Ésa fue la primera vez que los niños cenaron perdiz.

Y cada noche, Helga se sentaba junto al fuego y les cantaba dulces canciones que ellos no entendían. Mientras tanto examinaba un pequeño libro que luego escondía bajo su lecho. Cuando llegaba la mañana los dejaba solos para ir en busca de hierbas y maderas, era entonces cuando la niña curioseaba en el libro oculto. Con la yema de los dedos recorría los extraños signos que no sabía leer. De vez en cuando sentía que las inscripciones del manuscrito le hablaban, provocando en ella sensaciones de fuerza y poder. Y la tercera vez que abrió el libro se sorprendió a sí misma cantando furiosa y a gritos la canción que cada noche la vieja invocaba frente a la hoguera. Su hermano le gritó que se callara. Y entonces vio que las brasas, ya frías, comenzaban de nuevo a llamear, llenando de humo la choza.

La niña cerró el libro y apagó el fuego con una manta. Se quedó quieta, muy quieta, contemplando las cenizas. Su corazón latía desenfrenado. No comprendía lo sucedido, pero supo que ella misma lo había provocado con su rabia y su dolor.

Su hermano la abrazó y sólo entonces su corazón volvió a latir con normalidad.

—Yo te cuidaré, Hans —le dijo al niño—. Yo te protegeré.

Un mes más tarde, cuando la luna volvió a brillar con todo su esplendor, la vieja Helga los besó en la frente antes de dormir. Era la primera vez que los besaba. También sería la última.

Los hermanos despertaron atados sobre la paja que les servía de cama. Lo primero que vieron fue el fulgor de la pira y, entre sus llamas, la hoja de un cuchillo. La bruja no los había amordazado y los niños gritaban.

—Uno para el fuego. Uno para mí. Uno para el dios, uno para mí —Helga repetía las palabras mientras afilaba el puñal de los sacrificios. Sus ojos ardían, ya no tenía el color almendrado de días anteriores. Un demonio miraba a través de ellos.

Los niños le habían llegado como una bendición. Sabía que sin ellos no aguantaría otro invierno. Ya no le quedaban más vidas ni más poder. Pero ellos eran su salvación.

Se les acercó con el cuchillo tembloroso.

«En poco tiempo —pensó aferrando con fuerza el puñal—, estas manos volverán a ser fuertes. Pronto, muy pronto».

Otra hoguera, más grande, crepitaba fuera de la casa, en mitad del claro. Las estrellas se levantaban para acudir al festejo. La vieja arrastró a los niños y los dejó tendidos sobre la tierra y el barro. Con un tajo seguro y veloz les hizo un corte en las mejillas a cada uno. La vieja pasó la lengua por el cuchillo. Hacía más de cuarenta años que no se deleitaba con una sangre como aquélla, tan fuerte, tan intensa. Casi creyó que con eso podría arrebatarles lo que había perdido. Pero no. Tenía que elegir. Uno sería para el dios y el otro, para ella. «La niña. La niña será para mí».

La vieja arrastró al muchacho hacia el fuego. Hans gritaba el nombre de su hermana. Llamaba a su madre.

¿De dónde sacó la fuerza? Sólo era una niña normal, humana, sin poder. Pero estaba llena de odio.

Una de las runas que había tocado en el libro llegó a su boca como una invocación. Un libro escrito con sangre, con magia, en un idioma extraño que la llamaba y que, sin saber cómo, había aprendido a leer. Un libro que poseía a aquel que lo leía.

Y allí, tendida y atada, viendo a su hermano llorar, aulló a la luna como una loba herida. La runa de la destrucción le permitió liberarse. Se levantó como un demonio y se lanzó sobre la vieja y su cuchillo. Cayó sobre ella y hundió su boca en la yugular de Helga en el momento en que entregaba a su hermano al dios del fuego.

Helga murió.

—Tengo miedo —dijo Hans antes de morir.

Lo enterró en el mismo claro del bosque donde su padre los abandonó.

Después se alimentó de la carne de la bruja. Lo primero que devoró fue su corazón. Y mientras lo hacía, cantaba. Cantaba como Helga por las noches junto al fuego del hogar. Repetía la tonadilla envenenada de palabras corruptas como si fuera una salmodia y así, sin saberlo, obedeció los conjuros ocultos entre las runas del libro, absorbiendo el poder de la bruja.

No tenía mucha comida, pero en aquella parte del bosque los animales eran incautos y fáciles de atrapar. ¿O quizás se había convertido ella en mejor cazadora? ¿Había aprendido a pronunciar las palabras que los atraían, que los invocaban? No lo sabía, no le importaba. Pero a veces, cuando cantaba bajo el árbol con las piernas cruzadas y su corazón cambiaba el ritmo de sus latidos, algunos animales parecían responder a sus murmullos. La mayoría no eran más que pequeñas alimañas y roedores escuálidos, pero su carne la alimentaba.

Según pasaban los días comenzó a buscar los senderos que podrían devolverla al mundo. Se encaramaba a los árboles y observaba el camino que partía de la linde del bosque. A veces veía carros con hombres enfermizos y esqueléticos. Nunca se acercaba a ellos. Un hombre murió. Sus compañeros quemaron su cuerpo y lo abandonaron.

Que la Muerte Negra no llegue a esta casa, que la Muerte Negra no se lleve tu corazón. Cenizas de muerto. Rosas de amor. Que la Muerte Negra se aleje de mi amor. Oculta en el árbol la niña recordó la canción que le cantaba su madre.

¿Pero cuándo? ¿Cuándo había escuchado por última vez aquella tonada? Madre no había vuelto a cantar desde que huyeron de la ciudad, alejándose de la plaga. Creían que la Muerte Negra nunca entraría en el bosque, que allí estaban a salvo de las enfermedades y la corrupción de las ciudades. Pero pronto, muy pronto, los niños aprendieron que las canciones no pueden callar los aullidos de un estómago vacío. La voz de su madre se perdió con los silbidos del viento y la niña descendió del árbol para regresar a la que ahora era su cabaña.

Y cada noche el libro la llamaba y ella, acurrucada en su camastro de paja, canturreaba las baladas aprendidas de su madre y la música robada a la bruja, y con sus dedos de niña inocente recorría las ásperas runas escritas con sangre, y con cada canción se hacía más fuerte, y rezaba y cantaba para que un día las pesadillas terminasen.

«Tengo hambre. Tengo miedo» —repetía su hermano en sueños. Y la pequeña despertaba gritando.

***

«Sí, era invierno cuando la encontré», recordó Irati. El camino de las montañas no fue fácil, pero sí seguro. Un camino blanco y hermoso que le permitió huir de cazadores y plagas. Cabalgaba cubierta por una piel de oso negro, iba equipada, tenía su magia. Todavía no vestía su cuerpo de madre prehistórica, grande, anciana y milenaria. No, entonces no aparentaba más de veinticinco años y su cuerpo era hermoso, ágil, peligroso. Ya en aquel tiempo se cubría con vestidos y sayos negros, teñidos bajo lunas oscuras.

Fue su cabello rojizo lo que llamó su atención. En mitad del invierno gris la niña era una llamarada entre los árboles que, cubiertos de nieve, se alzaban como fantasmas a lo largo del sendero. Casi desnuda, su mirada era la de una loba salvaje.

La muchacha se quedó quieta, muy quieta. Sus manos ensangrentadas se apoyaron sobre el tronco de un árbol tan famélico como ella. La mujer era muy hermosa, quizás tuviera la edad de su madre. Pero no estaba tan delgada ni muerta de hambre. Y sus ojos no revelaban ningún miedo.

«Los de madre siempre vivieron asustados».

—¡Niña!

La muchacha, sobresaltada, echó a correr y se escondió entre los matorrales. Sin embargo supo que no podría huir, porque la mujer la olía, sentía a la bruja que vivía dentro de ella, a la bruja a la que había devorado.

—Sal de ahí, muchacha —le pidió—. No tengas miedo. No te haré daño —su voz era agradable y cariñosa. Como lo había sido la de la vieja Helga.

El caballo relinchó.

La niña la miró con furia a través de las ramas. Sus ojos azules estaban enrojecidos por la rabia.

—¿Cómo te llamas? ¿Dónde están tus padres?

Volvió a correr. Se golpeó el rostro contra las zarzas. Sangre. Otra vez. Más sangre. Tropezó. Corrió hasta la cabaña. El cuchillo de matar estaba sobre la mesa.

Cuando Irati llegó al claro, la niña estaba esperándola. Blandía el puñal de los sacrificios en las manos y la desafiaba.

Pronunció la palabra aprendida.

Por un momento, Irati sintió que algo la golpeaba. Pero no le hizo daño. Sólo el miedo poseía a la muchacha y el miedo no da poder.

—Esas palabras son peligrosas, niña, deberías tener cuidado al utilizarlas. ¿No sabes que queman a las brujas? —la hechicera caminó en torno a la hoguera extinta.

—Yo no soy una bruja —su voz era la de una niña. Una amapola rota.

—Sí lo eres. Claro que lo eres —Irati se detuvo frente a ella—. Quizás antes fueras una niña normal, pero ya no. Ahora eres otra cosa.

Y entonces la niña rompió a llorar. ¿Hacía cuánto que no lloraba?

¿Desde que la abandonaron con su hermano para que muriera? Pero no murió, ¿o sí?

Descubrió que Dios no existía o que no la escuchaba, pero que brujas, monstruos y demonios sí son reales. Había hecho lo que tenía que hacer para sobrevivir. A veces no se puede elegir.

—Dámelo. Yo te lo guardaré hasta que lo necesites —Irati tomó el cuchillo ensangrentado de sus pequeñas manos. Después examinó los restos de la vieja Helga, algunas de sus vísceras todavía yacían junto a la hoguera, y se dirigió al arroyo que corría tras la casa. Recogió agua, la calentó y con ella bañó a la niña, quien ya no tenía fuerzas para seguir luchando. Ya no le importaba morir. Su mirada estaba vacía, perdida.

—¿Cómo te llamas? —Irati le limpió la cara, las manos, el pecho.

—Greta.

—¿Quieres venir conmigo, Greta?

—Tú también eres una bruja, ¿verdad?

Irati asintió. No tenía razones para mentir, la niña era de los suyos.

—¿También comes niños? —la miró a los ojos sin mostrar ningún miedo.

—No —respondió.

Greta no dijo nada más, pero agarró la mano que la hechicera le ofrecía y la apretó.

¿Qué fuerza hay que tener para matar una bruja? Sólo tenía nueve años. «¿Qué fuerza hay que tener?».

4

Tras quemar los restos de Helga, Greta e Irati abandonaron las montañas siguiendo el lecho del río. Ambas cabalgaban sobre Deinos, el caballo negro de Irati. Iban equipadas con pieles de oso, un carcaj de flechas y varios cuchillos. Evitaron los caminos y cruces transitados por los comerciantes de maderas y se mantuvieron alejadas de las ciudades grandes.

Un día Greta miró al suelo y, en lugar de nieve, vio las primeras flores de la primavera y una inmensa alfombra verde a sus pies. La niña se descalzó y corrió como una liebre entre lirios y campanillas. Se revolcó en la hierba como un gato recién nacido y prendió sus enmarañados rizos con pequeñas flores blancas. Una araña sangrienta disfrazada de ninfa de los ríos, una bruja soñando que era una niña.

Después de respirar el suave perfume de la primavera se bañaron en el río. Greta llevaba meses sin sentir el agua limpia sobre su piel. Meses pegada a la suciedad, a la podredumbre y al dolor. Y cuando se sumergió en la pequeña poza de aguas claras casi olvidó quién era ella, quién había sido y en qué se había convertido.

Irati no sabía dónde se encontraban ni qué país gobernaba aquellas tierras, pero no parecía que en aquel recóndito valle hubiera guerra alguna. Y si la había, sus fuegos ardían lejos, muy lejos de ellas.

Iniciaron la marcha en la madrugada, con los primeros rayos del sol. Por la tarde, cuando el cielo se torna rosa y violeta, una pequeña aldea fortificada brotó a los pies de una colina, a media legua de un inmenso bosque. A su alrededor se dibujaban campos arados y pastos. La bruja sonrió. Había hecho bien en alejarse de ciudades como Amberes y Dresde.

Sabía que la hermosa Praga estaba cerca, pero aunque pasaran desapercibidas entre el bullicio de comerciantes, prostitutas y mendigos, nunca se sentiría atraída por sus murallas ni catedrales. Odiaba las calles enfangadas de barro, orines y excrementos que ninguna lluvia limpiaría jamás. El griterío de las plazas, los olores pestilentes o las casas inclinadas como gigantes enfermizos no le ofrecían confianza. Por supuesto, sus riquezas la atraían. Deseaba sentir el dulce roce de sus terciopelos y trajes de seda, abrigarse con capas de marta, cubrirse con cálidos armiños, lucir collares, calentar las noches con caballeros, degustar vino decantado en copas de oro... Pero, aun así, prefería los bosques, ríos, fuentes y lagunas… Lugares dónde la Tierra exudaba magia.

Descendieron la ladera zigzagueando entre cedros y hayas hasta alcanzar la empalizada.

Antes de llegar, Irati se cubrió con su capa negra. Sabía que su cuerpo, joven y voluptuoso, atraería la mirada de los hombres y despertaría un deseo que, en esos momentos, no le interesaba provocar.

—¿Quiénes sois? —les preguntaron tras abrir el portón.

—Venimos del oeste. Padre murió. Ahora estamos solas —Greta repitió la lección que Irati le había enseñado. Tartamudeó un poco con las palabras, ya que tuvo que aprenderlas en un idioma desconocido. Y tal y como la bruja le indicó, no dijo su verdadero nombre.

—Les dirás que tienes nombre de río —le había explicado.

—¿Por qué?

—Porque los ríos son poderosos y sus nombres transportan parte de ese poder.

No las dejaron entrar en el burgo hasta que Vojkan las interrogó. Era un hombre robusto de unos cincuenta años, alto, muy rubio, de rostro afilado como el de un águila. Una cicatriz rojiza le cruzaba el semblante y le cegaba un ojo.

Llevaba una espada al cinto y su mano no se apartó de su empuñadura en ningún momento.

—Tenéis un acento extraño. ¿De dónde sois? —preguntó con voz autoritaria.

—Venimos del otro lado de las montañas —informó Irati mirando al ojo que el hombre no tenía enfermo.

—¿No habéis llegado a través del bosque?

—No.

—Habéis venido por un camino muy largo —gruñó—. No es fácil cruzarlo con los montes nevados.

—Era el único camino —repitió Irati—. No pudimos elegir.

—Eso es cierto, mujer. A veces, no se puede elegir.

En el burgo vivían unos cincuenta o sesenta aldeanos que asomaban sus miradas desconfiadas por puertas y ventanucos. Las casas, de madera con techos de paja y adobe, se apiñaban en torno a una pequeña plaza con un pilón de agua. Animales de granja correteaban entrando y saliendo de sus corrales.

—¿Qué sabéis hacer? —preguntaron—. Si queréis quedaros, hay que trabajar. Aquí la vida no es fácil.

—Podemos coser y cocinar —afirmó Irati—. Y cazar.

—Las mujeres no cazan —interrumpió Vojkan con la autoridad de un patriarca.

—También podemos curar —la bruja inclinó la cabeza con humildad y su cabellera negra y lacia cayó sobre sus hombros ocultando parte de su rostro—. Conocemos remedios de otras tierras. Podría sanar esa herida —dijo mirando la cicatriz que cruzaba su rostro.

Vojkan alzó la mano y la cubrió.

—Ésta es una llaga demasiado antigua, mujer. Ya nada puede quitarla.

—Quizás yo podría —insistió la bruja.

Pero Vojkan la hizo callar.

—Si es cierto que eres curandera, atiende al joven Letvik.

—¿Quién es Letvik?

—Un mozo de once años. Enfermó hace una semana. Las viejas dicen que no sobrevivirá. ¿Y ella? —Vojkan señaló a Greta—. ¿También puede curar?

—Está aprendiendo.

—Eso es bueno —Vojkan se frotó la barba—. Os quedaréis con la vieja Bora. Comed y descansad.

Bora era una mujer pequeña y arrugada, de unos setenta años, viuda desde hacía veinte. Vivía sola y pareció alegrarse de tener compañía. Si poseía algún don, Irati no sintió que fuera muy grande.

Esa noche descansaron sobre la paja de un pequeño granero.

Al día siguiente, Irati fue a ver al niño enfermo.

Su casa, de barro, no era más que una pequeña estancia de un solo espacio. Habían acomodado al muchacho en un rincón sobre una pila de paja. Miraba al techo con ojos vacíos, sin percibir nada de lo que sucedía a su alrededor. Temblaba, sudaba, echaba espumarajos por la boca. Su madre le aplicaba sangrías intentando limpiar su sangre, pero sólo lo debilitaba cada vez más.

Irati pidió que lo desnudaran. El niño estaba muy delgado, muy blanco… pero ninguna parte de su cuerpo mostraba los temidos bubones que tan bien conocía. De haberlos visto, hubiera abandonado la aldea en ese mismo momento. Algunas enfermedades podían crearse con ritos oscuros que no debían ser ignorados. Pero la Muerte Negra, como los hombres la llamaban, no estaba presente en aquel niño.

La hechicera ordenó que la dejaran a solas con él. Al principio las mujeres se opusieron, pero la bruja se negó a ejercer sus conocimientos ante ellas. Ningún curandero lo hacía, nadie revelaba la fuente de su poder. Una vez se fueron, escupió en la palma del muchacho y rápidamente su saliva tomó la forma de una mariposa. El niño estaba siendo reclamado por el reino de los muertos.

Irati extrajo una espina de rosa que guardaba en los pliegues de sus ropas y le pinchó un dedo. Saboreó su sangre y, murmurando palabras extrañas, vislumbró un destello blanquecino sobre el pecho del muchacho. El resplandor era débil y estaba enterrado en las profundidades de su ser, pero revelaba que su aura seguía viva. Todavía estaba a tiempo de expandirla, de agrandarla, de hacerla perdurar en el tiempo.

Irati salió a la calle y buscó a Greta con la mirada. La muchacha se había unido a un corro de niños que la atosigaban con preguntas sobre tierras lejanas. La niña no podía contestarles, aún no había visto nada y apenas comprendía el nuevo idioma. Pero los niños se adaptan con velocidad. Y Greta aprendía rápido, muy rápido.

Al ver a Irati corrió hacia ella.

—Ve a buscar mis alforjas, trae la bolsa con las hierbas.

Y en los siguientes días Greta vio a la bruja mezclar las hierbas que habían recogido en las montañas: belladona, beleño, estramonio, eléboro, laurel, asafétida, acónito, opio, eléboro, azafrán, mandrágora, valeriana, espliego, cicuta, hierbamora… Intentaba recordar cómo preparar ungüentos con ellas, las fechas propicias para hacerlo, las horas en que debían arrancarse, la alineación de las estrellas… Observaba a la hechicera dibujar extraños signos sobre la piel desnuda del niño. Greta la ayudaba calentando agua, preparando tisanas o haciendo cataplasmas con sesos de gato y setas negras. A veces también cantaban. La bruja de cabellos negros y ojos de gata extendía las manos, la derecha sobre el pecho de Greta y la izquierda sobre el corazón del muchacho. Sus ojos entonces brillaban con un fulgor verdoso. Greta la imitaba de manera que los brazos de ambas formaban un triángulo de energía sobre el cuerpo de Letvik. Entonces acompañaba con susurros la tonadilla de la hechicera hasta que sentía los tres corazones latiendo como uno solo.

—¿Qué ha pasado? —le preguntó cuando la luna se diluyó en el amanecer.

—He hecho que su corazón siga el ritmo del tuyo.

Greta se quedó en silencio durante un momento, apretó los labios y torció el gesto.

—¿Le has dado parte de mi vida? —se asustó.

—No, mi niña, no... Tan sólo le hemos ayudado a seguir latiendo.

—¿Y se va a curar?

—Sólo si consigo que aguante hasta la próxima luna llena.

—¿Y después? ¿Podremos quedarnos aquí?

—Eso creo, pero primero tenemos que sanarlo por completo. Ten, coloca este ramillete en la ventana —Irati le entregó un manojo de hierbas amarillas—. Es ruda, le protegerá de los espíritus que quieran hacerle daño.

Greta se quedó inmóvil en mitad de la estancia.

—¿Qué sucede?

—Quiero que me enseñes las palabras de la magia —dijo con decisión.

Irati la miró unos instantes. Una sonrisa se dibujó en su semblante.

—Y te enseñaré —afirmó complacida la bruja.

—¿Cuándo?

—A su tiempo. Aún es pronto.

Esa noche Vojkan la llamó. Quería hablar con ella.

La villa no era muy grande. Algunas de las casas, como la del muchacho enfermo, tenían tan sólo una habitación en la que todos dormían, comían y se apareaban. Sólo una estaba hecha de piedra: la de Vojkan.

Cubierta por sus sayos negros, Irati atravesó el poblado. Parecía una sombra más, un gato entre las tinieblas. Recorrió las callejas de lodo y paja sin que nadie percibiera su presencia y ascendió la pequeña cuesta que conducía a la casa en lo alto de la aldea.

Vojkan señaló una banqueta y con mirada adusta le ordenó que se sentase. Después atizó las ascuas de la chimenea que calentaba la sala. Danika, su esposa, una mujer joven de mirada escurridiza, les sirvió los restos del ciervo que habían asado aquella misma tarde en el centro de la aldea y azuzó a los niños para que salieran de la estancia. Después cerró la puerta y los dejó a solas.

—¿Son vuestros hijos? —preguntó la bruja.

Vojkan negó con la cabeza.

—No. Son los hijos de mi hermana —su voz sonó ronca y áspera. Irati adivinó el dolor de la pérdida.

—¿No tenéis hijos?

—Mi mujer es débil, todos nacieron muertos.

—Puedo ofrecerle unas hierbas que la ayudarán en su próximo parto —ofreció con voz sumisa. No quería que el hombre desconfiara de ella—. También puedo destilar una cerveza que hará tu semilla más fuerte.

Vojkan se revolvió incomodó en la silla.

—La madre de Letvik dice que el muchacho está mejorando. ¿Vivirá?

—Todavía no lo sé.

Vojkan asintió.

—¿Cuándo lo sabrás?

—En unos días —Irati estaba sentada con las manos en el regazo, sin moverse, intentando adentrarse en su mente, robar sus recuerdos.

Vojkan sacó una bota de vino de una alacena, llenó dos cuencos y le ofreció uno. Después se giró hacia un pequeño ventanuco, dando la espalda a Irati que, sin que él la viera, manchó sus dedos con las cenizas de la hoguera y dibujó una runa en la mesa. Y los recuerdos, como moscas molestas, revolotearon en la mente de Vojkan. De pronto, con la mirada perdida en las estrellas, recordó cómo con cinco años vio azotar a su padre, el *Seid* de su tribu. Los monjes cristianos lo habían arrastrado a las marismas dejando que se ahogara con la subida de la marea. Después quemaron el poblado y destruyeron el altar de sus dioses. Y aunque aquello había sucedido hacía cuarenta años, todavía podía oír a su madre gritando que Perún se vengaría lanzando sus rayos sobre los cristianos, cosa que Perún nunca hizo. Pero a pesar de ello, y aunque Vojkan y los suyos fueron bautizados en la nueva fe, aún seguían honrando a sus viejos dioses.

—Antes era Arpad quien se ocupaba de los enfermos —dijo Vojkan sentándose frente ella y olvidando los recuerdos que se habían agolpado en su cabeza.

—¿Arpad? ¿Quién es?

—Murió el invierno pasado, en el bosque. Curaba a la gente, cuidaba del ganado y nos protegía de los bosques —la voz de Vojkan tembló al referirse a la floresta.

—¿Los bosques? ¿Qué hay en los bosques que requiera protección?

—*Rusalki.*

Irati asintió. Sabía de lo que hablaba. Ahora la enfermedad del niño que había atendido cobraba sentido. El muchacho había sido mordido por uno de los fantasmas de los ríos.

—¿No habéis pedido ayuda al obispo? —sugirió Irati. Aunque Vojkan honraba a los antiguos dioses, había sido bautizado y también veneraba al dios de los cristianos.

—No queremos atraer la atención de los monjes. Podrían acusarnos, quemar este lugar y a nosotros con él.

—¿Por qué creéis que yo puedo protegeros?

—Lo ha dicho la vieja Bora. Ella puede ver lo que otros no ven. Dice que eres poderosa, como Arpad.

Así que era cierto, pensó Irati. La vieja Bora conocía los caminos de lo oculto.

Vojkan alzó el vaso.

—Si el joven Letvik se recupera, todos os aceptarán y podréis quedaros entre nosotros —afirmó—, pero...

—Primero he de libraros de las *rusalki* —Irati tomó el vaso que Vojkan le ofrecía—. Es peligroso. ¿Qué sucederá si la Iglesia nos descubre?

—El poblado más cercano está a una semana a caballo. Los domingos honramos a su dios en la ermita del promontorio.

—¿Quién se encarga del oficio?

—Cada semana uno de nosotros lee las escrituras.

—¿No tenéis ningún sacristán? —se extrañó Irati.

—Lo tuvimos, pero murió hace tres inviernos. Nadie lo supo y nadie vino para sustituirle. Nuestras oraciones son poderosas, su dios está contento con nosotros.

—¿Y los tributos?

—Yo mismo me encargo de entregarlos una vez al año —aclaró.

—¿Comerciáis? ¿Acudís a las ferias?

—Voy en verano. Unos cuantos mozos me acompañan. Acatamos las leyes, pagamos los tributos, rezamos y damos el diezmo. Nadie nos molesta.

Irati asintió.

—Puedo libraros de las *rusalki* —afirmó—, pero si lo hago, la Iglesia jamás deberá saber de mí. Jamás.

Irati regresó a la casa de la vieja Bora pensando que aquél era un buen lugar para contactar con las fuerzas ocultas. A media legua del pueblo, en la linde del bosque, había descubierto un paraje en el que podría establecerse y extraer conocimientos de una tierra todavía virgen, de un bosque habitado por *rusalki*... Un bosque donde las energías primordiales de la Tierra aún se manifestaban. Casi podía respirar la fuerza de esos viejos dioses: Perún, Yarilo, Siwa, Striborg, Simargl, Mokosh, Svarog, Dazhbog, Zoria, Morana... Uno a uno, el viento le trajo sus nombres como hojas caídas de árboles marchitos. Aquél era un lugar para explorar, para extraer magia de lo oculto, de lo olvidado. Era una suerte que Vojkan hubiera edificado su nuevo poblado junto a él, porque el bosque se protegía a sí mismo. Por eso la Iglesia había olvidado aquel pequeño pueblo escondido entre las montañas.

Al regresar al granero se encontró con todos sus libros, ropas y saquitos de hierbas esparcidos en el suelo. Greta los examinaba con ansiedad. Todo su cuerpo temblaba.

—¿Dónde está? ¿Dónde está? —balbuceaba.

—¿El qué? —Irati comenzó a recoger con parsimonia los objetos, sabiendo perfectamente lo que Greta buscaba.

—El libro... el libro de la vieja... el que me ayudó... ese que tenía los signos... ¿cómo dijiste que se llaman? ¡Runas, el libro de las runas! ¡No está! —las lágrimas bañaban su rostro—. ¡Tengo que encontrarlo! —gritaba.

Irati vio cómo la suave luz de la luna entraba por un pequeño ventanuco.

—Lo quemé —dijo suavemente.

Greta la miró sin comprender.

—Lo necesito... —susurró—. Lo necesito para aprender... para sobrevivir... Yo...

—Ese libro era demasiado peligroso. Yo te enseñaré a dominar la fuerza que hay en ti —se acercó para consolarla, pero Greta la apartó con un gesto brusco y se recostó en el jergón con la espalda girada a la pared.

Irati contempló a Greta hasta que su respiración se tranquilizó y el sueño se apoderó de la niña. Le deseaba una vida fácil y sin sobresaltos. Quizás lo mejor sería irse, dejarla con aquellas gentes. Allí estaría a salvo, la cuidarían, había niños con los que podría crecer... ¿Se casaría con alguno? No lo sabía. Había querido vislumbrar el futuro de Greta. No había podido. Al intentarlo, una oleada sangrienta embotó su visión golpeándola con fuerza. Greta ya no era una niña normal. Había matado a una bruja y, al ingerir su corazón, había absorbido no sólo su poder sino también su misma esencia. Eso la había cambiado. Para siempre. Su sangre había quedado mezclada con las fuerzas oscuras y ahora la niña anhelaba más poder como el que ya había degustado. El libro que contenía el lenguaje arcano le había abierto puertas invisibles de conocimiento y, por un corto espacio de tiempo, la había poseído. Irati podía sentirlo. Percibía su hambre. Debía enseñarla o se perdería para siempre. La descubrirían. La quemarían. Si Greta hacía algo que no debía, los mismos que ahora pedían su ayuda serían los primeros en arrastrarla a la hoguera. La bruja se llevó la mano al pecho, su corazón latía con fuerza. Si abandonaba aquella aldea debería llevarse a Greta consigo... Pero no era seguro seguir el camino con una niña. No, era mejor esperar a que la muchacha creciera lejos de las ciudades, lejos de la guerra, lejos de iglesias y sacerdotes. Además, apenas quedaban lugares como aquella aldea perdida de las montañas.

Greta se movió en el camastro. Dormía profundamente. Irati respiró el olor que la niña emanaba... Una amapola marchita.

Pocos días después la luna llena devolvió la fuerza al muchacho enfermo. Irati se alegró. Gracias a ella aquel mozo disfrutaría de mucha más vida que cualquiera de sus semejantes. Cuando finalmente Letvik abrió los ojos y se levantó de la cama, Jasna, su madre, abrazó a Irati entre sollozos, se arrodilló y le besó los pies. Ese mismo día los hombres del poblado comenzaron a levantar una casa para ella. Irati ordenó que la construyeran fuera de la empalizada, en la linde del bosque, cerca del arroyo, de los dioses y los espíritus. Cerca de las *rusalki*. Quizás allí podría conseguir que Greta olvidara a la vieja del bosque y a su hermano.

La noche anterior la luz de la luna llena había iluminado a Vojkan. Su aura resplandecía con el azul de las lobelias y los muscaris, las clemátides y las campanulas.

INTERLUDIO 1

Salgo del coche y camino sobre la hierba. Está verde y recién florecida. Ya no es invierno.

Piso un charco. Agua sucia me salpica los zapatos.

Mi madre grita que tenga cuidado.

Al llegar al colegio mis amigos están jugando a fútbol, como siempre antes de entrar en clase. La pelota me cae a los pies. Chuto. Horrible. La mando fuera del campo. Iker me grita que soy un inútil y que no valgo ni para pelar patatas. Eso es lo que le dice su madre a él. No parece que haya pasado un mes. «Hola», me dicen todos. «¿Ya te has curado?». Digo que sí, suelto la mochila y me pongo a correr. Voy lentísimo. Mis piernas se han olvidado de cómo darle a la pelota. Chuparé mucho banquillo este año. Me da un poco de rabia, porque Alex y Unai juegan tan mal como yo.

Suena la sirena y entramos en clase. Teresa, la profesora, es súper simpática conmigo. No me riñe, y eso que ni paro de hablar ni sé nada de lo que pregunta. Ari no ha venido a clase. Todavía está enferma.

Por la tarde vamos al cumpleaños de Iker. Me pongo un poco triste porque recuerdo mi cumple y que no lo pude celebrar por estar malo. Mamá dijo que el próximo lo celebraremos el doble. Pero en casa de Iker lo paso genial. Soy el último en irme.

Nada más volver a casa mis padres me mandan a dormir. Yo no quiero. Digo que quiero cenar. Es mentira, he comido mucho en el cumpleaños. Pero ceno dos veces para no irme a dormir. ¡Ojalá me hubieran dejado quedarme a dormir con Iker! En su casa no tendría pesadillas. Creo que puedo aguantar despierto hasta que llegue mañana. Puedo pasarme toda la noche sin dormir, lo he hecho otras veces.

Si no cierro los ojos, no me dormiré. Pero los ojos me pican. Me levanto. Me miro en el espejo. Están rojos. Abro la ventana del balcón. El frío llena la habitación. Así es más difícil dormir. Me meto en la cama y sólo me tapo hasta la cintura. Tengo la cara helada. Los ojos me lloran del frío. Me pellizco en el brazo. No te duermas, no te duermas. Las sombras reptan por el suelo. Son culebras. En las paredes hay lechuzas negras. Tiemblo, pero no de frío. ¿Pueden saltar las sombras de la pared? ¿Y de los sueños? No quiero dormir. La lechuza siempre me asusta.

No quiero soñar con ella. Nunca más.

No quiero que me hable. No entiendo lo que dice.

Algo aletea en mi ventana.

Tengo miedo.

5

Irati cubrió los ojos de Greta con las manos y acercó el rostro a su rizada melena. La niña emanaba aroma a narcisos y lirios.

—Respira —cantó en su oído—. Escucha el bosque. ¿Qué oyes?

—Grillos y cigarras, el viento en los árboles, el vuelo de un murciélago. ¡Espera! ¡No! ¡Un águila! ¡No! ¡Una lechuza!

Muy despacio, para no asustar al ave, Irati apartó las manos. La luz del atardecer creaba un tapiz rosado en el cielo. Cientos de pequeñas flores blancas sobrevolaban el prado atrapando los últimos rayos de sol. La puerta de la cabaña se bamboleaba indolente mecida por el viento del verano y las aguas del arroyo chispeaban bajo los últimos vestigios de luz.

Sobre un tocón de madera las observaba silenciosa una pequeña lechuza de plumaje grisáceo, ojos anaranjados y listas negras.

—¿Es para mí? —susurró Greta arrodillándose como una ardilla.

—Sí. La encontré esta tarde, en el tronco de un avellano, ella nos avisará si hay algún peligro.

La lechuza ululó complacida.

—¿Cómo se llama? —Greta dio unos pasitos hacia la lechuza, sin atreverse a tocarla.

—Su nombre verdadero no te lo puedo decir.

—¿Por qué?

—Debes descubrirlo tú sola.

—No sé cómo hacerlo... —dijo extendiendo un brazo para tocarla.

—Ya aprenderás —la tranquilizó, apartándole un rizo que le caía sobre el rostro—. De momento, elige un nombre para ella.

—¿Yo?

—Sí. Debes ponerle el nombre de una de las estrellas que esta noche brillarán en el cielo.

—¿Por qué?

—Para ganarnos la influencia de los astros y proteger nuestros sueños.

—¿Y ya no soñaré con Hans?

Irati respiró con profundidad. ¿Qué debía contestar? Llevaba varios meses intentando que el espíritu del hermano muerto dejara de visitar a la niña.

—Cada vez menos —dijo. Aunque sabía que algunos fantasmas nunca se van por completo. Se agarran a los vivos como garrapatas, hambrientos de vida y recuerdos.

—¿Cómo se llama esa estrella? —Greta señaló a la única luz que en ese momento brillaba en el cielo.

—Los griegos la llamaron Phosphorus al atardecer y Hesperus al amanecer. Muchos la llaman Venus, pero tiene miles de nombres: Dilbat, Ishtar…

—Te llamaré Dilbat —dijo Greta acariciando el plumaje de su nueva amiga.

Irati volvió a sonreír mientras se colgaba un pequeño macuto a la espalda.

—¿Adónde vas?

—Tengo que adentrarme en el bosque.

—¿En busca de las *rusalki*?

Irati arqueó las cejas.

—¿Quién te ha hablado de las *rusalki*?

—Letvik. Su madre dice que fueron ellas las que casi lo matan. Cegaron un ojo a Vojkan y mataron a Arpad. Letvik me ha enseñado una canción para espantarlas. Dice que se la cantaron las hadas a la vieja Bora cuando era niña. ¿La quieres oír?

La hechicera la besó en la mejilla y sonrió.

—Claro que sí. Canta para mí. Pero no has de preocuparte por las *rusalki*. Yo también conozco canciones para ahuyentarlas. Ahora vamos a casa de Bora, esta noche habrá tormenta y quiero que te quedes con ella.

—¿Cómo sabes que habrá tormenta? —Greta miró hacia el cielo despejado. Pronto brillaría la luna llena y nada indicaba que fuera a llover. Sin embargo, los grillos y cigarras habían enmudecido y el silencio, como un dios imperturbable, se había instalado en el bosque.

—Porque lo sé —contestó la bruja con mirada enigmática—. Algún día tú también sabrás. Incluso podrás atraer a las tormentas, si quieres.

Greta sonrió, satisfecha con la promesa.

—¿Puedo llevarme a Dilbat conmigo?

—Claro que sí, la he traído para que te proteja.

La cabaña en la que vivían estaba a tan sólo media legua de la aldea, pero Irati insistió en que Greta no debía pasar esa noche fuera de la empalizada.

Bora las recibió con alegría.

—¿No te quedas? —preguntó a Irati mientras cubría a Greta de besos, achuchándola como si fuera su propia nieta.

—No.

—Ten cuidado. Esta noche habrá tormenta —dijo Bora.

Irati todavía se preguntaba cuán lejos llegaba la visión de la vieja, cuánto intuía y hasta qué punto podía ver los velos que separaban los mundos.

Regresó al bosque bordeando el sendero del molino y desde allí entró en la foresta. Llevaba tres meses vigilando el bosque, pero nada había sucedido. Sin embargo, Vojkan le había explicado el peligro que para ellos suponía adentrarse en aquellas arboledas. Durante años Arpad les mantuvo protegidos de los seres que poblaban los ríos. En muy pocas ocasiones habían tenido problemas. Vojkan le contó a Irati cómo él mismo, siendo tan sólo un mozo de quince años, perdió la vista de un ojo al bañarse en la laguna del corazón del bosque. Sin saber cómo, se vio arrastrado hacia las profundidades y, de pronto, surgida de un fondo verdoso de helechos y musgos, una ninfa de cabellos negros, ojos amarillos y piel blanca como la de los muertos le atacó. Hundió sus dientes en su rostro y se le llevó la visión de un ojo. Arpad le rescató y le curó. Desde entonces, una vez al año, los aldeanos recorrían el bosque cubiertos de flores, entonando viejas canciones. Arpad siempre presidía la procesión y los espíritus de ríos y bosques se sentían honrados, bendecían sus cosechas y no les atacaban. Pero Arpad había muerto. Todos creían que una de las *rusalki* se lo llevó al fondo del lago y, sin la magia del hechicero, el lugar volvía a ser dañino y en las noches de luna llena nadie se aventuraba fuera de la empalizada. El niño Letvik había sido su última víctima.

Después de caminar por el bosque durante más de una hora Irati llegó a la laguna.

La *rusalka* de piel blanca y mortecina la esperaba sentada al borde de una roca. Vestía una camisa holgada, casi transparente, que parecía un velo de seda. Peinaba su cabello negro con un peine dorado y cantaba con voz de alondra.

Era una ninfa de ojos amarillos, un ser de los ríos capaz de subyugar a hombres y mujeres. Podía caminar con sus dos piernas o nadar con cola de pez. En cualquiera de sus formas, aquellos que la contemplaban quedaban fascinados por su belleza y embrujo.

Pero Irati no sintió nada; tan sólo cierta tristeza. Cerca de ella otras dos muchachas nadaban desnudas, saltando como truchas plateadas sobre la laguna.

—Te esperábamos desde hace tiempo —susurró la niña del peine—. Te oímos llegar.

No era la primera vez que Irati se encontraba con seres de los ríos. Aquellas mujeres descendían de una raza antigua que, como la suya, casi había sido exterminada.

—¿Esperabas la llegada de la luna? —la niña alzó el rostro hacia el cielo sin dejar de peinarse. El astro relucía en el firmamento y su estela de plata acariciaba las aguas—. Ella también te protege, ¿verdad? ¿También te da fuerza?

Irati se acercó al lago con tranquilidad, se despojó de sus botas de piel, se sentó, metió los pies en el agua y sintió el tibio cosquilleo de los helechos entre sus dedos.

—¿Qué hicisteis con el brujo de nombre Arpad?

—Quiso arrebatarnos nuestra fuerza y lo matamos —respondió con voz sensual otra de las muchachas—. Está en el fondo del río.

Irati esbozó una agria sonrisa. La *rusalka* intentaba atraerla con su voz, pero su canto no tenía poder sobre ella.

—Él era el único que podía invocar el poder del bosque y habéis matado su voz —les reprochó—. No podréis seguir entre los hombres sin un puente.

—Sí que podremos —insistió la tercera—. Los muchachos vendrán, nos darán su sexo, su sangre, su vida, harán fluir las aguas para nosotras —cantó alegre y despreocupada.

—Pero no vendrán —Irati chapoteaba entre los juncos, formando un remolino con sus pies. Su voz zumbó sobre las aguas creando la ilusión de quietud e inmovilidad. Una libélula a punto de lanzarse sobre su presa.

—Entonces iremos a buscarles —las voces de las *rusalki* se unieron en una sola y su eco reverberó en la laguna. El murmullo de los árboles y el canto de grillos y cigarras se sumaron a sus siseos en una melodía turbulenta. El viento comenzó a soplar con fuerza, las aguas se agitaron formando olas grisáceas que se encresparon con espumarajos de plata.

—Vendrán otros hombres, más fuertes y poderosos que éstos. Traerán cruces y acabarán con vosotras —Irati las miraba y sonreía, escuchaba sus chapoteos y sus risas.

—Tú podrías cantar para nosotras —susurró con voz rota la más pequeña—. Eres poderosa. Eres de la *Vieja Raza*. Nuestras madres y las madres de nuestras madres cantaron juntas, inventaron canciones, nadaron en los mismos ríos, separaron los velos.

—Eso fue en otro tiempo.

—Juntas hicieron que las energías surgieran de las aguas, de la tierra, el aire, el fuego y el tiempo —cantó la más pequeña.

—Puede ser —admitió Irati—, pero ellas están muertas y éste no es mi lugar.

—Si nosotras desaparecemos, también desaparecerá el bosque, el río se secará y los campos y los animales morirán. Los humanos nos necesitan —rugieron las muchachas del agua, reptando hacia ella como salamandras hambrientas.

—No tenemos dónde ir —la niña ya no se peinaba. Hablaba con voz quebrada y sus ojos brillaban de rabia.

—Pero os iréis —la bruja contempló la laguna con melancolía.

El viento arremetió contra las hayas, los abedules y los cedros. Un tronco se derrumbó sobre las aguas ahora embravecidas y el remolino que la hechicera había iniciado con sus pies comenzó a apoderarse del lago.

—No cantaré para vosotras. Ya nadie cantará a las *rusalki*, no en este bosque —Irati se incorporó. Podía sentir el miedo de las aguas y el terror a lo desconocido en las sirenas—. Pero es cierto eso que decís —continuó con la mirada fija en ellas—. Sin vuestro influjo el río se secará y los animales morirán. Pero los hombres aprenderán a controlar los ríos

—añadió—. Cambiarán su curso, moverán sus aguas y os olvidarán.

Irati podía sentir la fuerza del bosque. Era un lugar de poder, el centro de un manantial de energía. Allí la magia era fuerte. Extendió las manos hacia la laguna, comenzó a mover los dedos, como tejiendo hilos invisibles... y la tormenta estalló con toda su furia. El bosque entero retumbó azotado por truenos y relámpagos. El remolino creció, arrastrando a las *rusalki* a su centro. Gritaban, se revolvían, cambiaban de forma y chillaban. Irati permaneció quieta, viendo cómo el río las engullía. Habían sido una raza poderosa, sacerdotisas de las aguas capaces de salvar o ahogar a los que caían en ellas. No eran las últimas *rusalki* de la Tierra. Por un instante Irati pudo sentirlas a todas, ocultas en los ríos. Si alguna vez se bañaba en alguno de ellos, podría atraerlas con sólo derramar su sangre. Deseó que pudieran sobrevivir escondidas de quienes eran más poderosos que ellas, del odio de los sacerdotes y de los hombres que un día no lejano dejarían de necesitarlas, temerlas y adorarlas.

Antes de regresar a la aldea, la bruja se detuvo frente al roble que presidía la laguna. Sus ramas descendían de la copa al suelo, como las alas de un ángel. Refulgía con el fuego blanco de la luna. Un árbol de los dioses que, con sus raíces, liberaba la magia de aquella tierra. Irati cayó de rodillas sobre la hierba enfangada. Ramas, tronco y raíces fueron devorados por la oscuridad. El árbol de las *rusalki* había muerto. Sólo era ya un trozo de madera podrida. La hechicera permaneció arrodillada y cantó a su esencia y espíritu, como en un velatorio, sabiendo que con el tiempo la magia del lugar se extinguiría.

El bosque no fue arrasado por el huracán, pero muchos árboles y animales murieron aquella noche. La aldea permaneció protegida por su empalizada y por el poder con que Irati había impregnado a la pequeña lechuza.

Vojkan la esperaba en el portón. La hechicera se acercó a él.

—Las *rusalki* ya no os molestarán.

El campesino miró al cielo. Las nubes se alejaban, dejando ver las estrellas que alumbraban la noche.

—¿Debemos seguir honrándolas? ¿Cantándoles?

—No. El bosque está vacío.

El hombre volvió a asentir.

—¿Y si vuelven?

—No volverán.

La luna llena brillaba y el hombre relucía con su aura azulada.

—Ahora que se han ido, puedo curar esa herida —susurró la bruja mirando a su ojo ciego.

Esta vez Vojkan no le dijo que se callara. Irati lo llevó a su cabaña del bosque, cubrió su ojo con un emplasto y le cantó. La voz que surgió de su garganta era la de la *rusalka* que se peinaba con un peine dorado. Era la voz de la ninfa que le robó el ojo a Vojkan cuando sólo era un muchacho. Ahora aquella voz le pertenecía.

Y cuando Irati entonó la música del río, la luz azulada de Vojkan centelleó como fuego que reaviva el viento. Podían pasar años, incluso siglos, hasta encontrar otro como él, de aura azul, fortalecida por el veneno de la mordedura de la *rusalka*.

La bruja continuó con su canto robado mientras Vojkan miraba con deseo sus pechos de diosa y sus caderas de serpiente, sin saber que ya podía verla con ambos ojos. Fue entonces cuando la bruja distinguió que éstos no eran iguales. Uno era azul, el otro tenía un ligero tono verdoso. Una de las marcas de la antigua sangre. «Un signo de brujería», como decían las viejas.

Y sin dejar de cantar, Irati extendió el brazo y tocó el del campesino. Vojkan se estremeció.

La bruja le abrió la camisa con lentitud y comenzó a besar y a lamer su pecho. Después le tomó de la mano y, dócilmente, como un niño obediente, él se recostó sobre la hierba fresca.

Vojkan se mezclaría con ella, le entregaría su simiente, su energía, la inundaría con su color azul. Al despertar, ella le daría una infusión de hierbas para confundir sus sentidos y hacerle olvidar. Después regresaría con su mujer como un devoto esposo, sin recordar que había entregado su semen a una bruja de la *Vieja Sangre*.

***

Al día siguiente, cuando entraron en la aldea, la cicatriz aún cruzaba el rostro de Vojkan, pero su ojo gozaba de los colores del mundo. Los aldeanos aparecieron en las puertas. La mujer de Vojkan, Danika, permaneció unos instantes frente a su marido sin decir nada, sabiendo que él había pasado la noche con otra mujer. Con la bruja de la aldea.

—¡Mujer, no pienses lo que no es! —espetó ofendido, sin recordar cómo había tomado a Irati—. Gracias a esa mujer… —señaló a la bruja— ¡Ahora puedo verte en toda tu hermosura! —y la abrazó.

Greta llegó corriendo hasta Irati—. ¡La lechuza ha muerto! ¡Dilbat está muerta! —lloraba desconsolada. En sus manos sostenía la pequeña ave a la que había amado durante una sola noche.

E Irati supo que había hecho bien en dejar a la lechuza dentro de la aldea, evitando así que la tormenta atravesara la empalizada.

—Ha cumplido su deber. Te ha protegido.

—Creí que no volverías. Que también habías muerto.

—¡Tonta! —Irati le acarició el cabello—. Yo nunca te dejaré —la consoló—. Ahora regresemos a casa.

Por un momento se sintió como si realmente fuese su madre. Tomó a Greta de la mano y se encaminó hacia el bosque. Había encontrado a un hombre de poder, de luz azul, que brillaba con el añil de las clemátides y las lobelias, de las campanulas y las muscaris…

Y no se iría de allí mientras su aura brillara en las noches de luna llena.

6

La aguja de la iglesia se alzaba sobre el burgo como el dedo de un dios acusador.

«Demasiado pronto» —se lamentó la bruja.

Habían transcurrido tres años desde que Irati y Greta se unieron a la comunidad liderada por Vojkan. Greta había cumplido doce y ya conocía todas las hierbas que el bosque brindaba. Su voz alcanzaba tonos altos y agudos que competían con el canto de los pájaros más melodiosos. Entre la joven e Irati entonaban tonadas que despertaban la energía de la Tierra. Siete lechuzas vivían en el claro, cerca de ellas, ocultas en los árboles, vigilando la noche. Cada día que pasaba, Greta tenía menos miedo a dormir.

«Tengo miedo, hermana —repetía Hans en sus sueños—. Tengo hambre».

Sin embargo Irati sabía que pronto habrían de partir. Era de ingenuos suponer que sacerdotes y obispos ignorarían la aldea para siempre. Sin el influjo de las *rusalki* y sin el árbol de poder, el bosque y sus alrededores estaban desprotegidos y eran vulnerables a los extranjeros, tanto dioses como hombres.

Un nuevo párroco oficiaba los ritos sagrados y daba órdenes a los feligreses.

Letvik gritaba desde el campanario, tañendo las campanas de la torre, inundando el valle con su repicar. Ya no era el niño enclenque que había estado a las puertas de la muerte. Se había convertido en un muchacho alto y fibroso. Sus ojos almendrados brillaban con fuerza bajo el sol del mediodía. Pronto sería un hombre pero, de momento, su rostro redondeado era el de un niño risueño. Greta y él jugaban en el bosque que había sido de las *rusalki*, descubriendo juntos los lugares secretos a los que durante años ningún zagal se había aventurado. Desde el campanario Letvik llamaba a Greta para que subiera a la torre. Pero Irati la agarró con fuerza, impidiéndole correr hacia las escaleras.

—¿Por qué pones esa cara? —preguntó Greta a Irati—. ¿No te gustan las campanas?

—Tenemos que irnos —Irati tendió la mano a la niña para que subiera a la grupa de Deinos. El caballo, espoleado por la rabia de la bruja, arremetió contra las gallinas que se cruzaban a su paso. Se alejaron de la aldea al galope y no se detuvieron hasta llegar al bosque. Irati terminó de preparar los arreos que necesitaban para unirse a la caravana que partiría al día siguiente.

Ese año, en Praga, se celebraba una gran feria y Vojkan quería mercadear en ella. Durante todo el mes, Letvik y el resto de mozos habían hablado sin cesar de los mercaderes, de las casas de varios pisos, del castillo, las murallas y la catedral. Como ninguno de ellos había salido jamás de la aldea, todos querían formar parte de la comitiva.

Hasta entonces Irati se había negado a acompañar a Vojkan cuando viajaba. Pero la Iglesia les había alcanzado, y cuando él anunció su intención de ir a Praga, la hechicera se les unió. Hacía tres años que vivía aislada del mundo y era un buen momento para ver en qué se había convertido.

—¡Quiero un vestido bonito y una capa de terciopelo rojo! — le pidió Greta.

Irati dijo que tenía que ser negra para poder confundirse con la noche. Sin embargo, no bastaba con que fuera negra. Debía teñirla ella misma con tinturas hechas de raíces arrancadas en enero en el día y hora de Saturno, e impregnarla con sangre de insectos muertos en tiempo de canícula.

Durante el último año había recorrido los bosques buscando plantas cuyas resinas y extractos le permitieran teñir todas sus ropas.

Casi nunca viajaba en su forma humana.

Fue al regresar de una de aquellas expediciones cuando Greta la vio transformase en lechuza por primera vez.

—¿Cómo lo haces? ¡Enséñame! Te he visto —no tenía miedo. A veces, la bruja pensaba que nada podría jamás asustarla—. ¡Enséñame! —Greta corrió hacia ella—. ¡Enséñame! —gritó.

—Algún día.

—¿Cuándo?

—Cuando estés preparada.

—¡No! ¡Ahora! ¡Ahora!

—No, mi amor. Es demasiado pronto. Podrías olvidar quién eres. No llores, algún día volarás como las lechuzas, correrás como los lobos y saltarás como los gatos.

Greta no estaba preparada. Si se transformaba sin llegar a dominar los poderes que ya comenzaba a manejar, perdería la conciencia de quién era y quedaría perdida en una forma que no era la suya. Para tranquilizarla, Irati le ofreció confeccionarle una capa que la protegería de la vista de los humanos.

—Además, entre sus pliegues podrás esconder lo que quieras.

—¿Lo que quiera?

—Y si te la robaran, el ladrón sólo obtendría una capa normal. Nunca encontraría nada de lo que hubieras escondido en su interior.

—¿Nunca?

—La sellaremos con una palabra.

—¿Cuál?

—Tu nombre verdadero. De esa forma, la capa sólo te servirá a ti.

—Y nadie podrá usarla nunca. Sólo yo.

—A menos que tú lo permitas. Será tu segunda piel. Sólo responderá a tu voz y a tu nombre.

La mañana que abandonaron el poblado, Greta se mostraba especialmente inquieta.

—Cúbrete el cabello. Así, ven —Irati le ajustó una cofia blanca sobre la cabeza y ocultó los rizos que intentaban escapar como culebras de río.

—¡Buf! ¿Por qué? —protestó la muchacha, molesta al sentir los nudos que Irati le ataba bajo la barbilla. Le gustaba llevar el cabello suelto. Le gustaba su color rojo resplandeciente, su brillo de fuego.

—Es demasiado llamativo. Hay quién piensa que tener el cabello tan rojo es marca del diablo.

—¿Y lo es?

—No.

—¿Qué pasará con las lechuzas? —preguntó la niña al ver que Nasira, la más pequeña de las aves, aleteaba sobre una rama mientras devoraba una rata.

—Ellas protegerán el bosque —contestó Irati con una sonrisa—. Ahora vámonos —dijo ayudándola a montar sobre Deinos.

Vojkan dirigía la marcha. Mezamir, Zivek y Lech, cuyas cosechas habían sido las mejores, se encargaban de los animales y el grano. Ratka y Mila, que viajaba con el pequeño Dusek, venderían collares y abalorios fabricados por las mujeres. Letvik y Yansen les acompañaban como mozos de carga, e Irati y Greta completaban el séquito.

Los látigos restallaron sobre los bueyes marcando la partida. Los que quedaron en el burgo les despidieron con vítores y canciones. Incluso el nuevo párroco les otorgó su bendición salpicando el camino con agua bendita.

La caravana avanzó con tranquilidad mientras la luz anaranjada del crepúsculo se filtraba a través de las hojas de los árboles. El rostro de Vojkan brillaba con la alegría del padre que sueña que a través de su hijo nunca morirá.

Durante los años pasados en el burgo, Irati no sólo había recogido hierbas y raíces para sí misma, sino para todas las aldeanas. Y los bebedizos que preparó robustecieron las entrañas de Danika lo suficiente como para traer un hijo vivo al mundo.

En todo ese tiempo ella misma había yacido con su esposo. Sin embargo, a diferencia de la primera vez que lo poseyó en el bosque, ya no necesitaba confundir sus sentidos con hierbas dulces y hechizos de sirena. Sólo aturdió su memoria la noche en que le devolvió la visión de su ojo muerto.

—No hace falta que cantes, bruja —le increpó la segunda vez que ella le sedujo con la voz robada de las *rusalki*. La empujó contra el tronco de un árbol—. No permitiré que me embrujes —rugió. Sin embargo su cuerpo tiritaba de deseo. Irati podía oler su ansia.

—Eres hermosa, bruja. Más hermosa que ninguna de las mujeres que he conocido —Vojkan jadeaba, perdido en sus ojos de gata, consciente del embrujo que lo poseía.

Irati gimió. Vojkan le apretaba del cuello con una mano mientras con la otra le arrancaba la ropa. La tomó sobre la hierba. Al acabar, ella se recostó sudorosa junto a él.

—¿Todavía quieres más? —el hombre contemplaba las estrellas, exhausto.

—Soy insaciable —jadeó ella montándose sobre su pelvis.

—Nadie debe saber… —pero Vojkan no terminó la frase. No podía hablar. La bruja ya cabalgaba sobre él.

—Nadie lo sabrá —cantó Irati de nuevo, inclinando la cabeza hacia atrás y uniendo su tonada a los sonidos del bosque.

Así, durante tres años, en noches de luna llena, Vojkan acudía al bosque cuando ella lo llamaba. Y si los aldeanos sospechaban de su unión, nunca dijeron nada. Porque todos sabían que, desde tiempos olvidados, la unión entre reyes y hechiceros siempre fue buena para la tierra.

Y del mismo modo que Irati absorbía la esencia azul de Vojkan, él se impregnaba de la magia de ella. Su semen se hizo fértil. Consiguió preñar a su hermosa mujer de cuerpo débil y entrañas exánimes.

—No volveremos a copular —dijo Vojkan cuando descubrió que Danika volvía a estar preñada—. No quiero que los dioses me castiguen con otro hijo muerto.

Irati sonrió al escuchar aquello. Era la nueva religión la que lo prohibía. Los monjes insistían en que el castigo divino caería sobre aquellos que se entregaran a la lujuria, pero Irati aceptó su rechazo. Ya tenía lo que necesitaba de Vojkan, conocía todos sus secretos y los de sus gentes. Su aura azul se había extinguido hacía meses, igual que la magia que protegía al bosque.

—Ayudaré a Danika en el parto —dijo—. Las hierbas que le he dado le servirán bien, pero estaré con ella cuando llegue el momento. Haré lo que pueda para que el niño llegue vivo a este mundo —afirmó, sintiéndose generosa.

La noche en que Danika parió, Irati sirvió de matrona invocando embrujos que ninguna otra mujer conocía. Y aunque el niño nació con el aura azul de Vojkan —lo había comprobado pinchando uno de sus dedos y saboreando su sangre—, Irati supo que no llegaría a cumplir un año de vida.

Les dijo que debían ser precavidos, que era pronto para saber si sobreviviría. Pero Danika no escuchaba. Tras el esfuerzo del parto, contemplaba con ojos brillantes al pequeño cubierto de sangre.

—¡Vivirá! —la voz de Vojkan retumbó en la casa—. Será fuerte como su padre.

Pero Irati sabía que no. Pese a su aura azul, el niño estaba marcado: la palma de su mano revelaba la longitud de su vida como un poema de un solo verso. La Muerte lo estaba reclamando para sí; incluso la Parca codiciaba a los niños de poder y nadie, ni siquiera Irati, podía cambiar eso. Pero no dijo lo que vio. ¿Para qué? No tenía motivos para romper aquella felicidad, por corta que pudiera ser.

—No le pongáis nombre todavía. Esperad —insistió, acogiéndose a la costumbre de no dar nombre a los niños hasta asegurarse de que vivirían.

—¡Ya tiene nombre! —vociferó Vojkan orgulloso—. Se llama Onjen, como el fuego. ¡Le protegerá!

«No, no le protegerá. Nada lo hará» —pensó Irati mientras Vojkan detenía la marcha para descansar a la ribera del río.

***

Greta se divertía con los muchachos. Sus juegos y risas llenaban el sendero de alegría. Al verlos, los adultos recordaban una juventud que ya no volvería. Greta era querida: la vieja Bora la adoraba como si fuera su propia nieta y Jasna, la madre de Letvik, decía que harían buena pareja cuando fueran mayores; entre bromas, ya hablaban de casamiento. Irati estaba de acuerdo. En pocos años Greta sería una muchacha hermosa y Letvik sería bueno para ella, soñaba la bruja que jugaba a ser madre.

Esa noche durmieron al raso. Encendieron una hoguera. Greta contemplaba el fuego con ojos llorosos. No apartaba la mirada a pesar del escozor que la cercanía de las llamas le provocaba. Se balanceaba absorta frente a ellas, con el rostro hundido en las rodillas. Abrazada a sus propias piernas, canturreaba una extraña melodía.

Irati la llamó por el nombre que había adoptado al llegar al burgo, pero Greta no podía oírla.

—¡Greta! —esta vez utilizó su nombre verdadero para que la niña saliera de su estupor—. ¡Despierta!

—¿Qué pasa? —Greta parpadeó. Cerca de ella, Letvik y Yansen contemplaban inmóviles cómo el pequeño Dusek braceaba en mitad de un remolino de aguas. No parecían ser conscientes de lo que sucedía.

Irati se lanzó al río. Le llevó varios minutos alcanzar al pequeño, que se hundía como una piedra. Cuando consiguió arrastrarlo a la orilla, Dusek no respiraba. Mila, la madre, gritaba a su lado. Letvik y Yansen lloraban sin comprender por qué no habían hecho nada, por qué habían permanecido inmóviles contemplando cómo Dusek se ahogaba. Y Greta, con el rostro enrojecido por la cercanía del fuego, permanecía callada, sin apartarse de la hoguera.

Irati colocó la mano izquierda sobre el rostro del infante, formando una estrella con sus dedos. Después apoyó la derecha en su pecho y empujó. Repitió el movimiento varias veces y, a la séptima, Dusek vomitó el agua que había tragado. Su madre lo abrazó. Letvik y Yansen fueron castigados duramente aquella noche e Irati se adentró con Greta en el bosque.

—¿Qué estabas haciendo? —bramó la bruja cuando se hubieron alejado del grupo.

—Nada —balbuceó la niña—. Yo… sólo… no sé… cantaba.

—¿Sabes lo que estabas cantando? —Irati la agarró con fuerza de los brazos y la empujó contra un árbol. Greta la miró con miedo.

—No… No sé… ¿Qué pasa? —las lágrimas resbalaron por sus mejillas.

—¿Dónde aprendiste esa canción? ¿Esas palabras? —Irati sujetó a Greta por la barbilla—. ¡Mírame! —gritó.

—¡No lo sé! ¡No lo sé! —Greta rompió a llorar—. ¡Me haces daño!

Irati la soltó.

—Está bien, cálmate —susurró, tranquilizándose—. No debes utilizar esas palabras. Es peligroso. Dusek ha estado a punto de morir. ¿Sabes lo que ocurriría si supieran que has sido tú?

—Yo no quería… No sé… ¿Qué he hecho?

Greta había cantado la canción que Helga, la bruja que mató a su hermano, solía tararear frente al fuego. Eran palabras oscuras que habían penetrado la piel de la niña. Palabras de muerte que ahora vivían en ella e intentarían dominarla.

—No te preocupes —Irati la abrazó—. Yo te protegeré.

Al día siguiente reanudaron la marcha. Durante varios días el grupo recorrió los caminos con gravedad y en silencio. Por las noches no dejaban que los muchachos se quedaran solos, pero cuando fue evidente que Dusek no había sufrido ningún daño, la caravana recuperó la alegría. Atravesaron varios poblados. Algunos mercaderes se unieron a ellos. Pronto la caída en el río no fue sino un mal recuerdo.

—Cuando crezcas, cásate con uno de los mozos de la aldea, uno que se dedique a la tierra —le dijo una noche Irati a Greta mientras le quitaba los vendajes del rostro—. He visto cómo te mira el joven Letvik —sonrió la bruja con mirada pícara—. A ti te gusta estar con él —y comenzó a recogerle el cabello rojizo bajo la cofia.

—No quiero bodas, quiero ser como tú —Greta se miró en el espejo y sonrió. Su piel volvía a ser blanca como la nieve. Las quemaduras habían desaparecido.

—No es bueno ser como yo, Greta —contestó Irati mientras le trenzaba el pelo.

Greta dejó caer el espejo sobre la manta que las protegía de la hierba húmeda.

—Todo lo que me muestras son trucos de bruja de aldea, sólo conseguirás que me maten. Tú puedes transformarte y huir, puedes volar, pero yo no.

Y era cierto. Muchas noches Irati abandonaba la cabaña envuelta en sus sayos negros y recorría los bosques con su forma animal. Volaba como lechuza, corría como lobo y, a veces, entraba en la aldea como gato. Tan sólo Greta lo sabía.

—¿Y si me vuelve a ocurrir lo del otro día? ¿Me quemarán? —preguntó la niña.

—No digas eso —Irati le apartó los rizos que le ocultaban el rostro—. Yo estaré contigo. Yo te protegeré.

—Mi madre dijo lo mismo —la niña cerró los ojos y se recostó sobre la hierba sin decir nada más.

Irati permaneció despierta esa noche. Greta había absorbido parte del lenguaje de los Antiguos y, si quería ayudarla, tendría que enseñarle a dominarlo.

Antes, en los tiempos en que la raza de los hombres espíritu habitaba los bosques, el espíritu de su clan, la lechuza, se manifestaba en los sueños de los niños a través de un rito que los ponía en contacto con el mundo de las sombras. Para ello las mujeres del clan los llevaban al río y los ahogaban hasta que éstos se asomaban al Reino de los Muertos. Y antes de que la Muerte se los llevara para siempre los revivían. A partir de ese momento, el espíritu protector del clan tomaba el aspecto de una de las lechuzas de la tribu y se manifestaba en los sueños de los elegidos. Ésa era la forma en que los niños de la *Vieja Raza*, poco a poco, aprendían las palabras de poder. Palabras de un idioma en el que no se podía mentir. Desde el lugar donde la vigilia y la consciencia se confunden, donde la mente se une al más allá y el tiempo, donde el sueño y la muerte se encuentran, la lechuza mostraba las raíces de la realidad y sus ramificaciones.

Pero existían hombres y mujeres que, a pesar de no descender de las *Viejas Razas* también podían, por medio de libros escritos con sangre y runas, obtener los dones que a ella le otorgaba la sangre de sus ancestros.

Irati vio cómo Greta dormía incómoda y se estremecía. Probablemente soñaba con su hermano. La bruja colocó una mano sobre su frente y cantó una dulce canción hasta que Greta se sosegó. Después permaneció a su lado observando cómo las estrellas titilaban burlonas en el cielo. Algunas caían del firmamento como sueños de doncella. La bruja pensó por un momento en ir en busca de Vojkan, en atraerlo hacia el bosque. Pero no lo hizo, no había razón para ello. Su aura azul se había extinguido. No iría. Ya no le necesitaba.

INTERLUDIO 2

Hoy he ido a otro cumpleaños. Este año, todos me invitan. Chicos y chicas. El año que viene, yo también les invitaré. Mamá dice que podrán venir todos. De las chicas, las que mejor me caen son Mireya y Sandra. Han celebrado su cumpleaños juntas y nos han llevado al zoo y por fin he visto una lechuza de verdad, de carne y hueso. Ha sido un poco raro. Son muy pequeñas. Tienen los hombros subidos y encorvados y parecen muy viejas. Todas tienen cara de bruja y miran como si supieran algo que tú no sabes. Ninguna dice nada. Son lechuzas normales. No son como la de mis sueños. No hablan.

También he visto un lobo y un oso. Son los animales que más me gustan. El señor del zoo nos ha explicado que los hombres de la prehistoria pensaban que algunos de ellos eran dioses bajados del cielo.

Me voy a la cama pensando en los animales. Aguanto despierto leyendo un libro. Leo mucho por las noches. Me quedo en mi habitación con una linterna encendida para que mis padres no sepan que estoy despierto.

Estoy gritando. Es una pesadilla. Otra más. Tengo muchas. Papá corre por el pasillo. Entra. Estoy sudando. Y eso que la ventana está abierta y en la habitación hace frío. Él cierra la ventana y se sienta conmigo en la cama. Me tapa con la manta hasta el cuello. «Los sueños, sueños son; no te causen sensación», me dice. Después me alborota el pelo y me da un beso para que me duerma, pero yo me quedo tumbado con los ojos abiertos.

No importa lo que digan los mayores. Los sueños son reales. Los brujos y los monstruos existen. Pero no se lo puedo decir a nadie. Ni siquiera a papá. No le puedo hablar de la lechuza. No puedo decirle que sueño con ella desde que me caí al lago. Y que me habla. Al principio no entendía lo que decía y me daba mucho miedo, pero ahora sí la entiendo. Dice que vengo de la *Vieja Sangre* y de la *Vieja Raza*.

Espero a que mi corazón deje de latir como una locomotora. Me tapo con el edredón, como un conejo escondido en su madriguera. Asomo un poco la cabeza y miro al balcón. La noche está negrísima. Las farolas no alumbran casi nada, como si la luz tuviera miedo de la noche. Y pienso en la lechuza y en la sirena que vive en el lago y en Ari, que todavía está enferma, sin poder despertarse, como la Bella Durmiente.

7

Tras un par de semanas la caravana de campesinos que atravesaba las montañas contempló con estupor el río: un dios sinuoso del que nacían ruidosas ciudades. Un castillo se alzaba sobre la colina y un puente de piedra gigantesco unía las dos orillas. Ninguno de ellos, ni siquiera Irati, había cruzado jamás un puente como aquél. Tenía doce columnas, veintidós arcos y una torre en cada uno de sus extremos. Traspasaron las murallas y se adentraron en el bullicio. Calles estrechas y malolientes zigzagueaban como meandros taimados en torno a una plaza atestada de mercaderes que vociferaban.

La noche todavía volaba sobre ellos. El sol estaba a punto de alzarse por el este. Vojkan tenía todo el día por delante para vender sus lanas y su grano. Pagó los tributos y obtuvo un puesto en la plaza.

A mediodía los olores de hogazas, buñuelos y quesos flotaban en el aire levantando el apetito de los mercaderes. Terneros, sementales y cerdos emitían sus característicos gruñidos desde los diferentes puntos del foro. Irati no recordaba haber visto tal cantidad de maravillas juntas: pieles de Rus; madera de Vilby; caballos traídos de Sevilla; sal y vino de Burdeos; telas, paños y tapices de Flandes, sedas y especias de Samarkanda. Un grupo de saltimbanquis ejecutaban piruetas imposibles y lanzaban antorchas al aire. Los trovadores cautivaban a la muchedumbre con historias de reyes benévolos y magos poderosos y animaban el ambiente con laúdes y flautas. A cada diez pasos se podía escuchar el sermón amenazador de los monjes que, sobre estrados de madera, predicaban contra los siete pecados capitales y, por supuesto, contra las brujas. Uno de ellos, vestido con un hábito blanco, invocó las llamas del infierno al ver el pelo rojizo que escapaba de la cofia de Greta. A pesar de que llevaba la coronilla afeitada, Irati pudo ver que el monje era casi albino. Tenía la mandíbula cuadrada; era alto, grueso, de unos treinta años y llevaba guantes oscuros. Sus ojos, rasgados y negros, se cruzaron un momento con los de Irati, que apartó la mirada para evitar cualquier confrontación.

—No les mires. Ignóralos —le ordenó a Greta. La niña debía aprender a pasar desapercibida y fingir sumisión incluso cuando no hubiera motivos para el miedo.

Irati cogió a Greta de la mano y se unió al tumulto hasta alejarse de los gritos del monje. Sólo entonces permitió a Greta pasear con Letvik y Yansen. Ella fue a la taberna más cercana que, por ser día de mercado, estaba plagada de hombres y mujeres que bebían como si no hubiera un mañana. Tomó varias jarras de cerveza y escuchó sus charlas y quejas. Todo seguía igual. A pesar de la riqueza de la ciudad, la gente tenía hambre y los tributos eran altos.

A media mañana, Letvik entró corriendo en la taberna. En cuanto Irati vio la mirada aterrada del muchacho, supo que Greta estaba en peligro.

***

Después de que Irati se hubiera alejado de ellos, los tres muchachos se dedicaron a correr entre los puestos de mercaderes. Compraron buñuelos y admiraron con envidia las hermosas sedas traídas de países lejanos.

—Toma, para ti —Letvik le dio un beso en la mejilla a Greta, entregándole un dulce. La niña le dio un empujón coqueto y el muchacho le arrancó la cofia y echó a correr entre la multitud. El pelo rojizo de Greta resplandeció con el ardor del sol de mediodía.

—¡Letvik! —Greta corrió tras el mozo, riendo y gritando, pero él saltaba entre los mercaderes como una ardilla entre los árboles. Cuando lo alcanzó, Yansen ya les llamaba desde la plaza, donde los cómicos actuaban sobre un tablado de madera adornado con telas de colores. Los tres muchachos se abrieron paso hasta situarse ante los titiriteros. Pronto el cabello encarnado de Greta, sus ojos azules y su tez blanca como el alabastro captaron la atención de un trovador, que la tomó por el brazo y la situó en medio de un círculo. Una miríada de rostros fijó sus ojos en ella. Cantaban, batían palmas y enseguida pidieron que la niña se uniera a sus tonadillas.

Con timidez, Greta tarareó la melodía que el trovador marcaba, pero con el estruendo perdió el tono. Sin darse cuenta, la canción de Helga se apoderó otra vez de ella. Con los ojos en blanco, vomitó las palabras del libro de runas. Una anciana cayó a sus pies entre espasmos, un niño se sacudió en el suelo como poseído y un hombre robusto se desplomó regando el empedrado con la sangre que fluía de su nariz. La música y los cantos cesaron. Greta sintió que se mareaba. El alboroto la atosigaba. Ni podía oír ni veía con claridad. Los rostros que tenía delante la miraban con temor, borrosos y deformados. Sentía que la plaza quedaba lejos, muy lejos de ella. Y entonces una mujer de mejillas rosadas que sostenía un bebé en sus brazos la sacó de su estupor.

—¡Bruja! —aulló.

Irati, guiada por Letvik, entró en el círculo justo cuando el iracundo grupo se abalanzaba sobre Greta. El sacerdote de antes gritaba que había que quemar a las hechiceras. Dos hombres fornidos sujetaban a Greta de brazos y piernas, inmovilizándola contra el suelo.

Irati se abrió paso con el brazo alzado a la altura de su rostro. Sus dedos parecían alargarse a cada paso. De su boca surgían palabras que nadie comprendía. Varias personas se cubrieron los oídos y cayeron al suelo aturdidas por sonidos que les martilleaban sienes y tímpanos. Un humo negro se adentró en la plaza a través de los callejones. Un relámpago restalló en el cielo. Irati invocaba a Perún, el dios del trueno que una vez reinó sobre aquellos hombres.

Y la luna cubrió el sol, y el caos se adueñó de la plaza, de la ciudad y del río.

Los hombres que sujetaban a Greta cayeron al suelo como si hubieran sido golpeados por un rayo. Irati ayudó a Greta a levantarse, tiró de su mano y huyeron entre el tumulto.

Varios caballos cruzaron encabritados delante de ellas. Los mercaderes intentaban evitar que sus tiendas se vinieran abajo, que su ganado se perdiera entre una muchedumbre que, llena de pánico, lo derribaba todo.

—¡Quédate aquí! —Irati empujó a Greta bajo unas pequeñas escaleras que se adentraban en un sótano.

—¡No me dejes!

Pero Irati ya había alzado el vuelo. Su capa se extendió tras ella y se llenó de plumas, su rostro se afiló, su cuerpo se contrajo, sus piernas se transformaron en dos garras que corrían y en un instante, con su cuerpo de lechuza, ese que sólo utilizaba cuando estaba sola en el bosque, sobrevoló la plaza. El viento huracanado golpeó con ira sus alas. Cuando alcanzó el otro lado del foro volvió a tomar su forma de mujer vigorosa con cabellos negros y ojos felinos. Vojkan, que sujetaba los caballos, la miraba como quien contempla caminar a los muertos.

—¡Al puente! —gritó Irati soltando a Deinos de sus amarras— ¡Corred! ¡Antes de que el río se desborde!

El caballo saltó sobre carros y animales. Fustigado por la rabia de la bruja, galopó hasta alcanzar las escaleras bajo las que Greta se refugiaba. Pero la muchacha ya no se encontraba allí. Los monjes la arrastraban por el suelo tirando de la fogata de rizos que era su cabello. Irati clavó el talón en los flancos de su montura y se lanzó en pos de la niña. El semental se irguió sobre sus trancas y aplastó con sus cascos el cráneo del monje que tiraba de Greta. Sus sesos se esparcieron sobre el barro y la paja como la mierda de un cerdo. El resto de monjes, sus hermanos, huyeron entre las callejas.

Greta saltó a la grupa del caballo, rodeó con sus brazos la cintura de la bruja y hundió el rostro en su espalda, ocultando su terror. Deinos buscó el camino al río cuyas enfurecidas aguas amenazaban con cubrir el puente. Cuando por fin vislumbraron el pasadizo que conducía a él, los monjes que habían apresado a Greta les salieron al paso.

Llevaban lanzas, antorchas y cruces.

8

El relincho de Deinos fue lo último que Greta escuchó antes de que su cabeza golpeara el suelo. Irati giró sobre sí misma dando una vuelta en el aire y, con la habilidad de una gata, cayó apoyada sobre piernas y brazos.

—¡Atrapadlas! —gritó uno de los monjes en lengua vulgar.

Irati se incorporó con celeridad.

Uno de ellos sostenía una cruz de hierro ante sí y rezaba invocando a su dios.

Vade Retro Satana —gritaba con ojos de fuego—. *Numquam Suade Mihi Vana. Sunt Mala Quae Libas. Ipse Venena Bibas.*

Por un momento Irati sintió la fuerza de esas palabras golpear contra su pecho, pero el exorcismo no iba dirigido a ella, pues la hechicera ni obedecía ni servía a ningún demonio.

El viento aullaba enloquecido. Los cabellos de la bruja se alzaron en el aire como llamaradas negras y sus sombríos sayos de campesina se elevaron sobre su espalda como las alas de un águila a punto de lanzarse sobre su presa. De su garganta, con voz profunda, surgió el mismo lenguaje de los monjes.

Anima Christi, santifíca me, Sanguis Christi, salve me. Intra tua vulnera, absconde me. Ad hoste maligno, defende me— rezó, suplicando la clemencia del dios al que no había atacado.

Después alzó las manos e imploró a otros dioses más viejos, casi olvidados, y el vendaval que azotaba la ciudad con látigos invisibles se transformó en un huracán colérico. Las aguas sobrepasaron el lecho del río. Los arcos del puente quedaron ocultos por la crecida y sólo la calzada permaneció visible sobre las aguas: un camino pedregoso que resplandecía bajo la luz espectral de la tormenta.

Los monjes se abalanzaron sobre ellas. Greta yacía en el suelo sin moverse. Irati cerró los ojos y gritó. Cuando volvió a abrirlos, cuatro cuerpos sangraban, retorciéndose de dolor en el suelo. Dos de ellos, todavía con vida, intentaban recoger sus vísceras esparcidas sobre el empedrado; otro yacía carbonizado junto a su cruz y el cuarto sobre el cuerpo de Greta. Había conseguido alcanzarla y clavarle un cuchillo en el costado.

Irati lo apartó. Los ojos de Greta, llenos de miedo, contemplaban la sangre que fluía de su torso. Su pecho era un charco carmesí. Irati silbó y el caballo respondió a su llamada. Tras él, la bruja vio cómo Vojkan, Yansen, Letvik, Mila y el resto de aldeanos tiraban del carro, luchando contra el viento. Junto a ellos quedaba un monje, el mismo que había gritado contra Greta en la plaza, el primero en tildarla de endemoniada. Pero a la bruja no le quedaba tiempo para atacarle ni para ayudar a los suyos. Las antorchas de la redención se consumían en el suelo. Las aguas inundaban las calles y el puente se tambaleaba. Se montó con Greta sobre la grupa de Deinos y, agarrándola con fuerza, espoleó al caballo. Debían cruzar el puente antes de que se derrumbara.

Los cascos del animal retumbaron sobre el empedrado, pero sólo Irati escuchaba su redoble. La tormenta rugía, la lluvia mordía con fiereza sus mejillas, apenas podía ver el camino que tenía delante. El puente pronto quedaría sumergido bajo las aguas. La bruja volvió a gritar, invocó de nuevo a Perún y el corcel galopó espoleado por los rayos que caían detrás de él. El puente vibraba y las piedras se desprendían de sus pilares. Irati suplicó a los elementos con el lenguaje del viento, pidiendo ayuda para alcanzar la otra orilla, para que el puente resistiese hasta que lo cruzaran. Y cuando llegó al otro margen se giró para contemplar cómo se desmoronaba bajo las aguas.

Se alejó de la ciudad amurallada, de sus monjes y riquezas. Sólo interrumpió su marcha al sumirse en la oscuridad del bosque. Allí depositó a la muchacha sobre la hierba y detuvo la hemorragia como cualquier curandero humano. Rasgó sus sayos y vendó a la niña. Greta estaba muy débil y a Irati no le quedaba magia con que curarla. Había desatado una tormenta, descuartizado a cuatro hombres y derrumbado un puente. Los cielos se habían movido, la luna había tapado al sol. En esos momentos, era poco más que humana.

Ató a Greta a la grupa del caballo y de nuevo se lanzó hacia la noche. En el viejo bosque de las *rusalki* podría recuperar su fuerza, regenerar su energía y salvar a la niña. Pero debía apresurarse. Había escupido en la palma de Greta y el sello de la Parca estaba formado. La Muerte ya acariciaba el rostro de su niña, ya le peinaba el cabello. Pronto reclamaría su corazón.

*****

Alcanzaron el claro pocos días después. Deinos, al que Irati había bautizado con el nombre de una de las yeguas devoradoras de hombres de la Antigüedad, se desplomó sobre la hierba y ya no volvió a levantarse.

El viento acariciaba las copas de los árboles. La noche era clara. Un millar de estrellas la vigilaban desde el cielo. La hechicera se acercó a la colina para otear el burgo. No vio ninguna luz. Todos dormían. Nadie sabía que habían regresado.

La hemorragia se había detenido, pero la vida de Greta se escapaba e Irati todavía no podía operar ninguno de sus conjuros. Estaba demasiado débil sin su magia. Así, cuando la luna se alzó en el cielo, Irati encendió una pequeña hoguera, se desnudó, se acercó a las llamas con pasos lentos e inseguros y, sin apartar la mirada del fuego, se arrodilló ante la lumbre. Sus ojos eran agujas verdes que brillaban como los de un demonio. Acercó la mano izquierda a la hoguera y poco a poco la introdujo en las llamas mientras murmuraba para sus adentros la invocación del fuego.

Sólo la mano. Nada más. Sólo un pedazo de sí. No más. ¡Quema! La agonía ha comenzado ¡Quema! Las lágrimas ruedan por su rostro sin llegar a proferir sonido alguno. Tiene que someterse. Entregarse. Por libre voluntad. La bruja se retuerce en el suelo sin apartar el brazo del fuego. ¡Quema! Pronto el hedor a carne quemada confunde sus sentidos. Su propia carne. Su cuerpo vibra como una hoja desgarrada por el viento. Sus dedos se arrugan y ennegrecen. Apenas puede respirar. ¿Ya está? ¿Ya? No. Aguanta. Aguanta un poco más. Entrégate. Sométete. Esta noche el fuego es tu dios y tú eres fuego. Hasta que tu mano sólo sea un muñón requemado, un trozo de carbón consumido. Que se queme toda, que no quede nada. Que sólo sea una piedra oscura cargada de poder. Quémate. Renuévate. Entrégate.

Una lechuza cruza el cielo nocturno. Sólo es un aleteo, una sombra negra. Apenas puede mantener la consciencia. Pronto, muy pronto acabará. Me desmayaré y acabará, pero todavía no. Todavía puedo aguantar. Que el espíritu no me abandone. Que no me abandone.

Una nube cubre la luna y al fin la bruja se desploma, devorada por el dolor. Pero la fuerza vuelve a ella. El fuego la revive. Le devuelve su magia y allí, en lo alto, la luna la baña con su fulgor de fuego blanco.

***

Cuando abrió los ojos, ya era de día. Se incorporó y alzó la mano al frente. Su muñeca, sus dedos y su piel habían renacido. Con dolor, como todos los nacimientos. Su mano podría tejer de nuevo los hilos invisibles del mundo y empuñar el cuchillo de los sacrificios.

Esa misma noche cubrió las ventanas de la cabaña con ruda para evitar que ningún espíritu entrase y esparció espinas de abedul sobre el jergón en que Greta dormía. Después, con las cenizas de la hoguera extinta dibujó un signo en el suelo. La muerte no se llevaría a Greta. Podía mantenerla así dormida mucho tiempo. Cien años quizás, pero si Vojkan y sus hombres no habían sucumbido bajo las aguas del puente, no tardarían en volver. Llamó a sus lechuzas por sus nombres. Seis de ellas acudieron a su llamada. Pero Izar, la que portaba el nombre de la más preciosa de las estrellas de la noche, no apareció.

Irati examinó el cielo. Antares, la estrella del Escorpión, estaba alineada con Júpiter, lo que era un buen presagio. Y las seis lechuzas ya giraban en torno a la cabaña, protegiendo a Greta. No debía esperar más.

Se envolvió en su capa negra y, transformada en una sombra más, se dirigió al poblado. Atravesó la empalizada y caminó sigilosa como un fantasma. Nadie podía verla. La aldea dormía y nadie despertaría aquella noche. Con la mano izquierda recién renovada había tejido un tapiz de sueños antes de cruzar la cerca, soltando a su paso más espinas de abedul.

Pero cuando llegó a la casa de Vojkan, Bora la esperaba ante la puerta.

—Sé lo que buscas —susurró con voz trémula la anciana, intuyendo la presencia de la bruja, intentado adivinar dónde se encontraba—. No puedo verte, pero puedo sentirte —blandía un tridente de labranza—. Te sentí en el momento que regresaste. Les avisé. Les dije que venías, pero todos se han dormido. Tú has hecho que duerman —Irati no dijo nada. Un silencio frío crujió los huesos de la vieja—. Sé lo que pretendes... quieres al niño... —balbuceó con terror, con valor—. Lo he visto en el fuego.

—Entonces —la voz de Irati no era más que un susurro apenas distinguible del viento—, sabes que no puedes detenerme, Bora.

La anciana arremetió con su herramienta contra el lugar de donde provenía la voz y utilizó una palabra de la vieja lengua.

—Esa palabra es peligrosa, Bora —dijo Irati. El hierro, ungido con la sangre adecuada, era uno de los pocos materiales que podían dañarla.

—He matado a una de tus lechuzas —dijo la anciana—. Y untado esta horca con su sangre —Bora continuaba pinchando el aire con el tridente—. Eres de la *Vieja Raza*, ¿verdad? —preguntó—. Lo supe cuando te vi hablar con las lechuzas. Ellas son tu animal de poder y su sangre es poderosa.

—Cierto —la voz de Irati era cada vez más fría—. Su sangre lo es y ahora ese apero que sostienes también. Pero tú no lo eres, Bora. Si te hubieras untado tú misma con su sangre, habrías quedado protegida de mí. Habrías evitado que caminara en tus sueños, pero ya es tarde, ya no soñarás más.

Irati se acercó por detrás de la anciana, que continuaba dando estocadas nerviosas, pronunciando sin orden y con miedo palabras que querían ser mágicas.

—Crees que estás protegida porque tu nombre verdadero no es Bora, pero tu nombre no es un secreto para mí.

La vieja se detuvo al escuchar a Irati y entonces se desplomó en el suelo de rodillas, con el hierro temblándole en las manos.

—Tu nombre es *Alina* —dijo Irati en un susurro, articulando su nombre con la voz de los bosques primigenios de la Tierra—. Ése es el nombre que te puso tu madre, el nombre con el que te conoce tu dios, el nombre con el que no serás enterrada.

Y la vieja Bora negó con la cabeza, sin comprender, pues creía que ya nadie recordaba su nombre.

—Tú misma me lo revelaste en un sueño, Alina, hace ya más de tres años, el día que acabé con las *rusalki* del bosque. Dijiste que sabías que esa noche habría tormenta. ¿Lo recuerdas?

Y Alina, la vieja que se hacía llamar Bora desde hacía más de treinta años, recordó un sueño en el que una lechuza le hablaba con la voz de su madre.

—*¿Quieres que te cante, mi amor?* —le había preguntado la lechuza.

—*Sí, madre.*

—*Dime tu nombre y te cantaré, mi amor.*

—*Alina.*

—*Alina* —repitió de nuevo Irati, robando la voz de una madre muerta—. *Duerme, mi amor.*

Y la anciana cayó sobre el tridente, clavándoselo en el estomago. Un borbotón de sangre surgió de su boca, pero ella no gritó. Estaba dormida. Lo último que sintió fue una brisa gélida envolviéndole el corazón.

Irati se adentró en la estancia donde dormía el hijo de Vojkan. Dudó un instante antes de arrancar al bebé de los brazos dormidos de su madre. Examinó una última vez la mano del niño para comprobar que su futuro no había cambiado, que en su mano estaba escrito que pronto moriría. Y con cuidado de no despertarle, lo ocultó bajo su capa. Esa misma noche, en el corazón del bosque, junto a la laguna, encendió una hoguera, lo arrulló, le acarició sus pálidas mejillas, lo cubrió para que no sintiera frío y, como a su propio hijo, le cantó una dulce canción de muerte, durmiéndolo para siempre.

El cielo era un manto negro sin luna ni estrellas. El fuego bailaba con las sombras del bosque en torno a la bruja y su bebé. Las criaturas de la noche corearon con aullidos su canto de muerte. Y sin dolor, antes de que su pequeño corazón se detuviera por completo, Irati llevó a cabo el rito que necesitaba para salvar a Greta y le robó al niño el resto de su vida.

Mi madre conduce y yo me quedo dormido en el coche. No puedo evitarlo. Estoy demasiado cansado y el vaivén del coche me da más y más sueño.

En el lago. Otra vez. A lo lejos veo un árbol. Es un roble. Sus ramas blancas bajan desde la copa hasta el suelo, como las alas de un ángel. No es la primera vez que sueño con él. Es el roble donde los sueños se juntan. Lo sé porque la lechuza me lo ha explicado.

Me veo a mí mismo a lo lejos, junto al árbol, agarrándome a una de las ramas. Parece el día que me caí al lago con Ari. Sí. Es el mismo día y estamos de excursión. Todo está nevado y, entre los árboles, como un trozo de luna caído del cielo, hay un lago de agua congelada. Ahora me veo agachado junto a la orilla, en cuclillas, tocando el hielo. Fran, Alex y Unai están conmigo. Las chicas, detrás. Ari me toca en el hombro. *¿A que no te atreves a patinar hasta el centro?* Lo dice para picarme. Yo me muero de ganas de patinar por el hielo y ninguno de los profesores nos mira. Mireya, Leire y Sandra se ríen.

Otra vez estoy bajo el árbol, mirando la escena. Abro la boca, pero no puedo hablar. No tengo voz. Estoy mudo. Quiero gritar: *No te metas al lago. No patines. No pises el hielo.* Lo intento otra vez. Con todas mis fuerzas. Quiero gritar. Creo que si lo consiguiera, todo cambiaría.

Pero me despierto.

En el coche. Con mi madre.

No me gusta soñar con aquel día. Al principio todo va bien. Ari y yo nos cogemos de la mano y nos lanzamos como locos a patinar. Los demás se quedan en la orilla, riendo, gritando, aplaudiéndonos. Ari y yo nos paramos en mitad para saludar, como los reyes en los balcones. Después nos cogemos de las manos y damos vueltas. Ella echa la cabeza hacia atrás y se ríe como una loca. Su risa es como de alondras y ruiseñores. Su pelo es rojo y le llega hasta la cintura y, al dar vueltas, brilla como lleno de rubíes. Sólo que ahora es azul como el mar y el cielo es rojo y por fin me doy cuenta de que me he vuelto a dormir. Oigo un ruido parecido a cuando tiré la figurita de porcelana que mi madre tiene en la repisa de la entrada. *Crac.* Y después un montón de *cracs* pequeños. *Cri, cri, cri, cri.* Como el sonido del aire al explotar en una bolsa de burbujitas de plástico. Miro hacia abajo. Sé lo que va a pasar. El hielo se rompe en grietas que parecen culebras. Las zapatillas rojas de Ari, que hacen juego con su pelo y su bufanda y tienen un cordón dorado, brillan un momento y después se hunden. Sus ojos se abren mucho. Yo quiero gritar, pero no puedo. Nunca puedo. Ni en los sueños ni bajo el agua. El hielo roto es como un cuchillo que se me clava por todas partes y al caer en el agua, me corto en el brazo y veo cómo la sangre se aleja bajo el lago. Intento nadar hacia arriba, pero no puedo. La ropa me pesa. Ari y yo nos hundimos como piedras.

Después, silencio. Los rayos del sol atraviesan el hielo roto. El fondo está lleno de algas y reluce con un extraño color verdoso. Y bajo algas y juncos aparece una sirena moviendo la cola muy rápido. Es una niña de pelo verde como de musgo. Sus ojos son amarillos. ¿Quiere comernos? Me pone la mano en la cara. Dos dedos en la frente, dos en los pómulos y uno en la barbilla. Me susurra algo y el dolor y el frío desaparecen y el agua que me he tragado se hace aire y respiro. Luego me agarra de la ropa y tira de mí hacia arriba. Un profesor me ayuda a salir del lago. Esto lo sé ahora porque lo veo en el sueño. El día que me caí no veía nada. Estaba inconsciente. También sacan a Ari. Parece una araña muerta. Teresa, nuestra profesora, me grita algo, pero no la oigo. Sólo escucho el canto de la sirena. Su cabeza está fuera del agua. Nadie la ve ni la oye. Sólo yo. Y allí sentado, mirándola y oyéndola, sé que me pasaré todo el mes en cama tosiendo y con dolores y que este año no celebraré mi cumpleaños.

Por fin me despierto del todo. Estoy confundido. No sé muy bien qué es sueño y qué realidad. Pero de una cosa estoy seguro: tras ese día empecé a soñar con la lechuza. Al principio pensaba que sólo eran pesadillas, pero no lo son. Son recuerdos reales. Como la palabra que la sirena dijo bajo el agua.

9

Era de noche. ¿Dónde estaba? ¿Habían vuelto a casa? ¿Al bosque? Greta intentó incorporarse, pero cayó de inmediato sobre el jergón. No se encontraba bien. Su piel tiraba de ella. Deslizó una mano por su cuerpo desnudo: una cicatriz le recorría el pecho. ¿Qué había sucedido? No recordaba nada. El relincho de un caballo la sacó de su estupor. Se cubrió con una manta y salió de la cabaña. Irati estaba cargando todas sus pertenencias sobre dos caballos.

—¿Qué ha pasado? ¿Cómo hemos llegado hasta aquí? —lo último que recordaba era la plaza del mercado, los buñuelos y el beso de Letvik.

—Nos atacaron. Has estado a punto de morir —explicó Irati sin dejar de aparejar los animales.

Greta se llevó la mano al costado.

—¿Qué... qué es esto?

—Te curé. Ahora debemos irnos.

—Pero... No entiendo... ¿Dónde está Letvik? ¿Y Yansen? ¿Dónde están todos? —y Greta empezó a recordar: la plaza, los monjes, la tormenta... La riada de imágenes la sofocaba—. ¿Por qué tenemos que irnos? ¿Qué es esta cicatriz? —repitió palpándose el vientre.

—Robé un niño moribundo para ti. Ahora vives su vida.

—¿Qué niño? —preguntó Greta.

—Onjen.

—¿El niño de Vojkan y Danika?

Irati asintió.

—¿Por qué él?

—Porque era especial. Recoge tus cosas.

—¿Y Vojkan? —se estremeció Greta.

—Pronto regresará y, cuando descubra que su hijo ha muerto, nos perseguirá para matarnos. No preguntes más.

Irati no podía evitar hablar con esa dureza, no quería pensar en Vojkan ni en su hijo. No quería pensar en nada, sólo alejarse y olvidar.

—¿Vendrán las lechuzas con nosotras? —preguntó Greta.

Irati se forzó a sonreír. Levantó la cabeza y silbó al viento. Yildun, la lechuza negra, respondió a su llamada y se posó sobre la silla del semental que Irati acababa de robar de la aldea, donde sus habitantes no despertarían hasta dos días después; cuando recordasen las advertencias de Bora, ellas ya estarían lejos. Nadie las perseguiría, no hasta que Vojkan regresase.

—Nos llevaremos a Yildun —dijo Irati.

Tomaron el camino de las montañas. La primera jornada la hicieron sin descansar, en silencio. Irati quería alejarse al máximo del burgo. Pero Greta preguntaba, quería saber... ¿Qué había hecho Irati exactamente con Onjen? ¿Por qué era el niño especial?

Irati le habló entonces del aura que rodea a los seres vivos.

—La de los humanos es difícil de ver. En la mayoría, sobre todo en los adultos, está tan apagada que casi ni existe. Pero en algunos es potente y se manifiesta con diferentes colores que pueden verse en noches de luna llena o saboreando la sangre de una persona.

—Yo nunca he visto esos colores.

—Pero los verás, mi niña. Los verás. Yo te enseñaré.

—¿Y Onjen? ¿De qué color era su aura?

—Azul. La más poderosa de todas, la que define a los descendientes de las *Viejas Razas*.

De pronto Greta se inclinó sobre la silla del caballo y vomitó. Irati la tendió en el suelo y le dio de beber una tisana de sabor amargo, un jugo lechoso que la recompuso.

—¿Qué me pasa? —preguntó Greta mareada.

—El niño que te dio su vida estaba enfermo —Irati evitó pronunciar su nombre—. La vida que le quedaba por vivir es ahora tuya —la hechicera contuvo la respiración, el peso de la muerte de Onjen todavía la perseguía.

—¿Voy a morir? —las lágrimas resbalaron por el rostro de la niña—. ¿No puedes hacer nada?

Irati sonrió intentado tranquilizarla.

—Hay algo que podemos hacer y que no hará daño a nadie —le limpió el rostro sucio de barro, lágrimas y vómitos—. Pero ahora no debes hablar. Descansemos. Mañana seguiremos la marcha.

***

Tres días después Irati insistió en subir a lo alto de un promontorio desde el que se divisaba el siguiente valle. Varios senderos confluían en un cruce de caminos en el que se erigía una posada de dos plantas.

A un silbido de la bruja la lechuza se posó sobre su mano. Irati le susurró algo y el ave partió montaña abajo.

—¿Qué le has dicho? —preguntó Greta.

—Quiero saber lo que nos espera. No me gustaría encontrarme con Vojkan.

—¿Todavía nos sigue? —casi se había olvidado de él.

—Siempre nos seguirá.

—¿Siempre?

—Hasta que muera.

La bruja había visto el futuro de Vojkan. En su mano estaba escrito que él moriría pronto. Pero Irati no había podido ver cómo.

—¿Y Onjen?

—Estaba condenado. Su destino era corto y se mostró por completo —Irati no tenía dudas al respecto. Cerró los ojos evocando la visión que el destino le había mostrado: Onjen dejando de respirar en brazos de su madre poco después de nacer.

Yildun regresó portando en su pico una hoja de milenrama. La hechicera la olió. La planta no revelaba ningún peligro, no desprendía ningún aroma conocido. Antes de azuzar a los animales hacia la posada, Irati cubrió de nuevo los cabellos de Greta.

—Necesitamos nombres nuevos —le dijo.

***

La posadera era una mujer pequeña de unos cuarenta años y ojos saltones. Cuando vio las monedas de oro que Irati depositó sobre la mesa no dudó en darle la mejor habitación y la carne más jugosa.

Irati quería que Greta descansara bajo techo. Le había estado dando un brebaje de sangre y hierbas, pero cada vez le costaba más tragarlo. Aquella taberna estaba en una encrucijada. La Tierra exuda su poder en esos lugares. Allí recuperarían sus fuerzas.

La tabernera ayudó a Greta a subir las escaleras. La mayoría de los viajantes compartían camastros en estancias mal ventiladas, pero algunas hospederías grandes disponían de alcobas individuales para viajeros acaudalados. Greta tropezó y cayó al suelo. Un rizo escapó de su cofia, resbalando por su cuello de cisne.

—¡Qué rizos tan bonitos! —exclamó la mujer—. ¡Nunca había visto ese rojo! Cuando crezcas serás una gran belleza. Los mozos se volverán locos por ti. Pero debes comer, se te ve muy debilucha. ¿Quiere la señora que le suba un caldo?

—Más tarde. Primero necesitamos descansar —contestó Irati mientras metía a Greta en la habitación. Cerró la puerta y echó el cerrojo.

Greta intentaba contener las nauseas y los vómitos.

—¿Cuánto falta? —preguntó tumbándose temblorosa y febril en la cama.

—Poco —Irati humedeció un paño con el agua de una jofaina y refrescó el rostro ardiente de Greta.

—Tengo miedo —sollozaba—. No quiero morir.

Irati la abrazó.

—Y no morirás, mi niña. No morirás.

—¿Cómo me curaré? —balbuceó.

—Hay seres que pueden ayudarte. Pero no tenemos mucho tiempo, debemos hablar con ellos antes de tu primera sangre. Para que te acepten como doncella.

Irati apartó el paño del rostro de Greta, que ya respiraba con normalidad.

—Desnúdate. Necesito verte.

La muchacha se sacó la camisa por la cabeza. Irati recorrió su cuerpo con sus manos, examinando cada mancha de su piel. Después la tomó del brazo con fuerza y, con la uña del dedo índice, le cortó en la carne. Un hilo rojizo y brillante resbaló por la piel de la niña. Irati sorbió su sangre. Greta sintió la presión de sus colmillos.

—Tu primera sangre se acerca. ¿Estás segura de que quieres ser como yo?

—Estoy segura —Greta habló muy despacio, recalcando cada una de sus palabras. Su mirada era la de una loba hambrienta.

La sangre todavía brotaba del brazo, manchando su blanca piel. Si le dolía, no se quejaba. Sólo pensaba en ser inmortal, en no tener miedo, en no soñar con nada, nunca más.

10

Cuando Greta se hubo dormido Irati se soltó el cabello, dejando que cayera desgreñado sobre su espalda. Se desabrochó el corsé de forma que mostrara con generosidad sus pechos. Después bajó al comedor con la mirada descarada de las campesinas que buscan un hombre con el que calentar la noche.

La posada estaba atestada de parroquianos y mercaderes.

—¿Estamos de fiesta? —preguntó al ver que se había organizado un baile. Una joven lucía una corona de flores y danzaba con un mozo de mejillas rollizas y sonrojadas.

—El viejo Rulev ha casado a su hija. ¡Bebe! —la posadera le ofreció una jarra de cerveza—. ¡Hoy es un día de felicidad!

Irati alzó la jarra.

—Que Yarilo y Morana, los dioses de la Tierra, os den cien hijos —gritó bebiendo la jarra de un trago para sellar su bendición.

La posadera soltó una carcajada.

—Si los curas te oyen, te harán azotar.

Irati eructó y rió con ella. Sus rudas maneras eran similares a las de los presentes.

—¡Otra jarra! —gritó.

—Ten cuidado, hay mozos que no dudarán en aprovecharse de ti si bebes demasiado —la posadera le guiñó un ojo e hizo un gesto grosero.

—No me importaría —admitió la hechicera dando otro trago— si no fuera por la niña... —se giró a la tabernera—. ¿Ha preguntado alguien por nosotras? —la miró directamente a los ojos.

—No —la mujer sonrió incomoda. Sus mejillas enrojecieron y su boca hizo un rictus forzado. Irati supo que mentía.

¿Quién ha preguntado por nosotras?, volvió a insistirle sin mover los labios. La mujer se quedó quieta, completamente paralizada.

—¡Svenka! ¡Más vino! —vociferó alguien. Pero ella era incapaz de moverse, apresada por el terror.

Irati posó su mano sobre la de la mesonera y la apretó ligeramente, como una amiga que busca la confidencia de otra.

¿Quién?, la voz de la bruja, inaudible para los parroquianos, se clavaba en la mente de la tabernera como una aguja en un ovillo de lana.

Svenka habló sin que su voz revelara ninguna emoción:

—Un hombre. Alto, rubio, ojos azules, con una cicatriz que le cruza un ojo.

¿Cuándo?

—Hace dos días.

¿Qué dijo?

Svenka comenzó a sangrar por la nariz.

—Que estaría tres días en el pueblo. Que si veíamos a una mujer vestida de negro con una niña de cabello rojo, podíamos encontrarle allí y nos pagaría bien —la sangre de su nariz goteó sobre la madera.

Una.

¿Ya le habéis avisado?

Svenka sangraba ahora por ambos orificios. Su ojo derecho lloraba lágrimas de sangre.

Dos.

—Sí.

Una tercera gota de sangre golpeó el mostrador.

Tres.

Irati le soltó la mano y la mujer se desplomó sobre el suelo.

—¡Svenka! —su marido gritó alarmado y se abrió paso a empujones.

La taberna bullía con los sonidos estridentes de la fiesta. Irati había enviado a la lechuza y olido la milenrama. ¿Por qué no había identificado el olor de Vojkan?

Varias personas dejaron de bailar y dirigieron su atención hacia la mujer tendida en el suelo.

—¿Qué sucede? —preguntó la novia.

—¡Svenka! —gritaba el marido tratando de reanimarla—. ¡Svenka! —la mujer abrió los ojos, aún bañados en sangre.

—Estaba ahí de pie... —balbuceó.

—Túmbenla en una cama, que descanse —Irati se alejó de ellos y se acercó a la puerta. Cerró los ojos para aislarse del ruido. ¿Qué eres? ¿Qué eres? Un perfume familiar se adentró en sus pulmones y supo que bajo el olor a madera rancia, cerveza derramada y vómitos de borracho se escondía la fragancia de la ruda. Dirigió la mirada hacia puertas y tragaluces, todos adornados con hermosos ramilletes. Irati tomó uno y casi se rió. Entre las flores se ocultaban pequeños manojos de ruda amarillenta. Un viejo truco de bruja de aldea.

Y en ese momento, a través de la ventana, como un fantasma, Irati creyó ver el rostro de un niño de ojos almendrados. Letvik.

La bruja despertó a Greta y la vistió en silencio. Desde el comedor subía un murmullo de voces entre las que destacaba la del posadero. Pronto la relacionarían con el ataque a Svenka. Descendieron las escaleras sin hacer ningún ruido y salieron al establo a través de la cocina.

Sin que nadie sintiese su partida se alejaron de la posada y se adentraron en el bosque. Pero tal y cómo temía Irati, Vojkan las estaba siguiendo. Ahora, lejos de la ruda, el viento traía la cólera de hombres furiosos que, como vampiros, cabalgaban la noche en busca de una víctima a la que sangrar. Eran diez, ¿o doce? Irati supo que no podría escapar de ellos, no con una niña enferma.

Si estuviera sola, huiría sin problemas. Podía transformarse y abandonar a la niña. Pero no iba a hacerlo. Encontró un árbol bajo el que refugiarse. No era un árbol primigenio, no unía los mundos, pero tenía cierta aura a su alrededor. Protegería a Greta.

—No te vayas —balbuceó la muchacha, temblando de fiebre y miedo.

Irati la besó en la frente, sacó una de las piedras negras de las alforjas y con ella se rasgó la mano izquierda, la que contenía la energía renovada del fuego. Después colocó la piedra ensangrentada entre las manos de Greta.

—Sostenla. Así, con fuerza.

—Quema —susurró Greta, apretándola.

—Pero te protegerá —dijo restregando su sangre contra la corteza del árbol—. Ahora nadie puede verte. No sueltes la piedra. No hables, no te muevas.

Y susurrando el lenguaje de su raza, arrancó una de las ramas, desplegó sus alas y alzó el vuelo en su forma de lechuza.

Se detuvo en el claro junto al arroyo y, con su forma humana y la sangre que todavía manaba de su mano, marcó la orilla derramando unas gotas sobre las aguas. Ahora aquel margen del río le pertenecía. Hasta la salida del sol, el que se atreviera a cruzarlo quedaría a su merced. Retomó su forma alada y se ocultó en la copa de un árbol. Un grupo de hombres surgió de la espesura. Seis de ellos vestían una armadura negra con el grabado de una cruz roja en el centro de su pecho. «¿Cruzados? ¿Hombres del Papa?». El resto eran los hombres del burgo: Mezamir, el padre de Letvik, Zivek, Lech y Vojkan.

La bruja los observó con tristeza. Podía sentir el sufrimiento del que había sido su amante. Había yacido con él, había matado a su hijo y ahora percibía su dolor. Pero nada le salvaría aquella noche.

—¡Está allí! —uno de los monjes soldado la señalaba.

«¿Quiénes son?», se preguntó la bruja, porque no eran simples frailes que maldecían a herejes y brujas.

¿A quién has traído, Vojkan?

Y Vojkan atravesó el claro y se dirigió hacia ella.

—¿Dónde estás? —gritó enarbolando su espalda—. ¿Dónde estás? —su voz desgarrada rompió la quietud del bosque.

¿Qué haces Vojkan? ¿No sabes que puedo matarte ahora mismo?

Pero Vojkan no escuchaba. Sólo aullaba como un lobo herido. Era un hombre roto. Ya no brillaba. El azul de las clemátides, de las campanudas, muscaris y lobelias ya no le protegía ni a él ni a su pueblo.

Uno de los cruzados levantó una piedra sobre su cabeza. Irati sintió un golpe en el pecho. Su pequeño cuerpo de lechuza tembló con violencia.

—¡Muéstrate! —gritó el soldado. La piedra era negra y fuerte, muy fuerte. Irati podía sentir cómo la llamaba, no esperaba que aquellos hombres conocieran el poder de la obsidiana. Cayó al suelo y recuperó su aspecto humano.

Y todos, cruzados y aldeanos, se abalanzaron sobre ella, empuñando sus espadas llenos de furia. Pero ellos habían atravesado la orilla y entraban sin saberlo en el terreno que la bruja había reclamado como suyo. Irati alzó la mirada y una bandada de lechuzas, búhos y murciélagos se lanzaron en picado sobre los hombres, clavándoles garras y picos en cuellos y ojos. Ellos intentaron defenderse con sus espadas. La sangre de dos lechuzas se derramó sobre la hierba, pero pronto los hombres quedaron envueltos en un tornado de plumas negras que sería su tumba. Irati permanecía con la mano izquierda levantada. Con el dedo índice señalaba a Vojkan que, de rodillas, todavía blandía su espada en el aire.

No deberías haberme seguido, Vojkan —susurró la bruja con la voz del viento.

—¡Mataste a mi hijo! ¡No era más que un niño! —bramó el hombre.

La bruja asintió mientras contemplaba con indiferencia a los pájaros devorar los ojos de sus atacantes.

¿Quiénes eran estos hombres, Vojkan? —su voz era dulce, muy dulce. Y Vojkan recordó entonces el canto que escuchó siendo niño y el beso que le dejó ciego de un ojo. El beso de la *rusalka*.

¿Quiénes eran, Vojkan? —repitió la bruja acercando su rostro al del hombre caído.

Él ya no blandía la espada. Permanecía arrodillado en el suelo, embelesado por la voz de *rusalka* de Irati.

—Cuando el puente se derrumbó, los frailes nos detuvieron a todos —dijo—. Les hablamos de ti, les dijimos quién eras, lo que hiciste con las *rusalki*. Vienen a quemarte. A ti y a la niña.

Pero estos hombres —cantó Irati acariciándole el rostro mientras las aguas del río se agitaban— *no son hombres normales, ¿verdad? ¿Quiénes son?*

—No lo sé —Vojkan ahora cerraba los ojos, como acunado por una suave brisa. El murmullo del río y el canto de la bruja le transportaban de vuelta a su tierra, a cuando tenía quince años. —Son cazadores de brujas —dijo al fin con voz trémula.

Irati le cogió de la mano y, como a un niño pequeño, lo condujo hasta el río. Lo desnudó y lo hizo adentrarse en él. Vojkan la obedeció y, en su estupor, vio el brillo de un pez saltando en el agua. Un pez que se transformaba en una mujer de ojos negros y cabello blanco. Una *rusalka*. Irati la había invocado al verter su sangre en el río. La *rusalka* tendió la mano a Vojkan y lo atrajo hacia sí. Y Vojkan desapareció bajo las aguas.

Las lechuzas picoteaban los ojos de los cruzados muertos. Irati levantó la mano y las aves alzaron el vuelo. Después se inclinó y con tranquilidad recogió la piedra con la que el soldado la había obligado a tomar su forma humana. Quemaba. La obsidiana era una roca poderosa que podía obligarla a revelar su verdadera forma y, por instinto, lanzó la piedra al río, alejándola de sí. Sabía que existían hombres de la Iglesia que conocían los ritos ocultos, incluso la lengua primigenia, pero hasta ese momento no había tenido que enfrentarse a ninguno. ¿Hasta dónde llegarían sus conocimientos? ¿Qué dones y poderes poseían? Y lo más importante: ¿quién más sabía de su existencia? Sintió que aquellos hombres sólo eran el principio de una época que debía temer.

Un ruido la hizo girarse. Al otro lado del río estaba el pequeño Letvik, el hijo de Mezamir. Blandía su espada, pero el miedo le impedía utilizarla. Con él había otro hombre. Era rubio, muy rubio, casi albino, el mismo que había escapado de ella en el puente. Se encontraba detrás de Letvik y apoyaba sus manos enguantadas sobre los hombros del muchacho. La miraba con temor y odio. ¿Quién era? ¿Qué era? ¿Un sacerdote? ¿Un inquisidor? ¿Otro brujo? Irati les señaló con el dedo, pero no hizo nada. Ni el cazador de brujas ni Letvik habían cruzado el río y ella no tenía poder sobre la otra orilla. No podía tocarlos.

Aquella noche no moriría ningún niño más.

INTERLUDIO 4

Estoy en la cama. Me duele la garganta. Mamá me trae un chocolate. Está caliente y dulce. Me lo bebo. Me duermo. Me despierto y veo a la lechuza en la ventana. Pequeña, blanca, ojos amarillos. *Esto ya lo has soñado*, dice.

Ahora casi siempre sé cuando estoy soñando y cuando no y ya entiendo lo que la lechuza dice. Ya no tengo miedo.

Llevo toda la semana sin ir a clase porque el médico dice que tengo que descansar y dormir. Y aunque a veces aún me pierdo en el sueño, ya no tengo miedo porque entonces la lechuza va y me despierta. Me susurra una palabra con la voz de mi madre. La oigo muy cerquita, en mi oído, yo la repito dormido, dentro del sueño y entonces…

… despierto.

Hoy voy a casa de Ari. Ella aún no puede ir al colegio. Sigue dormida. Mamá dice que *está en coma* porque su cerebro se quedó sin oxígeno cuando caímos al lago. Pero yo creo que también vio a la sirena y pensó que se la iba a comer, y se asustó tanto que casi se muere, pero no se murió; se durmió y ahora no se atreve a despertar. Le digo a mamá que yo puedo hacer que Ari despierte, pero ella me mira con esa cara que ponen las madres cuando no te creen. Cuando le hablé de la sirena y la lechuza, dijo que todo era una alucinación y que los pájaros no hablan. Pero se equivoca.

La madre de Ari me lleva a su cuarto. Está tumbada en la cama, con los ojos cerrados. Tiene una diadema en el pelo, como las princesas. Le pido a mi madre y a la de Ari que me dejen a solas con ella. Quiero probar la magia que la sirena hizo conmigo. Oigo a la lechuza. Por un momento me parece que está volando fuera, a plena luz del día... Pero no, afuera no hay nada. Sin embargo oigo su voz, como si la soñase. Me advierte que no debo hablar el *lenguaje antiguo*, que no estoy preparado.

Podrán oírte. Todos te oirán.

No le hago caso.

Abro la ventana. El frío llena la habitación. El corazón me late rápido. Me siento en la cama junto a Ari. Coloco mi mano en su cara, como hizo la sirena conmigo: dos dedos en la frente, dos en los pómulos, uno en la barbilla. Mi mano parece una estrella. Es una estrella. Cierro los ojos, respiro profundo y digo por primera vez la palabra que me dijo la sirena.

Estoy en un bosque. Pero no es mi bosque. Es el de Ari. La lechuza dice que no entre en el sueño de Ari, que no estoy preparado. Yo sigo andando. La lechuza no me sigue.

Ando y ando y las estrellas cambian en el cielo. Y llego al lago. Otra vez. Pienso que me he perdido y que estoy soñando lo de siempre. Pero no. El agua no está congelada. Alguien canta una canción. La sirena que me salvó se peina sentada en una roca. Hay luna llena. Sus ojos son soles pequeños. Su pelo sigue siendo verde, incluso fuera del agua. Ahora yo también estoy en la roca, a su lado. *¿Dónde está Ari?*, pregunto. La sirena me sonríe y sigue cantando. Tiene la voz más bonita del mundo. Levanta el brazo para darme la mano. Pero no se la cojo. No me fío. *¿Dónde está Ari?* Ella frunce el ceño y de un salto se lanza al agua. Yo también salto y caigo y caigo y caigo y casi me olvido de que estoy soñando. Justo antes de despertar, me zambullo en el agua. El agua no moja y más que nadar parece que vuelo. Respiro bajo las aguas y buceo detrás de la sirena. Aparecemos en una cueva verde, llena de algas y musgos.

Hay muchas niñas, algunas soñando. Unas tienen cola de pez y otras no. Ari está cantando y se cepilla su pelo rojo con un peine de plata. Todavía no es una sirena. Pero sé que si no se despierta, lo será. Me ve, pero no me ve. Estoy con ella. Le cojo la mano.

Ari, digo su nombre despacio, muy suave para no asustarla. Nada. No me hace caso. Y entonces la sirena me dice: *Ése no es su nombre verdadero.* —Sí que lo es —digo yo—. *No. Tienes que llamarla por el nombre con el que la conoce su Dios.*

Ariadna.

Lo digo con la voz de los sueños, no con la de las personas. Lo digo con la voz de la lechuza, no con la de los humanos. Lo digo con la voz de los espíritus, no con la de los vivos.

Y la sirena me dice que cante, que ella me presta su voz.

Y mi canción se oye en todos los sueños.

Y los brujos y brujas del mundo me oyen.

Los monstruos sueñan conmigo.

Los fantasmas nos ven. Nos están viendo.

Y en mi cabeza la lechuza grita.

¡Despierta!

11

Los días eran cada vez más cortos. Las lluvias se acercaban. Irati y Greta alcanzaron el valle de picos escarpados empujadas por los vientos del otoño.

—Quizá te arrepientas —dijo la bruja una noche frente a la hoguera.

—¿Por qué? —aunque a Greta le escocían los ojos, le gustaba el fuego, le gustaba ver arder. Los naranjas y rojos de la hoguera se unían al color de las hojas de los árboles y, en el atardecer, toda la explanada parecía un crisol de oro fundido.

—Serás diferente del resto.

—Pero tendré poderes como los tuyos.

—Siempre habrá alguien que quiera matarte.

—Seremos poderosas y fuertes.

Greta continuaba agarrada de las rodillas, balanceándose sin apartar la mirada del fuego.

—Ellos también pueden serlo —concluyó Irati recordando a los hombres de Vojkan, especialmente el monje de cabellos blancos que se salvó de sus conjuros.

Pese a que nadie las perseguía, habían evitado posadas y aldeas. Las grutas les proporcionaban cobijo. Greta había recuperado su lozanía y se mostraba feliz. A pesar de que la vida robada al niño Onjen estaba a punto de finalizar, ya casi habían alcanzado su destino.

Y por fin un día alcanzaron las orillas de un inmenso lago entre dos montañas.

—Pasaremos la noche aquí —dijo.

Acamparon bajo la arboleda y, mientras Greta dormía, Irati vigiló el curso de las estrellas.

Al amanecer, Greta se incorporó con cansancio. La bruja ya estaba levantada. Una densa niebla impedía ver las aguas tranquilas y grises de las marismas. La muchacha se envolvió temblorosa en una manta y se acercó con sigilo a la orilla. Irati alzó la mano muy lentamente y la introdujo en la niebla que cubría las aguas. La niña se quedó inmóvil escuchando los susurros de Irati. Palabras que Greta todavía no podía pronunciar. Las aves de la mañana enmudecieron en el momento en que Irati habló. El viento se detuvo y ningún sonido perturbó su invocación. Cuando guardó silencio la niebla se disipó, permitiendo que la luz del sol inundara de colores la mañana. El lago había desaparecido y un valle verde se extendía frente a ellas. Un pico de montaña coronaba el paisaje.

—¿Dónde estamos? —preguntó Greta.

—Éste es un lugar donde nuestro mundo se pliega y otro mundo aparece. Hemos separado uno de los velos. Estás en un lugar sagrado, niña. Éste es el bosque de un dios. ¡Vamos! —Irati sonrió satisfecha, dirigiéndose hacia sus monturas—. Ya casi hemos llegado.

A media mañana, alcanzaron la falda de la montaña. Tres mujeres de diferentes edades las esperaban. Una aparentaba ochenta años, otra cuarenta y la tercera no más de veinte. Las tres vestían túnicas de color verde.

La más vieja las detuvo con un gesto, miró a Irati a los ojos y le habló en la lengua antigua. Irati contestó con sumisión y humildad. Después la mujer miró a Greta y sonrió.

Esa misma noche ascendieron a la cueva que habitaban. Estaba a unos trescientos metros de altura y era accesible sólo a través de un camino escabroso que se enroscaba por las paredes calizas de su ladera. Algunos de sus tramos no tendrían más de medio metro; tuvieron que caminar de una en una para no caer al abismo. Y allí, en la cueva donde nadie envejece, las mujeres examinaron a Greta.

—Debemos esperar a la luna negra —dijo la más anciana.

Todavía faltaba una semana para ello y durante ese tiempo la alimentaron con un bebedizo de atanasia, cinoglosa, brionia y espino. Frotaron su cuerpo con aloes y, en la noche sin luna, cuando el sol cayó tras las montañas, le dieron a beber del agua que brotaba de un pequeño manantial en el interior de la cueva. Después descendieron al valle y se adentraron en los bosques del eterno verano.

Caminaban en fila. La mujer más vieja, Idiana, presidía la procesión. Le seguían Greta, Yedneke e Irati. Erina, la más joven, cerraba la marcha. Llegaron a un claro en el corazón del bosque. Se desnudaron y formaron un círculo. Se cogieron de las manos, cerraron los ojos e iniciaron sus cánticos. El paisaje se transformó. Los ojos de Greta brillaban con un resplandor antinatural. Sentía un fuego que la devoraba por dentro. El valle relucía ahora con un intenso color violeta y, aunque ninguna luna alumbraba la noche, Greta veía con claridad. Un inmenso roble de ramas descomunales se erigía frente a ella. Las tres mujeres situaron a la niña bajo el árbol. Tanto ellas como Irati se cortaron en una mano. Al ver la sangre, Greta sintió un espasmo de dolor en el vientre, un mordisco en el corazón.

—Hay sangre de bruja en ti porque comiste el corazón de una. Si quieres conocer el poder de los Antiguos, primero debes yacer con uno de ellos. ¿Estás dispuesta? —Irati le ofreció el cuchillo.

Greta asintió.

—¿Viviré para siempre? ¿Seré como tú?

—Serás dueña de las energías y poderes que la Tierra emana. ¿Cuánto vivirás? Eso no lo sé.

Las tres mujeres rodearon a la niña. Greta las miró una a una y, de pronto, rejuvenecieron hasta convertirse en niñas como ella.

Greta se cortó en el brazo. Ése fue su primer corte. El primero de muchos. Irati, que no había alterado su aspecto, levantó sus manos sangrantes hacia el cielo. Las niñas hicieron lo mismo y, una a una, elevaron sus voces como campanas al viento. Un aullido surgió de la profundidad del bosque... y el lobo apareció. Era inmenso, más grande que ningún chacal que Greta hubiera visto. Su pelaje era de un marrón muy oscuro y sus ojos encendían el bosque con su lujuria.

Las niñas, que ya no eran niñas sino mujeres adultas de cuerpos níveos y cabellos negros, dejaron entrar al lobo en el círculo de poder. Hablaban con una sola voz. «Entrégate», decían una y otra vez. La invocación martilleó la cabeza de la niña. Y el lobo, atraído por el olor su virginidad, se le acercó. Despacio, muy despacio. Dejándose impregnar por su fragancia.

Una garra sobre el hombro derecho, otra sobre el izquierdo. Greta cae al suelo de rodillas, bajo el peso de la bestia. Un aliento caliente resopla en su cuello. Un gruñido. La bestia le araña la espalda. Sus uñas rasgan su piel.

—Abre los ojos —la voz de Irati es el chasquido de un látigo—. Entrégate.

A cuatro patas, sobre el suelo, la bestia la monta. Un dolor estalla en sus entrañas. La sangre de virgen fluye con la llegada de la sangre de mujer, de su primera sangre. La niña grita. La mujer grita. Y el dolor deja paso a otras sensaciones. Desea cabalgar. Y disfrutar de cada empuje. Desea moverse, gozar. Vuelve a gritar, cada vez más. Su corazón se acelera y, cuando la bestia se aparta, ella cae al suelo exhausta.

—Entrégate —repiten ellas sin mover los labios—. Ofrécete —ya no son niñas ni adultas, sino viejas de arrugas infinitas.

Frente a ella, el lobo ruge transformado ahora en un ser mitad hombre, mitad animal. Su cuerpo está cubierto por la piel del lobo y la contempla con ojos de demonio. Se yergue frente a ella. Greta tiembla. La sangre corre entre sus muslos. El dios se inclina y la lame. Su lengua es áspera y cálida. Greta abre las piernas y la bestia vuelve a penetrarla. Esta vez el dolor es menor. El mundo gira. Y ella se llena de poder.

***

Greta despertó bajo uno de los árboles que brotaban al pie de la montaña. Todavía se sentía mareada. La niña que ya no era niña apartó la manta que la cubría y se incorporó, aturdida. El prado amanecía bañado por la luz del sol. Irati cepillaba los animales. Nada más verla se acercó, la abrazó y la besó. Una recién casada que despertaba tras su noche de boda.

—¿Estás bien? —le preguntó.

—No me siento diferente —la voz de Greta revelaba desilusión.

—Lo eres.

—¿En qué? ¿En qué soy diferente?

La bruja le retiró el pelo de la cara y sostuvo su rostro entre las manos.

—Tienes tres muertes por delante. Es el regalo que se te ha concedido. Morirás tres veces y cada una de esas muertes te hará más fuerte y poderosa. Cada vez será más difícil que un cuchillo pueda matarte o que un veneno acabe contigo. Aunque siempre podrán arrebatarte tus vidas separando tu cabeza de tu cuerpo o quemándote en la hoguera. Pero por tres veces revivirás. Renacerás con el cuerpo en el que hayas fallecido. Estarás desnuda, tendrás frío y gritarás de dolor, pero revivirás bajo los árboles sagrados, bajo los ángeles del bosque que aún brillen sobre la Tierra.

—¿Ángeles? —preguntó Greta.

—Así es como yo los veo —contestó Irati mirando al pequeño bosque de abedules—. En todos los bosques sagrados hay un árbol especial. Ellos son nuestros salvadores. Nuestros ángeles. Están conectados a las fuerzas invisibles de la Tierra. Unen este mundo con el mundo de los sueños, con el de los espíritus y con el más allá. Yo he renacido bajo sus ramas. Tú también lo harás. Será doloroso, pero revivirás. Por tres veces.

—¿Y ellas? —Greta señaló a las mujeres—. ¿Qué son?

—Sacerdotisas. Hace siglos que se apartaron del mundo y no pueden abandonar este lugar. Fuera de aquí, morirían. Ellas y el dios son uno. Ellas le veneran y él da vida a esta tierra. Estás en un lugar sagrado, mi niña. Un santuario. Aquí el tiempo no transcurre, aquí siempre es verano.

Greta clavó sus ojos en ellas. No parecían poderosas. ¿Qué sentido tenía todo ese poder si no se utilizaba?

Tres muertes. Tres vidas. «Y siempre podré volver en busca de más», pensó Greta mientras alimentaba a Yildun, la lechuza que las acompañaba.

Y de pronto sus ojos se perdieron en los del ave y lo supo.

—¡Se llama Gieder! ¡Ése es su nombre verdadero! —gritó.

Irati sonrió, complacida. Tenía una compañera, una amiga, alguien a quien amar, alguien con quien olvidar las pesadillas que no la dejaban dormir. Niños quemados en hogueras.

12

Los meses de invierno los pasaban en pequeñas aldeas, ejerciendo de curanderas y parteras. Nunca permanecían demasiado tiempo en el mismo sitio. Greta debía aprender a vivir como una nómada.

Cuando Irati comenzó a enseñarle la lengua de poder comprobó con satisfacción que Greta aprendía rápido, muy rápido. Y el día que entraron en una taberna cuyos parroquianos hablaban otro idioma, supo que ya estaba preparada para el siguiente paso.

—Dos mujeres tan hermosas no deberían viajar solas —les dijo el cantinero. Le faltaban un par de dientes, pero su aspecto no era amenazador, tan sólo les deseaba precaución.

—Sabemos defendernos —el tono firme de Greta no le pasó desapercibido al hombre, que lanzó una carcajada mientras se limpiaba las manos en el mandil.

—No seas tan arisca, buena moza, que aquí todos somos gentes de bien —y las convidó a dos jarras de cerveza, contento de tener mujeres que atrajesen clientes.

Irati miró a Greta entornando una media sonrisa.

—¿De qué te ríes? —preguntó Greta casi ofendida.

—De nada. No te has dado cuenta, pero ya no estás hablando en la lengua de los valles.

—¿No? —se extrañó la muchacha.

—No. Has hablado la lengua local —Irati dio un sorbo a su cerveza mientras observaba a los parroquianos.

El lenguaje de los Antiguos contenía en sí mismo todas las lenguas. Ése fue uno de los legados de los hombres espíritu a sus descendientes. Quizá Greta se sintiera torpe y lenta, pero Irati estaba orgullosa. Habían transcurrido tres años desde que Greta entregó su virginidad a cambio de un pedazo de eternidad. Estaba lista para iniciarse en los ritos de fertilidad y apareamiento humanos y aprender a absorber la energía que la haría cada vez más poderosa.

Hasta ese momento Irati había utilizado las noches sin luna para adentrar a su pupila en los caminos de lo oculto. Se tumbaba junto a ella, la abrazaba y le susurraba palabras que invadían su mente. Palabras para crear y destruir, para mover llamas y aguas, abrir la tierra y cambiar el curso de los vientos. Transformada en lechuza, cabalgaba sus sueños.

—He soñado con una lechuza. Y me dice cosas que no entiendo. ¿Por qué todas las noches sueño con ella?

El aprendizaje al que debía someterse no necesitaba explicaciones. Primero debía soñarlo para después hacerlo real. Y un día Greta comenzó a entender lo que decía la lechuza y a recordar las palabras que Irati le susurraba dormida.

—Tú eres la lechuza —dijo después de un año—. ¿Cómo lo haces? ¿Cómo puedes adentrarte en mis sueños?

—Sólo en ellos puedo entregarte mi saber. El leguaje oculto es el idioma de la verdad. En él no se puede mentir. Sólo en los sueños se puede aprender.

—¿Es esto un sueño? ¿Estoy soñando ahora mismo?

—No.

Más adelante le mostraría los secretos de las runas; cómo escribirlas y dibujarlas. Le enseñaría a utilizar su propia sangre y a marcar con ella los lugares que debían ser protegidos. Pero no le revelaría los conjuros que despertaban y atraían enfermedades como la peste. Le prohibió intentar las transformaciones, pues podía perderse en una forma animal y olvidar que era humana. Greta tenía quince años. Faltaban muchos para que se manejara con soltura en todas aquellas artes, pero, poco a poco, Irati la adiestraba en su poder.

Y aunque Greta había yacido con un dios, no se había iniciado en los ritos de apareamiento con los hombres. Quizás aquella taberna fuera el lugar adecuado para encontrar a un joven de su edad, hermoso, que no le recordara a nada ni nadie. Un joven con el que gozar.

La noche había caído sobre el valle. La primavera pintaba los campos con lilas y rosas y los vientos gélidos ya no les arañaban. Aun así, los atardeceres eran frescos y el fuego calentaba las posadas. Las llamas anaranjadas bailaban frenéticas mientras los parroquianos danzaban al son de acordeones y violines. Esa noche, la luna llena iluminaría el aura de los hombres.

—La energía que liberamos a través del encuentro sexual es muy poderosa —le explicó.

Un joven clérigo que vagabundeaba ganándose la vida con canciones picantes empezó a entonar una tonadilla que despertaba la libido de los jóvenes, incitándoles a copular.

Amor volat undique,/ captus est libidine./ Iuvenes, iuvencule/ coniunguntur merito./ Siqua sine socio,/...

—Refuerza y amplia nuestros poderes, los canaliza y los libera —decía Irati—. No hacemos daño a nadie, no llamamos la atención y a los hombres les gusta.

...caret omni gaudio;/ tenet noctis infima/ sub intimo/ cordis in custodia:/ fit res amarissima.

—¿Puedo elegir a cualquiera? —preguntó Greta recorriendo con la mirada los rostros enrojecidos por el vino.

—Sí, pero los verdaderamente poderosos son aquellos cuya aura es azulada —le recordó Irati dando un largo trago a su jarra de cerveza. Por un momento recordó a Vojkan y las azules noches que con él pasaba en el bosque.

—¿Soy una niña de aura azul? —había preguntado Greta.

—No, mi niña. No lo eres. Pero te enseñaré a encontrarla y absorberla. No te preocupes. Esta Era no nos es propicia, pero eso cambiará. Los niños de aura azul renacerán y las razas de poder despertarán.

—¿De verdad?

—Eso dicen.

—¿Quién?

—Las viejas. Los hechiceros. Los brujos. Pero nosotras no debemos escuchar delirios de pitonisas ni augures.

—¿Por qué?

—Porque las profecías siempre proceden de adivinos que han visto el futuro y han enloquecido ante su visión. Pero ¿quién sabe? Quizás tú seas la primera de esa *Raza de Poder* de la que hablan.

—¿Es posible?

—Todo es posible. Ahora, mi amor, escoge a alguien con quien pasar la noche —Irati lanzó una mirada a los danzantes.

Una pareja de jóvenes, ella rolliza y él delgado, moreno y de ojos verdes, golpearon la mesa en que las brujas se encontraban. La canción y la música los excitaba y allí mismo se revolcaban, tocándose a la vista de todos.

Greta observó con atención a los parroquianos que coreaban las canciones cada vez más obscenas del goliardo:

Si puer cum puellula/ moraretur in cellula,/ felix coniunctio./ Amore suscrescente,/ pariter e medio/ avulso procul tedio,/ fit ludus ineffabilis/ membris, lacertis, labii.

Greta entendió el significado de la canción sin haber aprendido jamás latín.

Si un mozo y una moza se juntan en una habitación... Feliz será su comunión... Piernas, brazos, labios....

La canción la sofocaba, las llamas del fuego parecían reptar entre sus muslos. Deseaba subirse las faldas, frotarse y bailar con el joven de ojos verdes.

La luz de la luna entraba por la ventana. Varios hombres y mujeres resplandecieron débilmente con diversos colores; ninguno con el azul que tanto interesaba a Irati.

—¿A cuál elijo? —preguntó Greta mientras se desabrochaba el corpiño.

La hechicera señaló a un joven robusto de piel extremadamente blanca.

Greta lo miró con atención.

—¡Tiene un ojo de cada color!

—Podría ser una marca de poder. En cualquier caso, te dará placer. Ve con él, ¿o acaso prefieres al otro?

Greta todavía miraba al muchacho de ojos verdes que cambiaba de pareja con cada compás de la canción. En torno a sus manos, que ahora agarraban el culo de una joven de pelo castaño, refulgía una cierta luminosidad amarillenta.

—¿Y a él? ¿Qué le sucederá?

—Nada. Aunque si eres muy fogosa, puede que durante unos días se encuentre más cansado. Quizás tarde una luna en poder dar placer a otra mujer —la bruja lanzó una carcajada al aire, se levantó alegre de la mesa y empujó a Greta al centro de la sala, haciéndola tropezar con el joven que tanto ansiaba.

Después, jarra en mano, buscó a un hombre para ella misma. Dio un último trago y, exudando aromas de hembra en celo, se acercó a un campesino alto y velludo. No tenía ningún aura especial, pero parecía fuerte y sano. Le mostró los pechos sin recato y permitió que sus rudas manos se adentraran bajo su corsé. Cuando la agarró de las nalgas, sintió que volvía a estar desnuda en el bosque, llenándose de la energía de Vojkan. Pero el olor y el ruido de la taberna pronto disiparon los sonidos seductores de las arboledas y la ilusión del pasado se desvaneció.

—No perdamos el tiempo bailando —susurró con voluptuosidad la bruja que nunca bailaba —*Baila, Irati, baila*—. Sólo Greta se unía a las danzas de apareamiento.

***

Antes del amanecer Greta salió de la posada casi corriendo, a medio vestir, con la boca roja y ensangrentada.

—¡Despierta! —susurró a Irati con énfasis, tirando de su brazo.

La bruja todavía dormía junto a su hombre en el pajar. Otra pareja que había pasado la noche retozando con ellos se removió al oír a Greta.

—¿Qué pasa? —Irati se incorporó con parsimonia, sin mirarla.

—¡Recoge tus cosas! —la azuzó Greta sin levantar la voz.

—¿Por qué? ¿Qué ha sucedido? —la bruja aguzó los oídos esperando escuchar los sonidos de granjeros enloquecidos con antorchas y hierros ardiendo. Pero nada sino los cantos de los gorriones que anunciaban la llegada del alba amenazaba la tranquilidad de aquella mañana primaveral.

Greta estaba nerviosa, no miraba a la bruja a la cara. Su cabello ocultaba las manchas de sangre en su boca.

—Me han visto —susurró al fin.

—¿Qué quieres decir con que te han visto?

—Me transformé. Estaba con Imre cuando sucedió.

—¿Quién es Imre?

—El muchacho con el que bailé, el de los ojos verdes. Estábamos en la habitación del tejado. La posada es de sus padres y él tenía la llave y apareció la otra mujer que también lo buscaba para la cama y no lo pude evitar. Me enfadé. Creo que fue la cerveza o el vino, no sé, y dije una palabra… y… y de pronto, ya… ya no era yo… era…

—¡¿Eras qué?! Te dije que no estabas preparada para asumir ninguna forma —Irati apartó el cabello de Greta y vio su rostro ensangrentado.

129

—Un lobo, me transformé en un lobo y cuando he despertado todo estaba lleno de sangre y todos estaban muertos y sus cabezas... no sé qué ha pasado...

—Vámonos ya —ordenó Irati.

Se alejaron del lugar antes de que el gallo cantara. A media mañana les pareció escuchar una jauría de perros, pero no se detuvieron. Dos días después cruzaban uno de los grandes ríos del continente. Invocaron a la luna junto a un antiguo altar construido con enormes rocas en un pico de montaña que los hombres, siglos atrás, construyeron para hablar con los dioses. La energía de la Tierra y los Cielos aún circulaba entre las piedras.

Las brujas oraron en torno al altar hasta que la luna las bañó con su luz cenicienta. Una vez limpias, prosiguieron su camino. Ningún perro podría seguir su olor. Ningún hombre reconocería sus rostros.

INTERLUDIO 5

Otra vez en el hospital. Llevo aquí dos semanas. Me han hecho muchas pruebas en la cabeza y en el cuerpo y hoy por fin me mandan a casa. Las enfermeras me dan helado para que esté contento. Ahora ya puedo hablar otra vez, pero cuando desperté no podía moverme. La lechuza tenía razón. No estaba preparado. Pero sé que hice bien en ayudar a Ari. Si no hubiera ido a buscarla, estoy seguro de que ahora estaría muerta. Sería un fantasma de los ríos. Una sirena. Pero eso no lo sabe nadie. Sólo yo. No puedo decirlo. Nadie me creería.

Cuando Ari y yo nos despertamos en su casa, mamá entró en la habitación gritando. Se asustó mucho al verme echando espuma por la boca. Llamó a una ambulancia. Yo también me asusté. Ari lloraba, no sé por qué: estaba viva, ¿no? ¡Yo era el que estaba malo, temblando en el suelo!

Mientras estaba en el suelo podía ver las estrellas del cielo y la lechuza volando por encima de mamá. Como si la habitación no tuviera techo. Como si una mitad de mi cuerpo estuviera soñando y la otra despierta. Creo que por eso no paraba de temblar. Cuando los enfermeros llegaron me pusieron una inyección y entonces sí que me quedé dormido de verdad y ya no soñé más.

Mis amigos me hacen muchas preguntas, pero yo no me atrevo a decirles nada de la lechuza ni de la sirena. Ni siquiera les cuento mis sueños. Tengo miedo de que piensen que estoy loco y de que ya no quieran ser amigos míos. Ari ya ha vuelto al colegio, pero no me habla y en clase no ha querido sentarse a mi lado. Me tiene miedo. Lo sé. Su madre no quiere que juguemos juntos, como si todo fuera por mi culpa. No quiero que mis amigos me tengan miedo. Sueño con ellos muchas veces. Con Iker, Unai, Fran, Mar, Mireya. Me meto en sus sueños utilizando sus nombres. Sujetando las ramas del roble blanco. Saltando entre los mundos. Ahora es muy fácil. La lechuza siempre vuela a mi lado. Ella me enseña y siempre me despierta cuando llega el peligro. Un día me descolgué del árbol blanco gritando el nombre de Iker y aparecí en su casa. Otro día soñé que éramos una manada de lobos corriendo por el bosque. Ninguno de mis amigos recuerda ninguno de los sueños.

No pueden hablar el lenguaje antiguo.

13

Las dos brujas regresaron a occidente atravesando los Urales. Las montañas habían consumido casi todas sus fuerzas, apenas habían localizado fuentes de poder y necesitaban renovarse.

Greta conocía ya la existencia de seres extraños y casi extintos como las *rusalki*. Los *kelpi* también surgían de las aguas, pero no eran tan numerosos como hombres lobo y vampiros. Todos ellos vivían ocultos y eran peligrosos.

Habían transcurrido casi ciento cincuenta años desde que Greta obtuvo la promesa de sus tres muertes. Por fin dominaba el poder de las transformaciones: era capaz de saltar como un gato, volar como un águila y cruzar los bosques como un lobo. Conocía las runas y los sueños y podía aparentar a voluntad lozanía o vejez. Hablaba la vieja lengua. Había dormido en las tumbas de los remotos templos de Nubia, pisado las arenas del desierto y se había purificado bajo las aguas del Humo que Truena, Mosi-oa-Tunya, un río salvaje no descubierto todavía por el hombre blanco. Pero en todo ese tiempo Irati no le había revelado los secretos de su clan.

—¿Cuál es tu raza? —preguntaba Greta con insistencia. Irati no contestaba. Sólo decía que era la última de su tribu.

—Háblame de tu gente —insistió mientras la besaba en el cuello.

Irati se giró y abrió los labios. El beso fue largo y húmedo. Greta se sentó a horcajadas sobre ella, le apartó la capa negra y le desató el corpiño.

—No tenemos tiempo. Tenemos que encontrar el camino a la cueva —dijo Irati entre risas, intentado apartarse.

—Claro que lo tenemos —le lamió los pezones—. Todo el del mundo.

—¡Debemos buscar la gruta! —Irati apartó a Greta con una carcajada y se incorporó cubriéndose los muslos con sus sayas negras.

Aquella montaña, recordaba Irati, ocultaba una entrada que conducía a cavidades subterráneas que existían desde el origen de los tiempos. Allí la membrana que unía los mundos era poco más que un velo de sedas.

Cuando llegó la noche, la lumbre de una hoguera las atrajo hasta un recodo de la montaña. Un hombre había acampado en las inmediaciones. Parecía tan sólo un cazador, un inofensivo trampero. Se acercaron cubiertas por las sombras, vistiendo ambas su apariencia de lobo. El hombre levantó los ojos de la fogata. Se cubría las manos con toscos guantes y sostenía una piedra negra entre los dedos. Señaló a las sombras y pronunció una palabra.

—*Revélate*—dijo en el idioma antiguo.

Irati y Greta salieron de la espesura caminando como humanas. Los tres se contemplaron sin decir nada.

El hombre ya había pasado de los cuarenta años. Era muy rubio y su mandíbula cuadrada se ocultaba tras una barba poblada, blanca, casi albina que contrastaba con la negrura de sus vestimentas: capa, sombrero, chaleco de lana y calzones. Sus manos azuzaron con presteza el fuego mientras unos ojos rasgados y oscuros las examinaban con mirada inquisitiva.

—¿Qué buscáis aquí? —preguntó.

—Adentrarnos en la noche de la Tierra, despertar lo que está dormido —contestó Irati—. ¿Dónde aprendiste esa lengua, brujo?

—Una mujer como tú me la mostró —respondió él con una sonrisa.

—¿Como yo? ¿Y cómo soy yo? —Irati presagiaba el enfrentamiento.

—Antigua, muy antigua —dijo él mirándola fijamente—. En cambio tú eres joven, aunque no tanto como aparentas —señaló con desdén a Greta.

Irati se sentó frente a la hoguera y arrimó las manos al fuego. Cerró los ojos para impregnarse del olor del macho. Algo lo protegía: su rostro no era el mismo con el que había nacido. Aun así estaba segura de que mantenía parte de su fisonomía original, igual que ella siempre contemplaba el mundo con los mismos ojos verdes, sin importar que luciese anciana, doncella o niña. Los ojos era lo único que los brujos nunca podían cambiar.

—¿Qué buscas aquí? —preguntó Greta.

—Mañana las brujas y hechiceros de la comarca vendrán a las cuevas y hablarán con muertos y espíritus. Quiero estar presente —la voz del hombre era aguda y amenazante.

Irati no apartaba los ojos de los de él, intentando averiguar qué había tras ellos. Pero no podía ver nada. Aún.

—¿Buscas a un muerto? —preguntó.

—¿Te sorprende, bruja?

—Es un deseo muy humano —Irati miró a su alrededor.

El lugar parecía seguro. Un hueco hendido en la montaña pedregosa, resguardado de los vientos traicioneros del otoño. Lo mejor sería abandonar el paraje sin que nadie más supiera de su presencia, pero necesitaba la luna de la Noche de Difuntos.

—Sí queréis podéis pasar la noche aquí —dijo el trampero ofreciéndoles unas mantas—. Será agradable tener compañía.

—¿Cómo te llamas? —preguntó Greta acercándose al fuego.

—Podría darte un nombre, bruja, pero sería tan falso como el que me dieras tú a mí —contestó él tras soltar una carcajada.

Ninguno durmió. Tanto el trampero como las brujas permanecieron alerta a cualquier ruido que implicara peligro.

Con el alba llegaron los peregrinos del camino oscuro. Hombres y mujeres sedientos de sabiduría y poder.

—Esto no me gusta —susurró Irati a Greta—. Demasiada gente que no conozco.

Caminaron silenciosos, ayudados por la brea ardiente de las antorchas. La caverna era angosta pero, poco a poco, ganó en amplitud y altura. Las rocas se unían unas con otras formando figuras amenazadoras. Algunas de ellas, puntiagudas como puñales, colgaban del techo; otras surgían del suelo como si fueran instrumentos de tortura y la cueva una prisión. Un río cantarín surcaba la gruta, apareciendo y desapareciendo entre las piedras. Las antorchas iluminaban las paredes, plagadas con dibujos de fieras y aves. Algunas pinturas no eran completamente animales, más bien representaban seres mitad hombre, mitad bestia. Eran hombres espíritu.

Las luces despertaron a las sombras que, como depredadores, parecían saltar de la piedra para seguirles en su fatigoso recorrido.

Por fin alcanzaron una sala inmensa cuyo techo se elevaba tanto que parecía la cúpula de una catedral prehistórica. La gruta continuaba adentrándose en la tierra, pero el acceso quedaba bloqueado por un lago subterráneo. Un pequeño orificio en el centro del techo permitía divisar las estrellas. Tan sólo un niño o una pequeña alimaña podrían atravesarlo.

Faltaba poco para la medianoche. Pronto se alinearían los astros, abriendo los velos que separaban el mundo de los vivos del de los muertos. Irati sintió un escalofrío. La oscuridad no la reconfortaba. Jamás había considerado las pinturas como una amenaza. Pero en ese instante, las fieras de la pared le parecieron más hambrientas que nunca.

Los feligreses formaron un círculo en torno a una piedra que servía de altar. Sobre ella descansaba el cráneo de uno de los grandes osos de las cavernas: uno de los últimos hombres espíritu de las *Viejas Razas*. Levantaron la mirada con fervor religioso. Esperaban a la luna y miraban como si la Virgen fuera a descender de los cielos. Uno a uno iniciaron las invocaciones de la sangre y todos se cortaron en las manos.

Fue entonces cuando una de las mujeres se desnudó y se colocó en el centro de la sala, bajo el orificio que comunicaba con el exterior. Un rayo descendió desde el cielo, golpeándola. Irati no se sorprendió al contemplar el estallido de fuerza que se generó. Pronto le llegaría el turno a ella. Estaba impaciente. Pero entonces el trampero se abalanzó sobre la mujer que recibía la iluminación, le clavó un cuchillo en el cuello, hincó los dientes en su yugular y sorbió la sangre que manaba de la herida. Una decena de hombres armados surgieron de las sombras.

Entonces Irati lo supo. Aquello era una trampa para brujas.

Apagó las antorchas con un grito y agarró a Greta de la mano mientras los hechiceros gritaban y huían. A su alrededor tan sólo se escuchaban aullidos desgarrados y tajos de espadas. Irati intentó el mismo conjuro que tantas veces le había servido. Una tormenta se desató en el cielo y el viento penetró en la cueva. Caminaron a trompicones, cayendo entre las piedras.

—¿Dónde crees que vas, bruja? —el trampero estaba ahora delante de ella—. Siempre supe que volvería a encontrarte.

Los rayos de tormenta se abrían paso a través del orificio del techo, iluminando el rostro del hombre. De su boca chorreaba la sangre de la mujer que había desgarrado. Irati se preguntó quién era aquel hombre. ¿De qué lo conocía?

Lo señaló con un dedo y con una palabra se adentró en sus recuerdos, buscando el momento del pasado en que lo había conocido.

—¿Quién eres? —rugió—. ¿De qué me conoces? ¿Dónde nos hemos visto antes?

Y la cueva desapareció y la bruja se encontró a sí misma en mitad de una plaza. De pronto lo vio, como si volviera a vivirlo:

Un sacerdote rubio de cabellos blancos casi albinos, vestido con una sotana blanca invoca las llamas del infierno en mitad de una plaza de mercaderes. El sol y la luna se alinean en el cielo. El día se hace noche. Un río se desboca e Irati reconoce el puente que años atrás cruzó con Greta. Ojos negros, ojos rasgados. Bajo un cielo fantasmal, el viento baila sobre el sacerdote.

La visión se desvaneció y se halló de nuevo en la caverna. El hombre tenía los brazos extendidos y las palmas de la mano levantadas, bloqueando su visión.

La bruja cerró la mano en un puño y apretó sus uñas contra la palma. Varias gotas de sangre brotaron de ella, cayendo sobre las piedras.

Otra imagen la golpeó.

Irati se ve a sí misma en un bosque. Es el bosque donde Vojkan murió. Al otro lado del río, el sacerdote la observa, ahora viste de negro, con una cruz roja cosida al pecho. Junto a él está el niño Letvik. E Irati se da cuenta de que el sacerdote es el trampero con quien se enfrenta en...

... la caverna. Irati grita. Las paredes se resquebrajan. El orificio del techo se hace más grande. «¡Te tengo!», piensa la bruja y...

... al otro lado del río señala con un dedo al sacerdote y a Letvik. Pero ellos aún están en la otra orilla, fuera de su alcance. Y en lugar de alejarse del lugar como hizo entonces, Irati se adentra en las aguas y camina hacia ellos, decidida a matarles. Pero no puede.

Porque en el pasado que no sucedió, el sacerdote la señala con una piedra negra que brilla como un pequeño sol negro. Irati siente un dolor que la obliga a arrodillarse en mitad del río. La piedra está impregnada con la sangre de sus lechuzas. Aquellas que ella abandonó en el bosque de las rusalki *y...*

...en la cueva, Greta aúlla de dolor. Sobre ella, otro hombre teje con sus manos un conjuro. Como una araña laboriosa, el hombre mueve los dedos tejiendo, tejiendo, tejiendo... Un rayo ilumina su rostro enfurecido.

—¿Letvik? —Irati pronuncia su nombre en un susurro.

Letvik, el joven a quien hizo regresar de la muerte hacía más de un siglo sigue vivo y busca venganza. Ahora es alto y fuerte y está rabioso. Un oso herido. Atraído por el sonido de su nombre, Letvik se gira hacia la bruja y, con la mano, describe en el aire el símbolo rúnico de la destrucción. Pronuncia un nombre con un murmullo tembloroso. Pero la palabra no contiene el nombre verdadero de la bruja, sino un disfraz que Irati utilizó durante un tiempo. El gesto no tiene efecto sobre ella. En ese momento el trampero señala a Irati con la obsidiana negra, la misma que alza en su visión del río, en el pasado que no sucedió. Y, atrapada en su oscuridad, Irati queda repentinamente muda.

Presente y pasado se unen. Irati está desdoblada en dos tiempos, tal como pretendía, pero no es ella quien los maneja. No puede cambiar el pasado, no puede destruir al hombre y al niño a quienes perdonó la vida. Él también ha saltado con ella en el espacio y en el tiempo.

Y la piedra la domina en el presente, en la cueva...

...Y la piedra la domina en el pasado, al otro lado del río, donde el sacerdote camina hacia ella.

Irati, arrodillada en el río, siente una presencia invisible. Ve un destello entre la maleza. Dos ojos la observan. Es un lobo. Un lobo la vigila...

...Y en el presente, el hombre la sujeta del cabello y tira de él, hacia atrás. Letvik empuña una daga...

...Y en el pasado, los ojos que se ocultan entre los arbustos la miran desde la espesura. Es un lobo de la Vieja Raza. *¿Un hombre espíritu?*

Una lechuza sobrevuela el claro.

Irati pide ayuda.

Sólo le queda aliento para una palabra:

—Ayúdame.

...Y en la gruta, Letvik quiere clavarle la daga en el pecho, pero el brazo no le obedece porque Irati todavía se resiste, al otro lado del río...

...donde Letvik, todavía niño, solloza por la reciente muerte de su padre. El sacerdote la agarra del cabello y coloca la obsidiana sobre su corazón. ¡Quema!

Es entonces cuando el lobo salta de entre los arbustos. Es blanco, es pequeño. No tiene garras, ni fuerza para luchar...

...Y en la cueva, Irati aprieta el puño y su sangre fluye de la mano como de un pequeño manantial...

... Y de la espesura, en el pasado, junto al río, surgen dos lobos más. Uno negro. Uno gris. No son de la Vieja Raza *como lo es el blanco.*

¿Voy a morir?, piensa sin saber dónde está.

—Su corazón. Necesitamos su corazón. Arráncaselo —ordena el hombre a Letvik, en la cueva...

...Y el lobo blanco, pequeño, loco, consigue golpear al sacerdote. Los otros dos lobos atacan junto a él. Son una trinidad. La obsidiana se pierde en el río, Irati consigue zafarse y badea entre jadeos regresando a su orilla, aquella que marcó con su sangre una noche hace más de cien años.

—*Letvik* —Irati al fin consigue pronunciar el nombre del muchacho, en la cueva y en el río, en el presente y en el pasado—. *Letvik. Yo te salvé, Letvik. Todavía me debes una vida* —ruge.

Y al oír su nombre, Letvik llora en la gruta y llora en el río. Sólo es un niño que no comprende lo que sucede, que no entiende que su amiga Greta es una bruja.

En la cueva, ahora que la luna brilla con toda su intensidad y que los demás brujos han huido o yacen muertos en el suelo, Letvik aparta la daga del pecho de Irati y, sin poder controlarse, se lanza contra el trampero. Irati ha entrado en él. Lo maneja como a un muñeco de feria. Mientras el cazador de brujos se defiende, Irati tantea el suelo y coge un hueso. Desea que sea antiguo, que pertenezca a uno de los hombres oso que habitaron la cueva y lo hunde en su mano como si fuera un clavo. Repite el gesto en la otra mano. Extiende los brazos como un dios crucificado. Y su lengua se libera. Irati grita.

El techo se derrumba. La unión de pasado y presente se rompe. Irati agarra a Greta y la obliga a saltar sobre las heladas aguas que conducen a las profundidades de la caverna.

Ningún humano hubiera sobrevivido, pero la hechicera era más que humana: recorrió la sima durante media hora hasta regresar a la superficie. Greta ya no respiraba.

Allí perdió su primera vida. Allí vivió su primera muerte.

***

Irati la tomó en brazos y la llevó al corazón del bosque. La desnudó y durante tres noches, bajo un haya milenaria, la veló con canciones de madre. Cuando las estrellas de la tercera noche la bañaron con su luz diamantina, Greta regresó del mundo de los muertos por primera vez. Recuperó la conciencia de quién era y de quién había sido en una semana; la movilidad y el habla, en un mes.

***

—Mi gente no eran como los humanos, eran más que humanos —le explicó Irati una mañana, dos meses después de que renaciera bajo el árbol de poder—. Eran humanos, pues caminaban como humanos. Eran animales, pues podían transformarse en animales y eran espíritus, pues podían atravesar las encrucijadas y velos que unen los planos de la existencia.

Greta la miraba absorta. Irati le hablaba de la *Vieja Raza*.

—No sé cuántas razas hubo en el mundo, ni cuántos hombres espíritus existieron —continuó la bruja—. Sólo sé que a mi clan les llamaron los hombres lechuza porque la lechuza siempre fue nuestro animal de poder. Y los de mi tribu no sólo podían volar como ellas; eran capaces de adoptar todas las formas que habitaban sus bosques. Todos murieron. Los quemaron —Irati atizó las ascuas de la hoguera.

—Creí que eran inmortales —interrumpió Greta— y que podían renacer del fuego, como tú.

—Podían, pero estaban unidos a un árbol y a un bosque. No podían alejarse de él más de un año. Y cuando el bosque fue quemado y el árbol de poder murió, todos ellos perecieron. Ninguno pudo revivir.

—¿Y tú?

—Mi madre huyó conmigo cuando empezaron las llamas. Ella murió un año después, lejos del bosque, consumida por el aire de la humanidad y el hierro de los hombres. Antes de morir, me explicó quién era yo y cuál era mi raza. Yo tenía nueve años, como tú cuando te encontré.

—Pero no envejeces y no mueres aunque no vivas en un bosque de poder.

—Porque al haber nacido durante el solsticio, puedo revivir bajo cualquier árbol de poder del mundo.

—¿No puedes morir?

—Todos podemos morir, Greta. Sólo hace falta el arma adecuada.

—El hombre de la cueva quiso arrancarte el corazón.

Irati asintió.

—Así es. El corazón es la parte más poderosa de cualquier brujo. A través de él podemos absorber la vida, el alma y la magia de las *Viejas Razas*. Por eso existen muchos que desean nuestro poder, Greta. Nos han encontrado y a partir de este momento deberemos ocultarnos, dejando que nuestros cuerpos envejezcan.

—¿Cuánto tiempo?

—Lo que dure una vida.

***

Esa noche, antes de dormir, Irati utilizó sus velas para rastrear los sueños de los durmientes, buscando un lobo blanco y pequeño, de ojos brillantes como estrellas. No lo encontró. Ni esa noche ni ninguna de las que vinieron después. El lobo ya no habitaba aquel tiempo. Había muerto o, quizás, aún no había nacido. O sólo había sido un sueño.

14

Angélica nació en una cama, como una niña normal. Llegó al mundo llorando, con gritos, dolor y sangre.

—Ha sido un parto bueno —afirmó la matrona sosteniendo al bebé—. Limpió la sangre, cortó el cordón, retiró la placenta y, sosteniendo al bebé con brazos fuertes lo mostró a la débil madre—. Es una niña y está sana —añadió.

Irati tomó al bebé y sonrió. Se sentía cansada y exhausta. Su cuerpo, como el de cualquier mujer que acaba de parir, se quejaba dolorido y tumefacto, pero la cara rosada de su hija y el llanto pleno de vida anularon toda sensación de dolor. Angélica era la segunda hija que paría.

El mundo no había cambiado. Las ciudades seguían siendo sucias y malolientes, los hombres continuaban enzarzados en sus absurdas guerras, y los monjes perseguían a las brujas con mucho más ahínco que ciento cincuenta años atrás.

Greta ya había perdido una muerte. Irati sabía que tarde o temprano eso tenía que ocurrir. Tras escapar de la gruta, huyeron de nuevo y vivieron como mujeres completamente humanas. Ahora residían cerca del campo, en una mansión señorial de una de las ciudades estado del sur. Irati se había casado con un duque que murió tres meses después de la boda y Greta fingía ser su hermana, todavía doncella. No tuvieron que matar a nadie. No hizo falta. El destino del recién desposado, como el del pequeño Onjen, estaba claramente escrito en las líneas de su mano e Irati no tuvo dificultad en leerlo. Murió de un fallo en el corazón. Ahora las brujas poseían dinero y un título nobiliario que les conferían respetabilidad. A pesar del rechazo que les provocaba el incienso de las iglesias, todos los domingos asistían a misa y, en sus altares, jamás rompían los mandamientos del dios que allí habitaba.

Irati entró en la casa con un ramo de rosas blancas recién cortadas. Greta sostenía a Angélica en brazos y le cantaba.

Amor volat indique,/ captus est libidine./ Iuvenes, iuvenculae/ coniunguntur merito./ Siqua sine socio,/...

Irati no pudo contener una carcajada al escuchar la canción. ¿El amor vuela? ¿Los jóvenes copulan dignamente?

...caret omni gaudio;/ tenet noctis infima/ sub intimo/ cordis in custodia:/ fit res amarissima —continuó Greta, sonriente, pero sin levantar la voz, para no despertar a Angélica.

«La moza sin mozo, sin goce se quedará...la noche oscura habitará el interior de su corazón... amargo final...».

La canción no era sino el himno irreverente que un joven clérigo entonó en una taberna perdida en el tiempo. La voz de Greta impregnaba los picantes versos con una extraña melancolía.

Si puer cum puellula/ moraretur in cellula/, felix coniunctio./ Amore suscrescente/ pariter e medio/ avulso procul tedio,/ fit ludus ineffabilis/ membris, lacertis, labii.

«Si un mozo y una moza se juntan en una habitación... Feliz será su comunión... Piernas, brazos, labios...».

Irati terminó de cortar las espinas de las rosas y las colocó en un jarrón. Greta depositó a la niña en un canasto de madera con cuidado de no despertarla.

—¿Cómo es posible que puedas tener hijos y yo no? —preguntó Greta sin levantar la vista de Angélica—. Nunca me lo has dicho.

—El niño que te cedió su alma hace años, aquel con el que te mantuve viva...

—Onjen —recordó Greta.

—Estaba muy enfermo —dijo Irati—. Te dio su vida, pero también su enfermedad y tus órganos de mujer quedaron dañados para siempre. Te dejaron yerma. Cuando el dios lobo te entregó su poder, ya era tarde.

Greta parpadeó sin comprender.

—¿Y tú?

—Tuve una hija una vez, cuando era muy joven, pero murió. Se llamaba Aliso —Irati quedó de pronto en silencio. Hacía siglos que no pronunciaba el nombre de la niña.

Aliso tenía la carita fresca y rosada, los ojos del color de la miel, la piel suave como el terciopelo. Pero, en realidad, Irati ya no sabía cómo había sido el rostro de aquella niña.

—Eso ocurrió antes de mi primera muerte —continuó Irati, cerrando los ojos para evitar que las imágenes del fuego —*Baila, Irati, baila*— regresaran a ella después de tantos años—. Cuando mi cuerpo se regeneró cambié para siempre, pues tras la primera muerte, las mujeres de mi raza sólo pueden quedar preñadas en circunstancias muy especiales: yaciendo con hombres de aura azul e impregnándonos de su energía. Nuestros vientres se vuelven fértiles con el aura azul, pero tardan años en absorberla. Ninguna muerte, ningún cuchillo debe dañar nuestras entrañas. Ningún hierro debe atravesar nuestros cuerpos y por supuesto no debemos arder. Cuando te di la vida del niño Onjen tuve que inmolar mi propia mano en el fuego. Creí que ya no podría volver a parir.

—¿De quién tomaste el aura? —preguntó Greta. En todos los años que habían estado juntas, habían encontrado tan sólo dos personas con el aura azul. Una era un viejo y otra un bebé.

—Vojkan —dijo Irati.

—¿Vojkan? —al principio Greta no supo de quién le hablaba.

—El padre de Onjen. ¿No lo recuerdas? Tenía una cicatriz en el rostro.

—Pero... Él no brillaba con ningún color —dijo Greta, recordando al fin su rostro.

—Todavía no hablabas la lengua ancestral y los caminos de los Antiguos te estaban vedados. Aunque la luna brillara sobre él, tú no estabas preparada para verla.

—Pero Vojkan no era joven. Tenía más de cincuenta años cuando lo conocimos y siempre dijiste que debemos yacer con hombres jóvenes. Que su aura era más potente.

—Vojkan era diferente —afirmó la hechicera—. Fue mordido por una *rusalka*. ¿Lo recuerdas?

Greta asintió sin decir nada.

—Aquel encuentro le hizo especial —continuó Irati—. Perdió un ojo. Y a cambio de su visión, su aura se fortaleció y no se apagó como ocurre en los humanos adultos. En las noches de luna llena, cuando tú sólo eras una niña y dormías, protegida por las lechuzas, yo le llamaba y él venía a mí. Nos uníamos en el bosque, junto al lago de la montaña.

—Entonces, Angélica, ¿es hija suya?

—Sí —admitió Irati—. Ella nació de su energía.

—Pero..., ha pasado mucho tiempo, más de ciento cincuenta años...

—Te lo he dicho: las mujeres de mi raza, podemos dar a luz sólo cuando nuestros cuerpos han absorbido la esencia necesaria para fertilizarse. Puede suceder cada cien años, cada mil o nunca. Ésa es la razón por la que las brujas como yo no tienen hijos —rió—. Por eso me sorprendí al sentir que el momento de parir había llegado de nuevo. Ya no creía en las viejas leyendas ni estaba segura de que la energía que me transmitió Vojkan fuera suficiente, pero lo fue. Por eso insistí en adentrarnos en aquella cueva el día del solsticio, necesitaba comulgar con la energía de la Tierra para asegurarme de que la niña llegara a nacer.

Greta sintió que su corazón se aceleraba.

—¿Y qué dones tendrá Angélica? —preguntó contemplando a la niña que dormía en el canasto.

—Ninguno. Será totalmente humana —Irati habló con fuerza, más para sí misma que para Greta.

—No es cierto —Greta la miró fijamente a los ojos, casi desafiándola. Sabía que la bruja mentía.

—No, no lo es. Pero puede llegar a serlo. Para que sea como yo, hace falta despertar al espíritu de mi clan: la lechuza. Si no lo hago, si el espíritu no llega a poseerla nunca, entonces quizás vivirá una vida completamente humana.

—¿No quieres que sea cómo tú?

—Siempre te dije que esta vida, este camino, no es un buen camino —Irati la tomó de la mano—. La nuestra ha sido una vida oscura y peligrosa, pero tú no tuviste elección.

—A veces no se puede elegir —Greta repitió las palabras de la bruja como una letanía para explicar su vida—. Nunca me habías hablado de esto. ¿Por qué?

—Porque tú, mi niña, no eres de mi raza —le contestó con dulzura—. Tú naciste completamente humana.

—¿Quieres decir que yo nunca podré impregnarme de… de hombres como Vojkan?

—Puedes absorber su energía, hacerte fuerte con ella, pero no puedes utilizarla para procrear. El espíritu no te poseyó cuando eras niña.

—¡Ya lo sé! —Greta derribó el jarrón de un golpe—. Yo no pertenezco a tu clan de hombres espíritu, a tu raza maldita de hombres lechuza —se quedó mirando las rosas esparcidas en el suelo.

—Greta, no quiero volver a invocar a las fuerzas ocultas —dijo Irati, pronunciando con cuidado su verdadero nombre—. No volveré a hablar en la lengua ancestral y tú tampoco lo harás —su voz era firme. No era una petición.

—¿Por qué? —Greta le dio la espalda y se giró hacia el ventanal del jardín. Su voz se había tornado oscura y grave. Su cabello brillaba con el sol de poniente como una rosa encarnada.

—Te lo he dicho. No debemos llamar la atención. Si lo hacemos, nos encontrarán. Angélica es la última de mi raza, no quiero que nadie lo sepa. No quiero que ellos la encuentren.

—Ellos… —murmuró Greta.

—Sí. Ellos, sabes de quién hablo.

—Dijiste que, al menos una vez, debemos comulgar con los poderes de la Tierra. ¿Qué sucederá si no lo hacemos?

—No hay razón para no hacerlo, pero hemos sido descuidadas y no debemos mostrarnos. Lo de la cueva no volverá a suceder y, por el momento, es mejor dejar que el tiempo pase sobre nosotras con naturalidad.

Irati se le acercó, la abrazó y la besó en el cuello, pero Greta se apartó de ella.

Irati sentía su rabia, pero no podía arriesgarse a ser descubierta de nuevo. Letvik seguía vivo y aquel monje rubio también. De algún modo, probablemente gracias a los hechizos con los que ella curó a Letvik cuando mozo, éste había alargado su vida. Pero además, de la misma forma que Greta había aprendido de ella, Letvik también había adquirido las artes oscuras de aquel otro hombre. No sabía a qué dioses rezaban, no sabía si era un hombre espíritu de otro clan, no sabía si era el último de una raza. No sabía nada de él. Pero había conseguido impregnar una piedra de poder con la sangre de sus lechuzas, se había desdoblado junto a ella entre presente y pasado. Era un hombre poderoso. Tan poderoso como ella.

—¿Crees que todavía nos buscan? —preguntó Greta interrumpiendo los pensamientos de Irati.

—Estoy segura. No pondré a Angélica en peligro. No volveré a perder a otra niña.

—Yo nunca le hice ningún daño a Letvik —murmuró Greta recordando los juegos que el joven le enseñó, los lugares secretos que le mostró en el bosque o el beso que le regaló cuando compraron aquellos buñuelos.

—Pero su padre murió por tu causa y busca venganza. Ya has vivido una muerte, Greta —Irati siseó de nuevo su nombre—. ¿Estás preparada para perder otra? Nunca debemos menospreciar a aquellos que quieren matarnos —le advirtió—. Sabes que quedan poderes ocultos en la Tierra y seres que ni siquiera yo conozco —concluyó.

Greta no dijo nada. Se acercó al canasto donde Angélica dormía y comenzó a cantar.

***

Pasaron un año tranquilo en la campiña. Sin sobresaltos. Sin magia. Angélica enfermó con fiebres durante dos semanas, pero incluso entonces Irati se negó a utilizar sus conocimientos.

—¡Sanará, puedo verlo en su mano! ¡Esto no la matará! —gritó cuando Greta intentó curar a Angélica invocando las artes oscuras.

—Podrías rezar... —señaló entonces Greta, no sin cierto sarcasmo.

—Podría, pero no serviría de nada y, como ya he dicho, esto no la matará.

Greta soltó una carcajada.

—¿Te das cuenta? Solamente tú estás a salvo. Sólo tú —rió.

Irati depositó a Angélica sobre la hierba para que gateara. Las rosas blancas de la primavera florecían de nuevo.

—¿Qué has querido decir?

—¿Qué vas a hacer? —la voz de Greta se alzó sobre la de la hechicera—. ¿Empujarme contra el árbol como cuando cantaba la canción de la vieja Helga? Todavía la recuerdo —su voz, llena de amenaza, rugió como una leona enfurecida—, pero a diferencia de entonces, ahora puedo dominarme y cantar según mi propio deseo. ¿Quieres oírme cantar?

La mano de Irati tembló.

—Yo te di el poder de las runas, Greta —murmuró su nombre usando la voz de las *rusalki* y la señaló con un dedo trémulo.

Greta sintió que una mano invisible le apretaba el corazón. Cayó al suelo, doblándose por la cintura, inclinándose con dolor.

—¡No utilices mi nombre! —la voz de Greta restalló en el prado—. ¡No tienes derecho! Yo no conozco el tuyo. No vuelvas a usar mi nombre —masculló apretando los dientes—. Tú nunca me revelaste el tuyo. Te he conocido por muchos nombres, pero en ninguno de ellos estás tú —la decepción impregnaba la voz de Greta, que de nuevo se sentía como una niña abandonada.

El frío aguijón de la culpa se clavó en el interior de Irati.

—Te lo dije una vez —dijo con pesar—. Nunca reveles tu primer nombre.

—Es cierto, lo recuerdo. Nunca lo olvidaré. Lo dijiste después de preguntarme el mío. ¿Por qué lo hiciste? ¿Para tener poder sobre mí?

Irati la miró, respiró con profundidad y relajó la mano.

—Sí —admitió al fin.

Greta apretó los labios y mantuvo la mirada baja.

—Quiero irme —dijo—. ¿Puedo?

La hechicera asintió, sintiendo el dolor de la separación. No era eso lo que ella quería. No quería perder a Greta.

—Eres libre de hacer lo que quieras. Tus vidas son tuyas, pero no creo que debas irte. No estas preparada. A pesar de ser vieja entre los humanos, eres muy joven para la *Vieja Raza*. No podrás defenderte sola.

—Y al parecer tú tampoco puedes. Además, ya no te hago falta —su voz sonaba ahora firme y serena—. Ahora la tienes a ella, a Angélica. En el fondo era lo que querías... una hija. Y yo no soporto esta vida —añadió mirando la campiña—. Me aburre.

—Lo que quieres decir es que tú ya no me necesitas, pero te equivocas —Irati sintió que el pecho le latía con fuerza. No entendía lo que estaba sucediendo. ¿En qué momento había perdido a Greta? No lo sabía.

—Da igual lo que quiera decir. Las dos estaréis mejor sin mí.

—¿De verdad crees que ya no tengo nada que enseñarte?

—O no quieres, que es lo mismo. No, no digas nada. Nuestro tiempo juntas ha terminado. Las dos lo sabemos.

—No lo creo —Irati la miró a los ojos, sintiéndose muy cansada—. Cuando miro en el fuego y busco en el futuro, todavía veo sangre.

Pero no insistió más; sabía que Greta debía írse. La niña que había recogido ya no era suya. No pertenecía a nadie. Ni siquiera a ella misma.

Y cuando Greta se fue, Irati le dio un último regalo:

—Si alguna vez me necesitas, quema estás hojas de olivo antes de dormir. En tus sueños verás un árbol con ramas plateadas como alas de ángel. Camina hacia él, sube a la rama más alta y llámame. Yo te veré.

—¿Y qué nombre debo usar?

—Cualquiera de los que he usado contigo. Yo te oiré.

—¿Algo más?

—No permanezcas demasiado tiempo en el mismo sitio. No te fíes de nadie. Que nadie te conozca —fue el último consejo que le dio.

INTERLUDIO 6

Fran e Iker no han ido a clase esta semana. Nadie entiende qué sucedió la noche que los tres despertamos llenos de heridas. Yo sí. Ellos no lo recuerdan. Todo fue un sueño. Uno de verdad.

Primero veo el prado de hierba azul. Después el árbol de ramas blancas. Subo por ellas, cada vez más alto, más alto, hasta llegar arriba del todo. Enseguida me doy cuenta de que estoy soñando. Grito el nombre de Iker y el de Fran. Y los veo desde el árbol. Son dos luces que brillan en mitad del prado. Parecen luciérnagas. Doy un salto. Y estoy corriendo con ellos. Hoy no soy yo. Hoy, en el sueño, otra vez soy un lobo. A mi lado Iker y Fran también corren. Tres lobos. Mi manada. Yo soy blanco; Iker es negro, Fran es gris. Mañana ellos no se acordarán de nada. Yo sí. Yo siempre recuerdo. Nos adentramos en el bosque y subimos la montaña. Nuestras garras se clavan en la tierra y saltamos sobre las piedras, subiendo y subiendo. Llegamos a la cumbre. Los árboles están marrones y naranjas. Parece como si las hojas de los árboles llovieran del cielo y revoloteasen como golondrinas entre las ramas. La tierra es una alfombra de colores. Y entonces me acuerdo de que estamos en otoño, que mañana es Día de Muertos, que nos disfrazaremos y nos darán caramelos en la Noche de las Brujas.

No hablamos. No hace falta.

Un agujero en el suelo.

Se oyen voces.

Un río canta bajo la tierra.

La luna brilla sobre nosotros. Tres estrellas la rodean. No sé cuáles son. Y entonces la luna lanza un fogonazo y un rayo cae del cielo y se clava en la tierra, metiéndose dentro del agujero.

La lechuza ulula.

¡Corred!

La Tierra tiembla. El mundo tiembla.

Nos caemos.

Entre la maleza.

A través del agujero.

Caemos en un río.

Nadamos hacia la orilla y nos escondemos entre los arbustos. Olfateo el olor del miedo. Son Iker y Fran a mi lado. Soy yo. También tengo miedo. Les miro. Entre la maleza distingo sus ojos brillando entre los árboles. Son diamantes clavados entre los arbustos.

Un ruido.

Un grito.

Quiero despertar. ¿Por qué no despertamos ya? Quiero que la lechuza me despierte.

Una mujer vestida de negro se mete en el río.

Un niño llora en la orilla y un hombre vestido de negro y con una cruz roja en el pecho se acerca a la mujer y la agarra del pelo.

La mujer me mira. ¡Me ha visto! Sus ojos verdes gritan.

Ayúdame, canta en el idioma de la lechuza.

Quiero despertar. No me gusta este sueño.

Por fin la lechuza se descuelga de las estrellas.

Ayúdala, grita bajando de la luna.

Y yo salto sin saber por qué. Y Fran e Iker también saltan.

Los tres nos lanzamos contra el hombre. Le mordemos en la mano. Los tres a la vez.

El hombre grita. Nos golpea. Quiere mordernos. Quiere matarnos.

Por fin me despierto. Estoy sangrando.

Fran e Iker también despiertan.

Y también están sangrando.

15

«Cuando crezcas, cásate con uno de los mozos de la aldea, uno que se dedique a la tierra», le había dicho una vez a Greta. Ahora, con un bebé en brazos, Irati hizo suyo aquel consejo.

Regresó a las montañas buscando la cercanía de los bosques. Rastreó los lugares más apartados hasta que, en un pequeño archipiélago, en lo alto de un valle, descubrió un pequeño bosque de robles sin profanar. De nuevo, cambió de aspecto y, frente al mar, permitió que la luna transformara su cuerpo de mujer seductora por otro más apagado. El cabello, rubio ceniza y muy lacio, apenas le llegaba a los hombros. No tenía caderas curvilíneas ni pechos prominentes. No quería llamar la atención ni atraer el deseo de los extraños. Pero sus ojos seguían siendo esmeraldas y aún contemplaba el mundo con mirada de gata. No aparentaba más de veinte años.

«Mi marido murió».

«¿Cómo, querida?».

«En las guerras del norte. En el continente».

«Mala cosa. En la ciudad hay hambre y enfermedades».

«Con lo que nos dejó compraré tierras y animales».

«Una mujer no debe vivir sola».

«Soy fuerte. Saldremos adelante».

«Necesitarás ayuda, el invierno es duro en las montañas».

«Soy fuerte».

Conoció a Oleni en el mercado que los miércoles se celebraba en el puerto. Un hombre sencillo, alegre y tranquilo. Era mayor que ella, o eso pensaba él. Su mujer había muerto dos años antes y no tenía hijos. Daba largos paseos por el campo.

Irati lo veía acercarse por las tardes caminando hasta la cabaña que habitaba con Angélica. Siempre traía algo para ella: carne curada o ahumada, leche de cabra para la niña, mantequilla, queso.

—Aquí siempre serás forastera —le dijo al cabo de un mes—, pero esta tierra es buena. Te convendría tener un hombre. Yo sería un buen padre para tu pequeña.

Un hombre sencillo.

Irati sonrió al sabor del cortejo ya olvidado por los años.

—No podré darte hijos.

—Todavía eres joven.

—No. La partera dijo que ya no tendré más hijos —era toda la verdad que podía ofrecerle. Pero a Oleni no le importó.

—Ella será mi hija —cogió a Angélica en sus brazos y la besó—. Ella me dará nietos que llevarán mi nombre y heredarán mi tierra.

Tres semanas después, Irati lo tomó por esposo según los ritos del pueblo, vestida de blanco, frente a un cura, en el interior de una iglesia. A nadie le extrañó. Una mujer joven necesita un hombre.

Poco a poco Oleni descubrió dentro de su mujer algo que la hacía diferente. Desde que ella se instaló en lo alto del valle, una bendición cayó sobre ellos, como si la región hubiera quedado protegida por su presencia. La primera vez que Oleni lo pensó fue cuando una granizada dejó las cosechas intactas. Una cúpula invisible protegió la tierra.

—Mi Dama de los Bosques —le dijo un día.

—¿Por qué me llamas eso?

—Porque tú eres la que aleja el mal de las tierras.

—No digas tonterías —ella le sonrió y le revolvió el cabello.

Pero él sabía que existía gente diferente. Gente poderosa. Muchos les temían; él no.

—Eres uno de ellos, ¿verdad? Eres de la *gente* —le dijo al cabo de dos años, una noche mientras la abrazaba en la cama.

—¿De qué gente hablas?

—De la *gente de los bosques*. Mi abuela hablaba de ellos. Decía que eran hombres, pero que no eran humanos. Que eran seres capaces de proteger la tierra si querían; pero que si les provocaban, podían ser muy peligrosos. Tenían poderes. Algunos decían que fueron ellos quienes trajeron la peste al mundo.

—Yo no sé nada de eso.

—Sí que lo sabes. Te he visto —susurró él.

—¿Qué viste, Oleni? —le preguntó Irati.

Y él se lo contó.

Una fuerte tormenta amenazaba con arrasar el valle. Todos se organizaron para protegerse. Pero Irati sabía que sus defensas no aguantarían, que la tormenta y el río arrastrarían la aldea montaña abajo. En los dos años que llevaba viviendo allí, había llegado a apreciar a sus habitantes. Trabajaban y vivían sin complicaciones. Araban la tierra. La amaban. Cuidaban de los animales, se ayudaban unos a otros. Los domingos festejaban y reían. Casi nunca salían del valle y, aunque comerciaban con el continente, se mantenían aislados de lo que sucedía en él. La suciedad de las ciudades no les manchaba y las noticias de guerras, reyes y papas les afectaban menos que las canciones de los trovadores que les visitaban una vez al año. Fue uno de ellos quién cantó una historia sobre una bruja que fue quemada con zapatillas de hierro ardiendo. ¿Era esa la historia de Irati? ¿O la de otra? Cuentos de princesas y brujas malvadas. En esas ocasiones Irati recordaba su vida anterior como un mal sueño. No quería perder esa nueva vida que ya sentía como suya. Pero tras nueve días de tormenta y vientos huracanados, el río se desbordó. Tres pueblos cercanos quedaron inundados. Y lo único que el río dejó tras de sí fueron cadáveres cubiertos de lodo. Sin embargo su aldea, que por su situación en lo alto del valle debía haber sido arrasada la primera, fue la única a la que el huracán perdonó.

—Eso fue un milagro —afirmó Irati—. Todos lo saben. Dios intercedió por nosotros.

—No —Oleni se levantó de la cama, encendió la lámpara de aceite y la habitación quedó iluminada con el naranja de la vela—. Yo te vi. Fuiste tú. En la novena noche de tormenta subiste a lo alto de la colina. Era noche cerrada, creí que estabas en peligro, grité tu nombre pero no me oíste. Hablabas con la luna. Fue entonces cuando el río cambió. Se detuvo. Yo lo vi. Las aguas se levantaron en una pared, cambiaron de curso y el viento las alejó de nosotros. El río se irguió y tú lo detuviste. Fuiste tú. Tú lo hiciste retroceder y nos salvaste.

—¿Se lo has dicho a alguien? —Irati miró a la luna a través de un pequeño ventanuco.

—Si lo hiciera se reirían de mí, o peor, me creerían y te quemarían, como quemaron a la *gente del bosque*.

Irati se giró entonces hacia él. Una ráfaga de viento apagó la luz del candil y la habitación quedó en penumbras.

—¿De qué hablas?¿A quién quemaron? —su voz seguía siendo dulce, pero algo frío se había instalado en la habitación.

—Así se lo contaron a mi abuela. Eran una raza poderosa pero, a pesar de que podían ayudarnos, la gente les tenía miedo.

—¿Y los quemaron?

—Eso dicen.

Irati lo miró. No hablaba de su clan. Pero hablaba de ellos, de otro pueblo similar al suyo. Otros hombres espíritu que habían sido exterminados.

Irati volvió al lecho. ¿Amaba a aquel hombre sencillo? ¿Qué debía hacer? ¿Matarlo? ¿Matar al que se había convertido en padre de su hija? Oleni les protegía. Tanto a ella como a Angélica. Y no pedía nada a cambio.

—Pero necesito saber —continúo Oleni— si Angélica es como tú.

—No. Ella es normal, siempre lo será.

—¿Quién fue su padre?

—Un hombre.

—¿Murió en la guerra, como dijiste?

—Sí.

Y de alguna forma, era cierto. Una guerra entre brujos en la que Vojkan quedó atrapado.

—¿De dónde vienes? ¿Quién eres? ¿Eres de la *gente*?

—¿Te doy miedo?

Oleni permaneció unos instantes mirando a su mujer.

—No me das miedo. ¿Debería tenerlo? —una pregunta sencilla.

—No. Pero nadie debe saber nada de mí. Sería peligroso para Angélica —lo dijo casi mascando las palabras ¿Una amenaza? Ni siquiera ella lo sabía.

Ya no era una chiquilla recién casada. Si alguien quisiera hacerles daño, lo sabría. Ya no era inocente. Podía matar a todo un pueblo si se lo proponía y era capaz de hacer más daño que ningún río desbocado. Lo había hecho en otras ocasiones, no dudaría en hacerlo de nuevo. Bailaría sobre el fuego si tenía que hacerlo. Bailaría sobre las llamas. Pero no quería perder la vida que por fin había construido en aquella isla recóndita. Había descubierto que no sólo podía manipular los elementos desde la oscuridad, sino que tenía fuerza para sanar y regenerar. A su alrededor no reinaban los odios ni la desconfianza. Lo sentía y le gustaba. Había recordado cómo era vivir con amor.

Oleni la abrazó con brazos fuertes de hombre de la tierra.

—No quiero que os suceda nada a ninguna de las dos.

Angélica tenía dos años.

***

Las pesadillas habían desaparecido casi por completo. Irati ya no soñaba con niños quemados en hogueras. Por eso, cuando cuarenta años después Greta la buscó en sueños, Irati despertó sobresaltada.

—Tengo que ir al continente —lo dijo con calma, al amanecer. Su voz ya no era susurrante ni melodiosa. Los años la habían tornado ruda y áspera.

Oleni tampoco era el hombre fuerte con el que se casó. Había envejecido, pasaba de los setenta años. Ya no araba las tierras. Ahora pertenecían a Angélica, a su marido y a sus nietos: seis varones de entre diez y veinte años: Tambre, Eo, Dubra, Sar, Noya y Odiel. Sin embargo, Oleni no sabía hacer otra cosa que cuidar de las cabras y cultivar los campos. Por eso Irati, que ahora vivía en un cuerpo de sesenta años entrado en carnes, se quejaba cada vez que su esposo acompañaba a los jóvenes a la labranza.

El hombre dejó la taza de loza sobre la mesa.

—No pongas esa cara. No está tan lejos. Estaré fuera un mes, no más.

—¿Para qué quieres ir? —fue todo lo que atinó a preguntar Oleni.

—Uno de los míos me necesita.

—¿Uno de los tuyos? —frunció el ceño.

—No soy única, lo sabes. Hay más como yo.

Y fue entonces cuando por primera vez Irati le habló de Greta. No le dijo cuántos años tenía. Ni lo que era. Sólo que tenía que ir a buscarla.

—Las ciudades son peligrosas. No vayas. Ya no eres joven.

Aunque Oleni insistió, sabía que no podía hacer nada para disuadirla, pues ella era de la *gente*. Sólo él sabía de lo que era capaz. Y no se le dan órdenes a una mujer que puede cambiar el curso de un río.

Irati besó a su esposo, a su hija y a sus nietos.

—¡Madre! ¿Dónde crees que vas, a tu edad? —Angélica, una mujer hermosa de cabello negro y ojos violetas, golpeó la mesa con un puño mientras gritaba a dos críos que salieran de la estancia.

—Te lo he dicho. Tengo asuntos de los que no sabes nada —dijo besando a los pequeños.

—¡¿Asuntos?! ¿Qué asuntos? No conoces a nadie en el continente. Esto es ridículo. Padre, ¿se lo vas a permitir?

Oleni casi rió. Casi.

—¿De verdad crees que puedo impedirlo?

—¿Y adónde vas? ¿No vas a decirlo? ¿Y para qué?

—No hay nada que puedas hacer, Angélica. No hay nada que puedas gritar. Tengo que ir e iré —dijo con una voz que su hija jamás había escuchado.

Angélica sintió ganas de gritar, sin embargo no pudo. Debía permanecer callada. No podía oponerse a la voz que pronunciaba su nombre. Angélica. Angélica. Angélica.

—Hablas extraño —dijo Eo desde la puerta—. ¿Por qué hablas así, abuela?

—¿Cómo hablo? —preguntó la hechicera a su nieto de diez años.

—Con la voz de los árboles que hay arriba de las montañas. Con la voz del río que a veces se enfada cuando hay tormenta.

Irati se quedó mirando al muchacho. Ni Angélica ni sus nietos habían sido iniciados en los ritos de las *Viejas Razas*. Nunca había cabalgado sus sueños. Aun así, ¿habría heredado el pequeño algún don? Pero Irati no tenía tiempo para hablar con Eo ni para adentrarse en sueño alguno.

—Volveré en menos de un mes. No os preocupéis por mí —dijo antes de marchar en busca de Greta, cuarenta años después de verla por última vez.

16

Irati llegó al puerto al día siguiente. Un navío de comerciantes partiría en pocos días y la alejaría de su isla. Regresaría a la ciudad, a los carruajes, a los edificios, a las iglesias, a la Inquisición. Pero tenía que ir.

El viaje por mar fue tranquilo, tan sólo necesitó aplacar los vientos una vez. El barco se detuvo en varias islas, pero Irati tan sólo bajó cuando el navío alcanzó la península.

No se sorprendió al enterarse de que pocos días antes había tenido lugar una masacre de herejes en la ciudad. Todo el mundo estaba obligado a profesar la misma religión, a adorar al mismo dios, a la Virgen, a los santos… Cualquier método de conversión era bien recibido y la soldadesca que servía a la Inquisición disfrutaba con el pillaje, las violaciones y los abusos. Nada había cambiado.

No pasó ni una sola noche en la ciudad portuaria. Durmió en el bosque y allí, ante las ascuas de la hoguera, invocó la voz de Greta para que la guiara. *Ayúdame*, susurraba la que en otro tiempo fue su niña. *Ven, ven*, repetía.

Caminaba durante el día y tan sólo se detenía en los poblados para comer caliente o dormir bajo techo. Después seguía su marcha emborronando recuerdos y obligando a las mentes sencillas a olvidar su presencia. En una aldea encontró a un grupo de comediantes que se dirigían a la capital. Recorrían el país representando comedias y dramas. Su repertorio incluía tanto piezas religiosas, como historias picantes que no dudaban en escenificar sobre carretas. Entre ellos destacaba un muchacho capaz de relatar largas epopeyas sobre héroes que, con la ayuda de los dioses, defendían las murallas de ciudades enterradas en el tiempo. También narraba historias de viajes eternos, reyes que se arrancaban los ojos y brujas enamoradas que asesinaban a sus propios hijos.

Irati sintió que la caravana de cómicos era un buen lugar para esconderse y se unió a ellos como adivinadora. Se fabricó su propio mazo de cartas, dibujó en él las figuras de los antiguos dioses de la Tierra y adoptó una de las lechuzas que ululaban en la noche. Cuando el sol se ocultaba, mientras sus compañeros descansaban en sus carretas, ella se adentraba en las arboledas y, en secreto, encendía una vela para despertar la voz de Greta.

—¿Qué haces? —la voz del muchacho la sobresaltó. No lo había oído acercarse.

Irati se giró hacia él sosteniendo la vela en alto. La llama resplandeció sobre su rostro: era moreno y el cabello, largo y rizado, le llegaba hasta los hombros. Tenía el rostro enjuto, la piel cobriza y los pómulos muy afilados. No aparentaba más de trece o catorce años. Sin embargo, bajo sus ojos grises y piel imberbe, Irati intuyó otra vida mucho más antigua. La bruja le señaló con un dedo. En él portaba un anillo engarzado a una obsidiana negra. Dobló la falange y habló en su vieja lengua.

—*Revélate*—ordenó.

Las hojas de los árboles callaron y las criaturas de la noche parecieron contener el aliento. El silencio los envolvió, la llama de la vela fluctuó y el muchacho cambió con velocidad, transformándose en un instante en un grandioso lobo negro. Pero antes de que Irati hubiera dejado de señalarle, el joven ya había recuperado su forma humana.

—¿Por qué aparentas ser sólo un niño? Eres muy viejo —Irati apagó la vela y se encaminó de nuevo hacia los carros, dando la espalda al hombre lobo, sabiendo que estaba en su territorio y que allí nada podía hacer contra él. Si la quisiera muerta, ya la habría atacado.

El muchacho sonrió. Sí, era más viejo de lo que aparentaba. Y sí, era él quien protegía a la compañía de cómicos. Él la gobernaba y atraía a seres que, como Irati, necesitaban refugio.

—Yo no necesito nada —rió la bruja sin saber si el muchacho le hablaba con palabras o con pensamientos.

—Si no la necesitaras, no te habrías acercado a nosotros. Puedes quedarte el tiempo que quieras, pero no llames la atención de la Inquisición, bruja —dijo con una sonrisa—. Si nos pusieras en peligro, no dudaríamos en quemarte nosotros mismos. ¿O quizás no es el fuego lo que temes? —preguntó intrigado.

—No os pondré en peligro —contestó Irati inclinando la cabeza y aceptando la hospitalidad de su anfitrión. No le gustaba saber que el muchacho tenía tanto poder. Sólo ahora se daba cuenta de que el grupo estaba compuesto por humanos que habían heredado los dones de los viejos clanes. El joven que no era joven había logrado ocultarlos incluso de ella.

—¿Quién os protege? —preguntó una noche frente a la hoguera cuando los titiriteros se hubieron recogido.

—¿Todavía no lo sabes?

El muchacho introdujo una ristra de salchichas en el fuego.

—He visto los postes con los que marcas el territorio cada vez que movemos el campamento —Irati señaló los cuatro puntos cardinales donde el joven había clavado estacas—. Hace mucho tiempo, en Atenas y otras ciudades ya muertas, los templos de los doce dioses se protegían con maderas similares. ¿Son ellos tus protectores?

—Así es. Los doce nos defienden y amparan —las llamas de la hoguera se habían consumido. El joven tomó un puñado de cenizas y las depositó en las manos de Irati—.

Unta tu cuerpo con ellas. Te mostrarán el camino que buscas.

—¿Por qué me ayudas?

—Quedamos pocos. Debemos unirnos. Todavía faltan siglos, milenios quizás, pero no importa, el futuro se acerca, poco a poco, año a año. La Tierra gira. Una nueva Era llegará y nosotros debemos seguir vivos. Los niños de azul renacerán. Las *Viejas Razas* regresan al mundo.

Irati no preguntó más. Aquel muchacho no era sino otro anciano escapado de un mundo en el que sibilas dementes voceaban profecías de tiempos perdidos.

***

Abandonó a los comediantes pocos días después, al llegar a la ciudad. Callejuelas estrechas y edificios de piedra se arremolinaban unos sobre otros. El bullicio denotaba que aquél era un día especial. Día de Fiesta. Más de ochenta personas iban a ser quemadas. Irati temió que Greta fuera una de ellas y no pudo evitar unirse a la procesión de curiosos que seguían la interminable columna de reos. Los condenados avanzaban cubiertos con sambenitos y capirotes pintados con demonios y llamas del infierno. La mayoría de ellos caminaban con las manos encadenadas. Los que tenían las manos libres portaban cirios encendidos. Unos estaban acusados de hechicería, pero la mayoría serían quemados por herejes. Todos morirían. Al final de la jornada, todos los cuerpos arderían juntos en un enorme brasero que permitía la quema de más de cien personas de una sola vez. Un sacrifico colectivo que daría poder a muchos.

Una jauría enfebrecida gritaba, insultaba, escupía y se regocijaba con el martirio. Presenciaban el espectáculo a la vez que degustaban churros y buñuelos recién hechos.

Invocaban a su dios en un éxtasis colectivo, lo veneraban con sacrificios humanos y libaban las calles con sangre impía. Un espectáculo enloquecedor, una visión del infierno que ninguna pintura, ningún cuento de terror igualaría jamás. Pero Greta no estaba allí. E Irati no se quedó a contemplar el responso por los ajusticiados. Se perdió mareada y asqueada entre las calles tortuosas, alejándose del olor a carne quemada.

Atravesó una explanada de campos siguiendo la ribera del río, rastreando el olor de Greta, intentando distinguir su voz moribunda. *Ven, por favor, ven*, le decía. En las noches previas, al encender sus velas y respirar los vapores de sus hierbas, Irati había soñado con una casa situada junto a un río y un bosque. Aquél era el río, aquél era el bosque y la casa era una pocilga de madera que apenas se tenía en pie.

—¿Has venido? ¿Eres tú?—balbuceó Greta con voz rota. Las llagas rasgaban su boca y rostro. Vivía en el cuerpo de una anciana, postrada en un camastro. Apenas podía moverse.

—Te prometí que no te abandonaría —dijo Irati sin reaccionar a la visión de Greta cubierta de pústulas. El olor a heces, vómitos y orines era nauseabundo.

Greta trató de incorporarse.

—Eres tú. Sé que eres tú. No importa qué aspecto vistas, siempre te reconoceré. Tus ojos siempre serán los mismos. Tu olor, tu voz. Nunca los olvidaré.

Irati se acercó a ella y le acarició el rostro.

—Igual que yo siempre te reconoceré a ti, mi niña. Pero no te muevas. Deja que te ayude. ¿Qué ha sucedido?

—Me encontró. No lo vi llegar y me apresó.

—¿Quién? ¿Quién te encontró?

—Letvik —Greta tosió. Apenas podía hablar.

—¿Letvik?

Greta asintió.

—Él y el otro hombre, el de la cueva, el cazador de brujas. ¿Lo recuerdas? Fue hace mucho tiempo, lo sé, pero son ellos, no han muerto...

—Te dije que debíamos mantenernos ocultas.

—Ese hombre es como nosotras, como tú, tiene poderes como los tuyos. Me encontró —Greta volvió a sufrir otro ataque de tos—. Por eso te he hecho venir. Para advertirte. Te buscan.

—No hables —Irati se dirigió al hogar y encendió un pequeño fuego. Después descolgó un hatillo con hierbas de las que cultivaba en su bosque.

—Al final vuelvo a ser normal y completamente humana —Greta tomó la infusión que Irati le tendía—. Lo que tú querías para mí.

—¿Cómo escapaste? —Irati sabía ocultar su dolor cuando los que amaba sufrían. Y Greta no era la primera bruja que veía en aquel estado.

—Todavía me quedaba una muerte de la que revivir.

—¿Una? El regalo del dios fueron tres. Perdiste una en el agua, en la caverna. ¿Qué te ha sucedido, Greta? ¿Cómo has podido perder todas en sólo unos años?

—La segunda la perdí en Francia, en la corte. Me acusaron de traición y me ejecutaron, pero resucité tres días después —Greta no la miraba a la cara. Tenía el rostro hundido sobre el pecho. Hablaba con esfuerzo, con frases entrecortadas. Se apartó las lágrimas que le salaban los labios agrietados.

—¿Y la tercera?

—En el fuego. Quise tener cuidado, pero Letvik me reconoció. No fue culpa mía. Primero me torturaron, después me quemaron —de su boca brotó una bocanada de sangre. Irati la ayudó a calmarse, acercándole un pañuelo—. Tenías

169

razón —prosiguió—. No somos únicas. Ésta es mi última vida. La próxima vez que muera será la definitiva. Utilicé la fuerza que me quedaba para llamarte. Te busqué en sueños. No sabía si vendrías, ni siquiera si me oías.

—Te oí y aquí estoy.

Irati imaginó el calvario que habría sufrido, no muy diferente del que había presenciado horas antes en la ciudad.

—¿Saben que todavía sigues viva?

—¡No! Nadie lo sabe. Sólo tú. Resucité en el bosque de hayas de las colinas. No muy lejos de aquí. Allí hay un árbol de poder.

—¿Y por qué estás así? El fuego da poder a los que renacen de él. No deberías estar enferma. Tu tercera muerte debió hacerte más poderosa.

—Fue el cazador de brujas. Él es un inquisidor, pero también un brujo. Me hizo algo para que no pudiera revivir. Logré renacer, pero en un cuerpo enfermo. Éste —se llevó la mano al pecho, dolorida—. No sé cuánto tiempo podrá aguantar.

Greta se agarró al brazo de Irati:

—Te persigue a ti. Te quiere a ti. Letvik todavía busca venganza —dijo—. No les importa nuestro dios. Quieren poder. Tu poder —volvió a recostarse sobre el camastro.

—¿Qué le dijiste? —le apremió Irati—. ¡¿Qué le dijiste?!

Greta apartó la mirada del rostro de la que había sido su amiga, su madre, su amante.

—Me atrapó y me ató con sus poderes. Sabe cómo hacerte hablar...

—¡¿QUÉ LE DIJISTE?!

—Todo —admitió—. Todo lo que puedes hacer. Lo del espíritu del bosque. Que puedes volar, transformarte, que eres más fuerte que el resto. Que provienes de otra raza. Que extraes tu fuerza de bosques, árboles y ríos —Greta trató de incorporarse—. Pero ahora eso ya no importa. Has venido y todo volverá a ser como antes —la miró a los ojos—. No saben que estoy viva. Podemos irnos y volver al bosque del dios lobo.

Irati la miró extrañada.

—¿Volver al bosque? Ya no eres virgen. El dios no volverá a tomarte y, si lo hiciera, no sobrevivirías.

—Hay otras formas de tomar vidas —lo dijo con hilo de voz, apretando la mano de la bruja.

—¿Qué quieres decir?

—Antes de que el dios me hiciera su regalo, tú me diste la vida de un bebé. Estaba moribundo, lo sé. Pero hay muchos niños en las ciudades que están enfermos. Podrías…

—No. Ya no puedo hacer eso —su voz era firme. Sus ojos no mentían—. No volveré a tomar ninguna otra vida para ti.

—¡Mírame! ¿Vas a dejarme así?

—Te curaré.

Greta quedó en silencio.

—Haz lo que tengas que hacer. Mátame si crees que eso es lo mejor —volvió a recostarse. Ya no le quedaban fuerzas. Sus ojos se quedaron fijos en el techo. No podía elegir.

—Esperaremos a la luna, Greta. Aguanta, mi niña, aguanta —Irati le acarició el rostro y la besó como tantas veces hizo a lo largo de los años. Y una vez más, volvió a utilizar sus poderes para ella.

Le llevó nueve días arrancar los venenos que devoraban las entrañas de Greta. Espíritus oscuros bebían de su alma. Nueve días estuvo cantando para ella. Nueve días habló a la noche y a la luna. Invocó a los espíritus de sus ancestros, encendiendo velas y, con su propia sangre, escribió sobre el cuerpo moribundo de Greta. Sabía que si tras nueve días no despertaba, ya no habría esperanza. Pero despertó.

—¿Cómo te encuentras? —le preguntó al amanecer.

Greta colocó los pies desnudos sobre el suelo de barro y caminó con firmeza. Una sonrisa se dibujó en su rostro. Se llevó las manos a las mejillas. No encontró ninguna pústula. Se contempló en un pequeño espejo. Había rejuvenecido. No tanto como ella deseaba, pero ya no era una anciana y estaba sana. La única cicatriz que su cuerpo mantenía era la vieja herida negra que siempre le recorrería el costado, aquella con la que absorbió la vida del pequeño Onjen.

—¿Podré cambiar de aspecto? ¿Podré volar?

—No de momento. Pero te recuperarás y recobrarás los dones que una vez adquiriste. Conoces los caminos, Greta. Seguro que podrás. Me quedaré contigo un mes. Después me iré.

—¿Dónde está Angélica? Me gustaría verla. ¿Cuántos años tiene?

—Han pasado casi cuarenta años, Greta. Ya es una mujer.

—Sí, ha pasado mucho tiempo… ¿Cómo es? Háblame de ella.

—La crié como humana. No la sometí a los antiguos ritos y la lechuza no voló en sus sueños. No tiene ningún poder, si es eso lo que preguntas.

—Seguro que es más feliz. Vivirá una vida. Todo será nuevo para ella, dure lo que dure. Y cuando muera, descansará. Es lo que querías para ella, ¿no es así?

Irati no dijo nada.

—¿Y tú? —Greta observaba a Irati—. Eres vieja. ¿Ya no cambiarás?

—No.

—Eres como las mujeres de aquel santuario. Tienes poderes que no utilizas.

—Los he utilizado contigo.

—Y te lo agradezco —Greta se le acercó y le cogió la mano—. Llévame contigo —lo dijo casi en un susurro.

—¿Conmigo?

—A tu bosque. A tu montaña.

—¿Por qué piensas que vivo en una montaña?

Greta se encogió de hombros.

—Siempre te gustaron. Los bosques y los ríos son tu refugio —dijo con dulzura de niña.

—Los bosques son poderosos.

—Y no te abandonan, ¿verdad? —Greta miraba a través del ventanuco. El río discurría tranquilo, sin sobresaltos.

—No, no lo hacen.

Esa noche durmieron abrazadas.

—Si vienes conmigo, tendrás que abandonar esta vida —dijo Irati al amanecer—. No volverás a invocar a los espíritus ni a manipular los elementos. Nunca.

Greta asintió.

—Envejecerás, enfermarás y al final morirás.

—Haré lo que tú quieras.

17

Melite, la mujer más anciana de la aldea, había muerto el invierno anterior y su casa había quedado vacía. Tenía dos estancias, un corral y un huerto.

—Puedes instalarte aquí —le dijo Oleni a Greta—. Hay un terreno para cultivar y te daremos conejos. Quizás el próximo año puedas comprar una vaca. La gente de la aldea también te ayudará. Aquí estarás a salvo.

Esa misma noche Greta encendió el fuego y, de los negros ropajes que Irati le enseñó a teñir para confundirse con las sombras, extrajo una pequeña piedra negra. La había mantenido cubierta durante todo el trayecto, temiendo que Irati la oliera. Pero esas ropas negras habían sido teñidas con conjuros poderosos y su maestra no había olido nada. Con manos temblorosas, Greta la lanzó a la hoguera.

Permaneció contemplando como las llamas se impregnaban de su poder. Le gustaba ver arder.

«No puedes elegir, bruja —le habían dicho—. No si quieres vivir».

Y Greta quería vivir para siempre. Como Irati, a la que sólo le había pedido la vida de un niño enfermo, condenado. Había miles así. Sus propios padres los mataban cuando no podían alimentarlos. O los vendían. O los abandonaban en el bosque para que fueran devorados por lobos. Los suyos lo hicieron con ella y con Hans. Todavía soñaba con él. Despertaba en mitad de la noche oyendo su llanto, sentado al borde de su cama o asomado en la ventana. Un fantasma hambriento de siete años.

Si Irati no hubiera sido tan implacable cuando le suplicó que le buscara otro niño como Onjen, alguien cuya vida no valiera nada, el hijo de un siervo o de un esclavo... entonces habría podido elegir, pero su vieja amiga, amante y compañera, su segunda madre no había querido ayudarla, como tampoco la ayudó su verdadera madre.

«A veces no se puede elegir». Las palabras de Irati retumbaron en su cabeza como si hubieran sido grabadas a fuego.

Al día siguiente Greta conoció a Angélica y al resto de la progenie de Irati. No pensó que pudieran ser tantos.

***

—¡Abuela!

—¿Eo? ¿Qué haces aquí? ¿Qué hora es? —Irati se levantó de la cama. Eo estaba en la puerta. Parecía un gorrión asustado.

—Alguien viene, abuela. Lo he visto.

—¿Quién viene?

—No lo sé. Pero los he visto. Suben por la ladera —el niño señaló hacia la noche—. La niebla los envuelve, pero puedo verlos. ¡Ven, te lo enseñaré! —gritó, tirando de ella y obligándola a acompañarle.

Irati todavía vivía con Oleni en la pequeña cabaña sobre la montaña y Angélica y su familia en la casa de piedra de la aldea.

Irati acompañó al niño, pero en cuanto se asomó al promontorio desde el que se veía el puerto, supo que venían a por ella. Una bruma densa ascendía hacia ellos. No era bruma natural. Faltaban un par de horas hasta que les alcanzara, tres quizás. Tenía tiempo.

—Ve al bosque. Ahora —ordenó—. Yo iré a buscar a tu madre y tus hermanos.

Eo corrió hacia el bosque en que Angélica había jugado siendo niña. Todos los descendientes de Irati habían jugado allí, pero ninguno había hablado con los robles. Él sabía que eran árboles especiales, sobre todo el del corazón del bosque. Pero Eo no conocía los caminos ocultos. El niño no podía huir a través de ellos. Sólo esconderse, cerrar los ojos y rezar.

Dos horas después, Irati llegaba a lo alto de la montaña con Tambre, Dubra, Odiel, Sar, Noya y Oleni. Sólo faltaban Angélica y Greta.

—¿Y tu madre? ¿Dónde está? —pregunto Irati a Tambre, el mayor de los hijos de Angélica.

—No lo sé. No he podido encontrarla. ¿Qué sucede? ¿Quién viene?

—Nos atacan.

—¿Quién?

—Id al bosque. Ya.

Pero era de noche. La luna no brillaba. Las estrellas no la favorecían. Irati tuvo que obligarles a obedecer. Pronunció sus nombres uno por uno, forzándolos a entrar en el bosque. Incluso a Oleni tuvo que doblegar. Utilizó el lenguaje antiguo para protegerlos. O al menos, para intentar protegerlos.

Sólo faltaban Greta y Angélica. ¿Dónde estaban? La bruma alcanzaba la montaña, Irati podía verla. Se giró y marcó los árboles con su sangre. Segura de que Greta podría proteger a Angélica.

Después alzó las manos y esperó, preparada para defender sus vidas. Y de la bruma, como en un combate de gladiadores, voló una red de hierro que la atrapó como a una rata.

Irati se revolvió, cambió de forma, se trasformó en lobo, en lechuza y en oso. Quiso alzar el vuelo pero, al chocar contra los hierros, le devolvieron su apariencia de mujer. Diez soldados sujetaron la malla contra el suelo. Dolorida, lanzó un aullido y, de nuevo transmutada en lobo, arremetió contra la red con las fauces abiertas. Alcanzó a un soldado, desgarrando su garganta. Pero no sirvió de nada. Una lanza se clavó en su pierna y se derrumbó en el suelo, incapaz de levantarse. Lo último que vio antes de desmayarse fue la figura de un hombre que la contemplaba impasible. Su rostro quedaba oculto tras una túnica negra, pero Irati alcanzó a ver los signos de poder que la decoraban.

***

Despertó en una pequeña celda circular, encadenada a una pared. No había cama ni ventana. El lugar era oscuro, frío, húmedo; olía a muerte. Las llamas de una antorcha en la pared iluminaban la celda. Un hombre la observaba, sentado en una silla de roble grabada con los mismos símbolos que en su túnica: la runa Sig de la victoria; Sowilo, del poder; Algiz, para hablar con los dioses, Hagalaz para la destrucción. Su rostro permanecía enterrado tras la capucha. Sostenía una lanza en las manos.

—¿Sabes que es esto? —su voz retumbó en la cabeza de Irati como un mazo en un yunque.

La lanza terminaba en una punta de hierro. Estaba envuelta en una funda de oro y tenía incrustado un clavo en su centro. Irradiaba una fuerza que no había sentido nunca.

—Es la Lanza del Destino, bruja.

Irati había oído hablar de ella, pero dudaba de su existencia. Decían que era uno de los objetos más poderosos de la tierra y que fue ungida con la sangre de un dios. Ella siempre pensó que era una leyenda de los hombres para dominar a los hombres.

—De rodillas —ordenó su captor. Irati cayó al suelo sin que la punta llegara siquiera a rozarla—. ¿Sabes dónde estás?

No, Irati no lo sabía. ¿En una de las mazmorras de la Inquisición? Aquél no era un lugar normal. Bajo sus cadenas y su herida sintió una puerta, un umbral. Un lugar donde las

177

energías que circulaban en el subsuelo se transmitían a la superficie. Una fuente.

El hombre había construido su ciudadela sobre un centro de poder.

—Háblame de tu hija —ordenó.

El cuerpo de la bruja comenzó a temblar.

—¿Dónde está? —consiguió preguntar Irati.

—Siendo examinada.

—Ella no tiene poder —balbuceó, llena de temor.

—¿La ultima descendiente de la *Vieja Raza* no es poderosa? ¿De verdad lo crees?

—Mi extirpe se acaba conmigo. Nuestros poderes no se reproducen entre los humanos y el padre de mi hija era humano.

—¡Mientes! —bramó el hombre, enfurecido—. ¡Fue concebida con el aura azul y el espíritu de la lechuza! ¡Sólo cuando tú y tu hija muráis, se extinguirá el poder de tu gente!

—¡Ella no es una bruja! —gritó Irati, pensando en su progenie. ¿Dónde estaban sus nietos? El hombre no los había nombrado. Quizás todavía estaban a salvo, en del bosque.

—No te preocupes por ella —continuó el inquisidor.

—¿Y mi esposo? —preguntó.

—¿No lo sabes? ¿No lo has visto en tus visiones, bruja? El viejo que vivía contigo ya está muerto —se acercó a ella intentado dilucidar si la bruja realmente había quedado privada de todos sus dones.

Irati cerró los ojos, pero la herida de la pierna la ataba, las cadenas de hierro inmovilizaban su mente y el suelo que pisaba la encerraba entre esos ladrillos. Su visión estaba bloqueada.

—Tu hombre quiso salir del bosque para ayudarte. Pero no pudo. Lo protegiste bien, bruja. Ni ellos pudieron salir de tu bosque ni nosotros entrar. Pero sólo me importa tu hija. Ella desciende directamente de ti y de la *Vieja Raza*.

—¡¿Cómo puedes saberlo?! —Irati temblaba de rabia y miedo.

—Me habían asegurado que la *Vieja Raza* no podía procrear como los hombres, que sólo en circunstancias muy especiales podían reproducirse.

—Y así es —Irati sintió que las lágrimas brotaban de sus ojos. ¿Hacía cuánto que no lloraba?—. La *Vieja Raza* no puede. Angélica no es de la *Vieja Raza*. Es humana porque no fue consagrada al espíritu de los Ancestros.

—No te creo, bruja.

—¿Dónde están? ¿Qué has hecho con ellos? —aulló entre temblores.

—Quemamos la aldea, los campos, los animales y el bosque. Todos murieron gritando. Ninguno pudo huir del bosque porque tú lo sellaste. Tú misma los condenaste.

Niños quemados en hogueras.

—Pero Greta, tu compañera, está a salvo —continuó—. Sí, bruja, conozco su nombre. Ella me pertenece. Ella me condujo dócilmente hasta ti. Me entregó a tu hija Angélica. Me esperó con ella en el puerto. Fue afortunada, no escuchó los gritos de sus hijos.

«No confíes en nadie. Que nadie te conozca», fue el último consejo que Irati le dio a Greta.

—¿Quién eres?

El hombre se retiró entonces la capucha. Su cabello rubio, blanco casi albino, sus ojos negros y su mirada de lobo la contemplaron con el orgullo del cazador que acaba de abatir a su presa más deseada. El hombre era el mismo monje que había encontrado en la plaza del mercado, aquel que había dejado vivir en el bosque donde Vojkan murió, el mismo que más de cien años después la localizó en unas cuevas una Noche de Difuntos. Ni siquiera había cambiado de rostro.

—¿QUIÉN ERES? —volvió a preguntarle fuera de sí—. ¿Cuál es tu raza? ¿De qué espíritu desciendes?

—No pertenezco a ninguna raza. No nací de la *Vieja Sangre*, pero tengo esto —el hombre inclinó hacia ella la lanza—. Tengo la Lanza del Destino, y con ella tendré todo lo demás.

—¿Quién te la dio? —por un momento, la bruja se acordó de Vojkan, suplicando ante ella, llorando antes de morir, intentando comprender por qué había sacrificado a un niño inocente.

—Una mujer como tú —contestó él.

—No quedan mujeres como yo.

El hombre sostenía la lanza con orgullo. Él era su protector, su señor, su sacerdote. Durante siglos no había podido empuñarla, su poder le superaba. Una vez lo intentó y perdió tres dedos de su mano izquierda. Desde entonces, se cubría con guantes. De haber sido capaz de usarla como ahora, la hechicera jamás habría podido huir de él. Ni en el mercado, ni en el río, ni en la cueva. Hubiera sido suya mucho antes. Pero por fin era digno. Había matado suficientes brujas y brujos. Había devorado sus corazones y por fin podía considerarse su legítimo dueño. Con la lanza se enfrentaría a los seres de poder que todavía quedaban en el mundo, a seres como la Mujer Serpiente que le había convertido en lo que era.

Ella le dio la lanza. En el desierto. En Tierra Santa. Cuando era poco más que un niño. Le dijeron que Dios le necesitaba, que quería que luchara por él. Pero todo eran mentiras: Dios no estaba allí. Tras una batalla en la que le dieron por muerto, la Mujer Serpiente lo encontró entre las dunas. Le llevó a su gruta y le habló de las *Viejas Razas*.

Ella misma pertenecía a una estirpe desparecida. Era la última de su clan: los hombres serpiente que habitaban las arenas.

Había encontrado la lanza siglos atrás, entre los huesos de un soldado devorado por los buitres. Pero la reconoció como lo que era: un arma de poder ungida con la sangre del hijo de un Dios sacrificado. La guardó y esperó. Necesitaba alguien que la enarbolara en Su Nombre. Alguien que hubiera sido consagrado al Dios de la lanza. Necesitaba a un cristiano.

«Devora su corazón y los devorarás a ellos. Engulle sus entrañas y engullirás su poder y su vida —le dijo— y cuando seas digno, vuelve a mí y podrás empuñar la lanza».

Ella necesitaba que él utilizara la lanza para sacarla del desierto y liberarla de las dunas, pues la Mujer Serpiente no podía alejarse de aquellos mares de arena.

Pero él no la liberó. No usó la lanza para romper los velos, sino para arrancarle el corazón.

El hombre se inclinó hacia Irati. La lanza penetró con suavidad por su costado.

Un fulgor blanco atravesó su carne, hundiéndose en ella, encharcando sus entrañas. Sintió que algo le estallaba por dentro. No aguantaría mucho. Moriría pronto y pronto resucitaría. «Aguanta un poco más», se dijo la bruja.

—Pero no revivirás —la voz golpeó su cráneo de nuevo. Ahora él podía leerle el pensamiento.

Irati ya no sabía dónde se encontraba. La silueta del hombre apenas era una sombra y ella experimentaba el mismo miedo que sintió la primera vez que murió en el fuego.

Baila. Baila. Baila.

Miedo a la nada, miedo a la muerte. Había olvidado el miedo a la muerte.

Así que no reviviría. El dios creador de aquella lanza era poderoso. Irati se preguntó para qué la habría creado y qué tipo de dios sería. Sintió cómo el hombre se adentraba aún más en su cabeza. La manoseaba desde dentro, violando sus recuerdos. Yendo atrás en el tiempo. Escuchando. Yendo muy atrás... Su madre le habla. La sumerge en el río y despierta al espíritu del clan. A la lechuza. Y le dice cuál es su nombre. Es nombre de dios, es nombre de río.

—Te llamarás *Irati* —dijo su madre mientras ella se ahogaba bajo el agua.

—Irati —susurra con voz de madre el inquisidor. El hombre está sudoroso. Le ha costado mucho esfuerzo arrancarle el nombre a la bruja. Casi ha tenido que matarla, pero ahora es suyo. Y la domina. Ahora Irati, porque así se llama, Irati, Irati, Irati hará todo lo que él ordene.

—Irati —repitió el hombre. Su voz era dulce, muy dulce.

Ella quería escuchar aquella voz para siempre. Ser parte de ella.

—¿Qué quieres? Dime qué debo hacer —le pidió. Y es que nada existía en el mundo sino esa voz.

18

Tras la bruma sólo se distinguía el pico de montaña que se alzaba sobre el valle. Cuando el sol cayó, los rayos anaranjados de la tarde se introdujeron en la niebla como lanzas afiladas. Irati introdujo la mano en la bruma y el pantano dio paso al verde valle.

Las sacerdotisas esperaban a sus invasores. Vestían las mismas telas del color de la hierba con que años antes oficiaron la ceremonia que otorgó a Greta sus tres muertes. En cuanto les vieron llegar, alzaron sus brazos y gritaron.

***

La voluntad de Irati se desvaneció en cuanto el inquisidor le arrancó su nombre. Quizás en un bosque o en un río hubiera podido resistir. Pero nada pudo hacer frente a una de las lanzas de los dioses. Le cerraron el cuello con argollas y le encadenaron manos y pies con hierros marcados con las runas de los muertos.

Sólo podía obedecer.

Guió a la comitiva confinada en una jaula, sobre una carreta de la que tiraban dos mulos. Angélica, adormilada con yerbas, era transportada en un carro de heno y Greta, con la mirada impasible, viajaba a lomos de un caballo junto a Letvik. Irati observó al muchacho. Después de tanto tiempo, la rabia de sus ojos revelaba que aún quería venganza. Pero Letvik, al igual que Greta, no era sino un niño perdido. ¿Le habría amado el inquisidor? ¿Había sido un padre para él como ella lo había sido para Greta? ¿Habían compartido lecho? Irati tenía los ojos clavados en Greta. La enfermedad y la vejez se habían alejado de ella. Sin embargo también lucía una argolla al cuello. Al final, tenía lo que siempre deseó. Las dos eran iguales. Esclavas.

¿Cómo había podido Greta traicionarla? El poder de la lanza le impedía pensar e invocar ayuda. Tampoco podía mover las manos y tejer sus hechizos en silencio.

La comitiva se detuvo frente a un pantano de aguas grises.

—¿Aquí? —el inquisidor miró al frente—. ¿Hemos de adéntranos en el lago?

—No —Greta miró a Irati—. Ella debe abrir el camino.

—¡Hazlo! —ordenó inclinando la lanza hasta rozar la pierna de la bruja—. La Lanza te obliga.

Pero Irati no podía obedecer.

—No —susurró, sangrando por la nariz—. Las Pléyades deben estar en conjunción. En dos semanas se alinearán con Venus y Marte. Entonces se abrirán los caminos. Debemos esperar —una bocanada de sangre brotó de su boca. La bruja se retorcía de dolor. Era el precio que pagaba por no obedecer a la voz.

—¿Es cierto? —el inquisidor se giró a Greta, que se esforzaba por recordar el aspecto del cielo la noche que llegó al valle del dios lobo.

—No lo sé, fue hace mucho tiempo. Yo sólo tenía doce años y ella me guiaba. Siempre hablaba del cielo y las estrellas, pero yo no entendía la importancia que eso tenía —dijo inclinando la cabeza con humildad.

—Esperaremos —sentenció el inquisidor fustigando a su caballo.

La comitiva se dirigió entonces a una abadía. Allí esperarían el momento en que los astros fueran propicios.

Encerraron a Irati en las mazmorras. En su celda dibujaron dos círculos concéntricos en el suelo. El más interior representaba un pequeño sol negro y de él partían doce rayos negros que alcanzaban el círculo exterior. Irati fue colocada en su centro. Cuando dos semanas después iniciaron de nuevo la marcha, ni Greta ni Letvik les acompañaron. Angélica caminaba atada a una carreta, drogada. Al enterarse de que todos sus hijos habían muerto, intentó arrancarse los ojos.

***

Y así, doscientos años después de que Greta adquiriera el regalo del dios lobo, Irati reabrió las puertas invisibles del valle.

Las tres sacerdotisas gritaban al unísono frente a ella, rechazándola, repeliendo su avance.

Flanqueada y dominada por los soldados y sacerdotes que adoraban al inquisidor como a su nuevo dios, Irati extendió los brazos, gritó y el mundo se oscureció. Una cúpula negra sin estrellas y un viento huracanado cubrió la pradera. El inquisidor permaneció tras ella iluminando la noche con su lanza, de la que surgía una potente luz blanca. Las tres sacerdotisas imitaban a Irati: gritaban y se defendían. El valle era un infierno de aullidos.

Y con el sonido inhumano proferido por las brujas, los sacerdotes soldado que se habían adentrado en el claro cayeron al suelo, entre convulsiones y espasmos, sangrando por nariz y oídos. Sólo Irati y el inquisidor permanecían en pie, atacando a las tres sacerdotisas.

A pesar de que el poder de las tres era más grande que el de Irati, la lanza la protegía.

—Entregadme al dios —ordenó. Y de sus dedos emanaron jirones de niebla oscura que se deslizaban sobre el valle en busca de alimento. Cuando la niebla rodeó a las sacerdotisas, Irati pronunció la palabra que las sujetaría. Las tres quedaron inmóviles en mitad del prado, como estatuas de piedra. Obligadas a obedecer a la lanza.

La cúpula negra se disipó, dejando ver las estrellas.

—Entregadme al dios —repitió Irati.

—Ya sabes lo que necesitamos —contestó Idiana, la más vieja de las tres.

—¡Traedla! —gritó el inquisidor.

Y del bosque, más allá de la espesura, dos hombres arrastraron a Angélica hasta el centro del claro.

—¡Madre! ¡Madre! —Angélica volvía a estar consciente, pero Irati no podía contestar. El inquisidor y la lanza la sujetaban con su nombre.

Irati se acercó a su hija, la desnudó y, con el mismo cuchillo que había utilizado para cortarse a sí misma, rasgó el brazo de Angélica, dejando que su sangre de amapola despertara el deseo del dios lobo.

—No sobrevivirá. Es demasiado mayor —advirtió Idiana—. Morirá.

—¡Madre! ¡Madre!

—Cogeos de las manos y cantad —ordenó Irati.

Y tal como sucedió con Greta, el valle se tornó azul y el árbol de ramas plateadas apareció.

Irati y las tres mujeres cortaron la piel de sus manos y libaron con sus sangres la hierba sobre la que yacería la bestia. Después alzaron las manos al cielo y comenzaron a cantar.

Un aullido surgió de la oscuridad y el dios lobo apareció una vez más, sediento de sangre. Hambriento de deseo.

El inquisidor, sosteniendo la lanza con fuerza, se situó detrás de Irati.

El lobo entró en el círculo de poder.

«Entrégate», dijeron todas con una sola voz.

Y el dios poseyó a Angélica.

Cuando el ritual terminó, la lanza brillaba con la luz de la destrucción. Y con ella en alto, el inquisidor se enfrentó al dios cuyo poder necesitaba engullir.

—Ahora me perteneces —su voz temblaba, pero tenía la lanza, se sabía poderoso.

Irati y las sacerdotisas lo miraban. No dijeron nada ni se movieron, como testigos mudos de los designios de los dioses. El dios lobo rugió y se lanzó con las fauces abiertas contra el hombre que lo desafiaba. El inquisidor inclinó la lanza y ésta se clavó en el costado de la bestia. Se introdujo en su cuerpo con facilidad y, en el momento en que tocó su corazón, un haz de luz blanca estalló en el bosque. Las sacerdotisas cerraron los ojos e Irati se lanzó sobre Angélica, cubriéndola con su cuerpo. La luz golpeó con fuerza destructora a todos los que la contemplaban, fundiéndolos con la eternidad.

El inquisidor quedó engullido por aquello que intentaba poseer. Soltó la lanza, aún clavada en el torso de la bestia, pero ya era tarde: la luz lo había atrapado. Su cuerpo comenzó a arder. Su piel se quemó, sus párpados se fundieron como los de los pecadores de Sodoma y sintió el olor de la criatura a su alrededor. Y no pensó más. Dejó de ser. Desapareció dentro del dios lobo. Éste echó la cabeza hacia atrás y su rugido hizo temblar las estrellas que los gobernaban. Después desapareció, doblegado por un hierro ungido con la sangre de Otro más poderoso que él.

***

Angélica estaba en el centro de un charco de sangre.

—Está muerta —la acusó Idiana—. Era demasiado mayor para el dios. Pero tú lo sabías. Podías haber detenido a su verdugo y preferiste no hacerlo. Fue tu elección.

—Necesitaba que clavara su lanza dentro del dios. Era la única posibilidad que teníamos de librarnos de él —y es que

Irati sabía que el dios lobo moriría matando antes que someterse a un humano.

Idiana tomó la lanza ensangrentada, la sopesó y la arrojó a sus pies.

—Así es. Era tu única opción. Vete —ordenó—. Toma la lanza, es tuya... *Irati* —Yedneke, Idiana y Erina pronunciaron su nombre a la vez, con una sola voz. Lo conocían desde siempre, pero nunca lo habían utilizado.

—Te la has ganado, *Irati* —dijeron de nuevo—. Ya no has de temer a tu nombre, ya no es una amenaza y nunca más lo será. El hombre que te lo arrancó ya no es un hombre, y la lanza con la que te dominó ahora te libera.

Irati permaneció erguida frente a las tres.

—Pero esto ya lo sabías —dijo Yedneke—. Por eso la trajiste a nosotras. Por eso entregaste a tu hija.

Irati no mintió al inquisidor cuando le dijo que el máximo poder se obtenía con la alineación de las estrellas. Pero le ocultó que la conjunción sería favorable para aquel que entregara el tributo mayor. Y no hay mayor sacrificio que el de un hijo.

—No tuve elección —dijo Irati—. A veces no se puede elegir. A veces ni los dioses pueden elegir.

INTERLUDIO 7

Ha desaparecido un niño del colegio. No saben si se ha perdido o lo han secuestrado. Óscar. Un día cambié cromos con él, luego soñé que me regalaba los que me faltaban. A la mañana siguiente encontré todos los cromos en el bolsillo de mi pantalón. Es la primera vez que consigo traer algo de los sueños. Bueno, lo que pasó con Ari y la sirena fue parecido. Entonces yo no estaba preparado. Eso decía la lechuza. Pero ahora estoy seguro de que lo que sucede en los sueños es verdad. Y ya sé por qué cuando Iker, Fran y yo fuimos lobos despertamos llenos de sangre: porque aunque fue un sueño, sucedió de verdad.

***

En el colegio todo el mundo habla de Óscar. Fran y Unai dicen que seguro que está muerto en un pozo.

***

Entro en clase y me siento en mi pupitre. El viento golpea la ventana, enfadado. Las ramas de los olivos van de un lado para otro. Parece que vayan a salir volando. En clase todos gritan. Cuando nuestra profesora entra en el aula nos callamos. Ella explica cosas del medio ambiente. Hay que cuidar el mundo y los animales. Habla de las *especies protegidas* y dice que hay muchos animales en peligro de *extinción*. Ninguno sabemos lo que es la *extinción*. Nos dice que es cuando el último animal de una raza se muere. Eso fue lo que les pasó a los dinosaurios y al Tigre de Tasmania y a un delfín chino y a otros miles de animales. Y pienso en las sirenas y en la lechuza y en la *Vieja Raza*. Y le pregunto a Teresa si las sirenas y las lechuzas se han extinguido. Pone mala cara. No le gusta mi pregunta, pero yo quiero saber qué pasa cuando se extinguen. ¿Van al cielo? A lo mejor van a los sueños... Levanto la mano. Lo pregunto. Y ella sonríe y dice que sí, que ahí es adonde van. A los sueños. Otra vez levanto la mano: «¿Descienden los hombres de las lechuzas?». «¡No digas tonterías!». Entonces la rama del árbol rompe un cristal y todos gritamos. Veo a la lechuza apoyada en la ventana. *¡Despierta!*, susurra con voz profunda usando otra vez la voz de mi madre. «¡Despierta!», grita la señorita Teresa. Y despierto chillando porque he visto a Óscar. No está en un pozo. Está en el fondo de un río. Una sombra le ilumina la cara con la llama de una vela.

19

Greta no participó en la muerte del inquisidor ni en la de Angélica. Permaneció encerrada en una mazmorra, dentro de un sol negro dibujado en el suelo. Seguía siendo una esclava.

Una vez al día Letvik le llevaba comida y bebida. Él también conocía los conjuros para eludir la vejez y la muerte.

—Yo nunca te hice nada, Letvik —su voz rasgó la fría mazmorra. Pero Letvik no hablaba. Sólo la miraba. ¿Era ella? Sí. Era la niña con la que había jugado en los bosques. La misma a la que una vez besó. La misma que mató a su padre y a todos los hombres de su familia.

—No fui yo —Greta lloraba en el suelo—. Yo no sabía lo que ella era. Nunca me contó lo que sucedió. No supe que tu padre murió hasta mucho tiempo después —y en parte, era cierto. El día que Irati mató a los hombres de la aldea, Greta no estaba presente.

—Cuando Irati haya muerto serás liberada.

Letvik depositó un cuenco de comida y una jarra frente a ella. Le dio la espalda, no quería mirarla. Sus ojos azules y su pelo rojo y alborotado le traían demasiados recuerdos de cuando era niño. Deseaba demasiado mirarla.

Las cadenas que la ataban al suelo chirriaron. Las sombras de la mazmorra, iluminada tan sólo por el temblor de las llamas de una antorcha, se movieron en la oscuridad como ratas hambrientas.

—Sabes que no es cierto, Letvik —sollozó—. Me sacará todo lo que tengo dentro y me matará.

Letvik se giró hacia ella. Greta continuó hablando:

—¿Crees de verdad que yo quería esto? —Greta se acercó a Letvik todo lo que pudo sin salir de la marca del sol negro—. ¿Recuerdas aquel mercado? —levantó la mirada, suplicante—. ¿Lo recuerdas, Letvik? Me diste un beso...

—¡Tú ya eras una bruja entonces! —gritó él.

Greta se acurrucó en el suelo, aterrada. Letvik conocía formas de acabar con brujas como ella.

—Yo sólo era una niña —Greta lo miró—. ¿No me crees?

—No.

—Podemos empezar otra vez. Tú y yo. Lejos de todo, lejos de ellos. Déjalos que se maten. Vámonos lejos. ¿No te gustaría, Letvik? —el hombre tembló al oír pronunciar su verdadero nombre con amor—. Podemos hacerlo —insistió Greta—. Ella lo hizo, se escondió en una montaña y nadie la encontró.

—Él nos seguiría —Letvik habló casi sin pensar. ¿Por qué había dicho eso? No estaba dispuesto a abandonar a su maestro. No después de todo lo que había hecho por él.

—No lo hará. Ya no somos niños, sabemos tanto como ellos. Ya no tienen poder sobre nosotros. ¿No te gustaría, Letvik?

Él sonrió con desdén.

—Nos descubriría.

—No si nos unimos. No si nos vamos ahora. Tú y yo —Greta le tendió la mano.

Letvik salió de la mazmorra y cerró la puerta de hierro. Subió las escaleras casi corriendo. Su corazón latía rápido, apasionado como el de un muchacho. Siempre pensó que Greta había formado parte de la matanza del río. Pero ahora dudaba. Quizás Greta fuera tan inocente como él. Sin embargo el inquisidor era todo lo que tenía. Le había salvado, le había dado una razón para vivir. Juntos habían matado a cientos de brujos y demonios; les habían extraído sus conocimientos, su poder, su fuerza. Y ahora dudaba. Y todo, ¿por qué? ¿Por el recuerdo de una niña? ¡No! Greta era una bruja, siempre lo había sido. No dejaría que le engañara. Desenvainó una daga y regresó a la mazmorra. Al bajar los escalones, oyó una dulce voz que se deslizaba entre las piedras. Letvik apretó con fuerza el puñal y abrió la puerta de hierro. Greta continuaba arrodillada en el suelo, pero la mujer adulta había desaparecido. Frente a él tan sólo había una niña cantando con voz melodiosa. Incluso dentro del sol negro Greta había conseguido cambiar de aspecto. Letvik sabía que tenía tantos años como él o más. No tenía doce años. Sin embargo el pelo le caía sobre los hombros y sus ojos azules le miraban llenos de lágrimas, mientras cantaba la melodía que ahuyentaba a las *rusalki*. Él le había enseñado aquella canción cuando eran niños.

Greta levantó el brazo. Letvik se acercó. Se arrodilló en el suelo y la niña lo tocó. Colocó su pequeña mano sobre su pecho. Y sus corazones latieron al unísono. Un mismo latido. Un mismo corazón. Letvik soltó la daga, se introdujo en el círculo y se dejó acariciar el rostro. Y la niña Greta le besó como nunca antes le había besado. Con sigilo, sin hacer ruido, tomó en sus manos el cuchillo y lo clavó en el estómago de su primer amor, hundiéndolo y hundiéndolo sin dejar de besarle.

Greta sonrió. Volvía a ser libre. Se sentía casi tan feliz cómo cuando mató a la vieja Helga. Quería hacer lo mismo con Letvik. Le arrancaría el corazón y lo devoraría. Y jamás, por muchas vidas que tuviera, podría resucitar...

Pero debía huir antes de que el inquisidor regresara. Letvik tenía las llaves. No sabía cuántos monjes habría en el edificio, pero una vez que atravesara las puertas sería libre. Volaría lejos y ya nadie la encontraría nunca más. Ascendió con rapidez la escalera. Un monje la sorprendió al llegar al portón. Greta corrió hacia él.

—¡Padre! Padre! —gritó entre sollozos.

Y cuando él se acercó a Greta, ella le degolló. Manchada de sangre, corrió hacia la salida. Casi volaba. Casi era libre.

Una figura oscura la esperaba a la entrada. Irati, cubierta de lodo negro, la señalaba con su mano izquierda. En ella portaba la Lanza del Destino. Greta también levantó la mano, pero la hechicera ya había pronunciado su nombre. Una fuerza invisible, poderosa como un huracán, empujó a Greta hacia el interior de la abadía. Cayó al suelo con un golpe sordo. Cambió de forma. De niña a vieja, de vieja a joven, de joven a niña...

Irati estaba ahora en su interior. Y gritaba. Greta reptó sobre la fría piedra como una sabandija en pos de una hendidura en la roca. Intentó pronunciar el nombre verdadero de Irati, que ahora ya conocía. Pero no pudo. La bruja era más fuerte que antes.

Palabras de muerte la rodearon. Irati, con la fuerza invisible de sus dedos, la obligó a arrastrarse hacia la cripta. Greta cayó y cayó, rodando por las escaleras, hasta que con una fuerte sacudida su cuerpo se alzó en el aire y fue lanzado contra las paredes de la mazmorra, como una muñeca de trapo. Se llevó la mano a la cabeza. Sangraba. El cuerpo de Letvik yacía inerte en el centro del sol negro, ahora medio borrado, y ella volvía a estar presa. Irati, rodeada de sombras negras que bailaban como cuervos enloquecidos, seguía entonando su canción de muerte. Desde el exterior, hizo que la puerta de hierro se cerrara con un chirrido. Greta se quedó quieta, muy quieta. No se atrevía a moverse. Tenía miedo. El suelo palpitaba. El edificio entero se estremeció sobre ella.

—*Greta.*

La voz de la bruja le llegó como en un sueño.

—*Greta. Greta...* —repitió Irati.

Greta cerró los ojos y la vio. La imagen era clara. Irati quería que viera lo que sucedía. De sus manos surgía una niebla negra que rodeó el edificio.

El cielo se oscureció.

—*Vas a morir, Greta* —dijo la bruja a través del viento—. *Despacio, muy despacio, pero morirás.*

La voz retumbó sobre las piedras y el edificio comenzó a derrumbarse.

—*Ya nadie te salvará. Nadie te buscará. Letvik ya está contigo. Estarás con él para siempre.*

Greta chilló. Por un momento recordó al inquisidor. ¿Dónde estaba? ¿Por qué no paraba a Irati?

—*Ya no vive, amor mío. Está muerto. El dios lobo también está muerto. Ya no concederá más regalos a nadie. Y Angélica está muerta, yo misma la sacrifiqué. Ya no cantará, ni reirá, ni llorará. No tendrá más hijos. Todos han muerto. Por ti, mi amor. Todo por ti.*

Greta suplicó.

—Por favor. Por favor, perdóname.

—*Pensarás en mí y en Angélica y en sus hijos y morirás como debiste morir hace tiempo. Muerta de hambre en un bosque de sombras, sola y asustada, con el fantasma de tu hermano acompañándote en la eternidad* —el odio poseía a la bruja que, cegada en lágrimas negras, lanzaba su designio de muerte contra la niña que una vez amó.

—¡No pude hacer nada! ¡Me obligaron! —aulló Greta desde las profundidades de la Tierra. Y era cierto.

Porque a veces no se puede elegir.

—*No importa. Ya nada importa* —la voz de Irati se alejó. Greta ya no podía verla. Tan sólo escuchaba el estruendo que se cernía sobre ella. No quedaba ninguna antorcha. Sólo ruido y oscuridad. Y cuando el estruendo se detuvo, Greta supo que sólo le quedaba tiempo para morir.

Parte III

20

El sol iluminó la llanura. La neblina matutina ocultaba los rascacielos que a lo lejos vigilaban la ciudad. La autopista ya rugía como un león enjaulado.

Irati despertó gritando.

Desde la tarde en que la visión de Greta golpeó su mente apenas podía dormir. Greta había aparecido dentro de la mente de un niño. Un muchacho de nueve o diez años, totalmente humano. Sin embargo, Irati no vio el aura del niño, ya que no hubo luna llena aquel día. Había intentado adivinar su nombre dándole un bebedizo de sangre para despertar su esencia y destejer sus recuerdos pero, cuando el trance comenzó, Irati sólo vio a Greta. La imagen de su cabello rojo sangre y sus ojos azules la azotó como un látigo. Soñaba con ella todas las noches.

Debía mantenerse alerta. Las energías de poder estaban en movimiento, quizás atrapando a los humanos en su agitación. Así, antes de descender los escalones de la *roulotte*, la vieja de cuerpo voluminoso de madre prehistórica se preparó una infusión de heliotropo que intensificara sus sentidos. Con la taza humeante en las manos atravesó el laberinto de caravanas hasta llegar al pabellón de los animales. Stephano, como de costumbre, revisaba las instalaciones. El año anterior una de las carpas había estado a punto de derrumbarse sobre el público y, desde entonces, las aseguraba él mismo. En ese momento se encontraba con Dimitri y Corolco tensando la lona con ganchos y argollas.

—¿Cómo ha podido soltarse? —preguntaba.

Corolco se encogió de hombros.

—Algunos chavales querían ver las jaulas —contestó apartándose uno de sus mechones azules—. Los pillé intentando pasar por debajo.

Dimitri se apresuró en acusar al cómico de su descuido.

—¡No soy el responsable de los críos! —replicó el payaso, dispuesto a iniciar una nueva disputa.

Stephano les hizo callar. No estaba de humor para aguantar las riñas en que se enzarzaban cada día. Saludó a Irati con gesto huraño.

—¿Qué ha sucedido? —preguntó la vieja.

—Nada grave —respondió Stephano—, pero los animales están muy alterados. Dalila y tus lechuzas han pasado la noche rugiendo y gritando. ¿Puedes echarles un vistazo? —le pidió agachándose para recoger el martillo.

Irati se dirigió hacia las jaulas. Su corazón latía con agitación. Sentía que algo no iba bien y, por un instante, recordó lo sucedido la última vez que ignoró sus presentimientos. Había sido el invierno anterior. Las aves estaban tan agitadas como ahora. Alcor, la más grande y vieja de sus lechuzas, había mordido a Ciro, y Mizar y Rigel huyeron entre las estrellas. Ninguno de sus cánticos pudo hacerlas regresar. Recordaba perfectamente cómo aquella tarde, con la mano enguantada, había agarrado a Merak, la lechuza roja, la más tranquila y sosegada de todas.

—¿Qué pasa, Merak? ¿Qué ves que yo no puedo ver? —le había preguntado fijando los ojos en ella—. ¿Qué puedes mostrarme?

Pero Merak no contestó. Simplemente desplegó sus alas y ululó. Un relámpago restalló en el cielo. No debería haber obligado a las lechuzas a volar.

—¡Es la hora! ¡A la carpa! —había gritado Stephano con felicidad. Todas las entradas se habían vendido y la función debía comenzar.

¿Por qué no hizo caso de sus presentimientos?, se preguntaba Irati un año después.

—¡Con todos ustedes, las trece lechuzas de la Orden del cielo Maya! —la voz de Stephano repicó en su mente al escuchar los rugidos de Dalila—. ¡Y para hablar con ellas, tenemos con nosotros a una de las últimas brujas de Babilonia!

Aquella tarde Irati se situó en mitad de la pista con sus sayos violáceos tintados especialmente para la función. La cabeza inclinada, la mirada fija en la arena. Como siempre, una capucha le cubría el rostro. Levantó los brazos mostrando al público sus manos enjoyadas. En cada dedo portaba un anillo con una piedra incrustada. La música de un violín rasgó el ambiente y sus dedos trenzaron el aire como si tejieran los hilos de un tapiz imaginario. Tal y como sucedía en cada función, las lechuzas volaron por la carpa, cruzándose unas con otras. Cuando Irati detuvo el movimiento de sus dedos, las aves se lanzaron en picado sobre los niños. Al principio se asustaron y gritaron, pero enseguida vieron que sólo pretendían arrebatarles sus gorras y bufandas, objetos impregnados de olores y nombres. Una por una las lechuzas soltaron sus trofeos sobre las manos de la hechicera. Ésta, entonces, aspiraba el perfume que la prenda transpiraba y, con sonrisa astuta, pronunciaba el nombre de su dueño, que se levantaba confirmando su nombre. Después, con un silbido estridente, Irati ordenaba a las aves devolver las prendas robadas a sus dueños. Por último, las lechuzas tomaban de sus manos lazos de sedas multicolores. Con ellos formaban una estrella y la hacían girar en círculo, cubriendo el cielo de la pista. Las trece lechuzas daban cuerda a un reloj de sedas y la multitud aplaudía… como hechizada.

Y entonces la tormenta estalló.

Irati quedó con los ojos en blanco. Dejó de percibir al público. Ya no veía niños, aunque podía oír sus gritos. Su respiración se detuvo. Apenas podía ver. Era de noche, estaba en un bosque y de nuevo no era nada más que una niña pequeña. Se miró las manos pero no las reconoció. Escuchó un aleteo. Levantó la cabeza y la vio: la lechuza volaba hacia ella. ¿Ella? ¿Quién era ella? ¿En qué cuerpo había despertado? No, no había despertado. Estaba dormida. Se encontraba en el interior de un cuerpo dormido. Cabalgaba un sueño. No sabía cuál ni de quién. Su conciencia estaba mezclada con la conciencia de un durmiente.

Tengo miedo —se oyó decir a sí misma con una voz que no reconoció. Echó a correr entre los árboles, golpeándose el rostro con las ramas. ¿Ésa era ella? Sí, era ella corriendo de nuevo, pequeña, muy pequeña. Vivía en el bosque, con su madre. Nunca la habían llamado *bruja*.

¡*Mamá*! —gritó con una voz que no era suya.

Cayó al agua. Sintió que se hundía, que no podía respirar, que se ahogaba. El agua encharcaba sus pulmones. Y entonces la vio. Una *rusalka* surgió de las profundidades. Apareció de entre las algas y nadó hacia ella. Colocó la mano sobre su rostro, formando una estrella de cinco puntas.

No temas, niño —Irati entendió las palabras. La *rusalka* estaba despertando al espíritu de poder, a la lechuza de la *Vieja Raza*.

Un aleteo.

¡*Mamá*, m*amá, mamá*! —volvió a gritar. La luz de la habitación se encendió y la bruja abrió lo ojos.

Ya no estaba bajo la carpa del circo, sino tendida en su litera. La función había terminado. Ivana le imponía gasas húmedas sobre la frente.

—¿Qué ha pasado? —preguntó.

—Te has desmayado.

La tormenta continuaba rugiendo en el exterior.

—¿Qué ha pasado? —repitió—. ¡Mis lechuzas! ¿Qué les ha sucedido?

—No lo sé —respondió Ivana, sonriendo tras una mueca forzada.

«Risa fingida. No quiere hablar. ¿Qué oculta?».

—Dime, Ivana —Irati se incorporó, pronunciando con suavidad el nombre de la mujer que la atendía, una de las pocas del circo que no se ocultaba bajo identidad falsa—. ¿Qué ha sucedido?

—Cayeron al suelo. Quedaste paralizada, como en trance, con los ojos en blanco… No sabíamos qué ocurría. Los payasos te metieron adentro. Empezaste a vomitar agua, como si te hubieras ahogado. Luego te trajimos aquí. Eso fue hace casi siete horas —concluyó.

—¿Y las lechuzas? —insistió Irati, sabiendo ya la respuesta.

—Han muerto. Cayeron fulminadas sobre la pista.

Aquello había ocurrido el año anterior, durante las fechas del solsticio, en otro continente. Desde entonces soñaba y soñaba que la lechuza volaba de nuevo. Oía su voz como cuando era una niña que corría salvaje por los bosques, aprendiendo a ser una bruja, aprendiendo la lengua de poder. *Ten cuidado. Podrán oírte. Todos te oirán*, decía la lechuza.

Cada noche Irati examinaba las estrellas del cielo, intentado dilucidar sus designios y ver el mapa que configuraban. Al atardecer encendía sus velas, las más antiguas, las más viejas. Cantaba canciones olvidadas y cabalgaba los sueños de los durmientes, buscando, rastreando, incluso influyendo sobre Stephano para que dirigiera su circo hacia donde las estrellas señalaban. ¿Era ella la única que soñaba con la lechuza y que escuchaba canciones con una voz que no era la suya? ¿La única que podía contemplar el patrón marcado en el cielo? No. Alguien había invocado a las estrellas.

Un año después, de nuevo en fechas cercanas al solsticio, volvía a sentir la misma ansiedad que el día que sus lechuzas murieron. Irati acarició el grisáceo plumaje de Hadar y el ave hizo un movimiento brusco. La bruja la miró directamente a sus ojos amarillos, intentando adentrarse en ella.

«¿Qué has visto, Hadar? ¿Qué te perturba? ¿Qué ves que yo no puedo ver?» —preguntó sin pronunciar palabra alguna. Pero Hadar era una lechuza común a la que había empezado a adiestrar hacia sólo seis meses. No estaba preparada para revelarle sus secretos.

El rugido de Dalila captó su atención. La tigresa caminaba inquieta en su jaula. Se acercó a ella. La fiera volvió a rugir. La cuidaba el joven Ciro, uno de los hijos adoptivos de Stephano e Ivana.

—Lleva toda la noche así. No sé qué le sucede —indicó el muchacho frunciendo el ceño.

—¡Irati! —Tania apareció corriendo entre las jaulas—. ¡Irati!

La bruja se giró hacia la niña.

—¿Qué pasa, Tania?

—¿Me dejarás ayudarte con la bruma? —Tania se estrujaba las manos, excitada—. Dijiste que en la próxima celebración me dejarías hacer la bruma.

La vieja no tenía ganas de fiestas, pero los gemelos Saris y Leo cumplían seis años y los feriantes lo festejaban con una barbacoa. Desde el día en que tuvo la visión de Greta perdida en los recuerdos de un niño cuyo nombre no pudo descubrir, Irati había desatendido por completo a Tania.

—Por supuesto, mi niña. ¡Cómo no! —se forzó a reír. Las lechuzas volvían a estar tranquilas. Hizo un gesto con la mano y Dalila se acomodó al fondo de su jaula. No era momento de importunar a la tigresa. La vieja tomó la mano de Tania y se dirigieron a las afueras del campamento. Era momento de mostrarle un poco más de magia inofensiva.

21

La puerta se abrió con un chirrido. El gemido de las bisagras corrompió el silencio.

—Tiene que ser una bruja. Sólo una bruja podría sobrevivir a eso —esas serían las primera palabras que escucharía al despertar.

Otro chirrido. Lejano. Lúgubre. Quizás otra rata chillando muerta de hambre.

Intentó abrir los ojos. No pudo. Tenía los párpados completamente pegados al rostro con las secreciones que supuraban sus ojos.

Estiró la mano, pero sus dedos esqueléticos no consiguieron más que reptar unos centímetros sobre el suelo de tierra y heces. Palpó los huesos de las ratas.

Otro chirrido más. Voces.

—¡Empujad! —palabras proferidas por gargantas humanas.

—¡Apesta! —otra voz, todavía lejana.

Golpes contra la puerta.

«La intentan abrir con un hacha» —pensó.

Trató de incorporarse. Nadie lo hubiera notado.

No abrió los ojos, no podía. Pero un resplandor recorrió su rostro. ¿Antorchas? No, no había calor en ellas.

Aire. Sus pulmones despertaron al atrapar el soplo de viento que se filtró por la puerta, ahora abierta.

«Agua» —hubiera querido decir.

—¿Qué es eso? —voz asqueada—. ¡Luz! ¡Traed luz!

«¿Eso? ¿Hablaban de ella?».

—Es todo huesos —voz de hombre.

Patadas.

Uno de los hombres tropezó con ella.

Un gemido. Toda su fuerza para aquel gemido. Necesitaba que la oyeran.

—¡Está viva! ¡Esta cosa vive!

«Esta cosa». ¿«Esta cosa» era ella?

Algo la golpeó en las costillas. Una de ellas se quebró. Algo punzante. ¿Una bota? ¿Una lanza? ¿La lanza?

Otro gemido.

—¡Dios! ¡Dios!

«¿Rezaban?».

—¡Está viva!

—Imposible —voces horrorizadas.

Un brazo la sujetó de la barbilla.

—¡Dios!

Alguien vomitó y, de alguna manera, la cosa que yacía en el suelo sonrió. Seguía viva.

Los hombres la sacaron de allí sobre un camastro.

—Tiene que ser una bruja. Sólo una bruja puede sobrevivir a eso —fue lo primero que escuchó al despertar.

***

Todavía no podía ver. Levantó los brazos. Era un milagro que pudiera moverlos. El dolor era intenso, los calambres le hicieron estremecerse hasta casi perder el conocimiento, pero su cuerpo despertaba, vivía. Se palpó el rostro. Una venda le cubría los ojos. ¿Aún tenía ojos?

—Abra la boca —una voz sedosa y aterciopelada le acarició los oídos como la canción de una madre. ¿Dónde se encontraba?

Algo caliente le recorrió la garganta. Un caldo. Comidacomidacomida.

—¿Puede hablar? —voz de hombre. Fuerte, segura, llena de miedo. ¿Un inquisidor? ¿El inquisidor? No. Él murió, está muerto. ¿Y yo, estoy muerta?

«No, por favor. Que no sea él, que no sea él».

—No lo sé —la voz de la mujer era casi la de una niña.

«¿Angélica? No, Angélica es una mujer y está muerta. Todos están muertos».

El hombre se acercó a la cama. El suelo crujió con su caminar. Alguien grande, pisa con seguridad, poderoso.

—¿Puede entenderme?

No se atrevió a contestar.

—¿Cuánto tiempo ha estado encerrada? —insistió la voz.

«No. No es él. No me conoce. No sabe quién soy. *Que nadie te conozca, que nadie sepa quién eres*».

—¿Dónde estoy? —sus primeras palabras. Quebradas, rotas.

El hombre casi gritó.

—¡Puede hablar!

—Está en un hospital. Está a salvo —respondió con sorpresa la voz que la alimentaba.

—¿Cómo se llama? —el hombre se acercó de nuevo a ella.

—No lo sé —voz rota. Apenas un graznido. Ni ella misma reconocía su voz.

—Déjela. Todavía es pronto para que responda. Cuando se encuentre mejor hablará.

Pasos que se alejan.

—Avísenme en cuanto pueda hablar —la habitación quedó en silencio.

Unas manos cálidas rozaron su rostro y le llevaron el caldo a la boca.

—Hoy le hemos quitado el suero. Ésta es la primera comida sólida que toma desde que la encontraron. Ha estado muy enferma pero, con paciencia y cuidados, se pondrá bien. ¿Tiene alguien a quién podamos llamar? ¿Algún familiar?

Durante varios días no volvió a pronunciar palabra alguna. Pasaba el tiempo dormida, permitiendo que la cuidaran. No supo cuántos días, semanas, ¿meses? transcurrieron en aquel extraño duermevela. Algo le tiraba de los brazos, pero no sabía si estaba encadenada o no. Poco a poco, según recuperaba fuerzas y consciencia, supo que no estaba atada. Sin embargo unas extrañas cuerdas se clavaban en sus brazos con agujas largas e indoloras. Cuando intentaba tocar las cuerdas, una mano dócil se lo impedía.

—Si no se está quieta, tendremos que atarla, ¿me comprende? —preguntaba la voz.

Ella asentía sumisa y se quedaba quieta, muy quieta. Al principio, no comprendía lo que oía. Sin embargo, tras varias semanas, se dio cuenta de que hablaban una de las viejas lenguas de occidente. ¿Cuánto tiempo había transcurrido?

Sus ojos todavía permanecían cubiertos con vendas, pero ya podía permanecer erguida sobre el lecho.

—¿Dónde estoy?

—¿Recuerda su nombre? —preguntó la joven de dulce voz.

«¿Mi nombre? Greta, Greta es mi nombre, no lo he perdido, por eso sigo viva y sé que todavía queda magia en mí. Pero eso no te lo diré. No revelaré mi nombre» —pensó mientras negaba con la cabeza.

—Está bien. No se preocupe, ha sufrido un *shock* y está desorientada. No encontramos ninguna documentación que la identificara y no hemos podido localizar a ningún familiar. ¿Recuerda algo? ¿Sabe de alguien a quién podamos llamar?

«¿Documentación? ¿De qué hablaba?».

—¿Puede decirme la fecha en la que estamos? —insistió la joven.

—¿Fecha? —volvió a preguntar.

—¿Sabe qué día es hoy?

Greta negó con la cabeza. Esta vez no mentía. ¿Cuánto tiempo había permanecido sepultada?

—No se preocupe, pronto recordará —la tranquilizó la joven antes de salir de la estancia—. El doctor vendrá a hablar con usted enseguida.

Greta dedujo que se encontraba en algún convento y que aquella joven era una novicia. Aspiró lentamente, intentando identificar los extraños olores que la rodeaban. No había rastro de incienso. Todo estaba impregnado de fuertes esencias que desconocía. No. Los olores no pertenecían a ningún convento. ¿Adónde la habían llevado? El olor era agrio. No respiraba los azufres ni las sales que siempre rodeaban a nigromantes y hechiceros. Buscó el tufo de sulfuros, arsénicos y antimonios, pensando que quizás algún brujo la había desenterrado. Pero, ¿quién? ¿Quién la había encontrado? ¿El inquisidor? No. Él había muerto, eso había dicho Araya. No, no se llamaba Araya. Su nombre. Su nombre era... ¿Elba? ¿Arga? No, era Yara, Mergo, Azeri, Izei, Tezsla, Sava. ¿Cuál era su nombre? ¿Morava? ¿Meluzina? ¿Imago? ¿Izsi? ¿Si pronunciaba esos nombres en un sueño, ella la oiría? Nononono. ¿O si? Ésos eran los nombres que había utilizado durante años, pero el inquisidor había desvelado otro, lo había desenterrado de su cuerpo y lo había pronunciado. Ella lo había oído. Todos lo oyeron. Era un nombre de río, de bosque. Todos sus nombres portaban parte de la misma magia. Su nombre arrastraba la fuerza de la Tierra...

Irati.

Sí.

Ése era su nombre.

Irati.

—¡Dios mío! Pero, ¿qué hace? Está demasiado débil para incorporarse —gritó una voz.

Varias personas se lanzaron sobre ella, atándola con correas. «Me van a quemar. No, me han atado al potro. Me romperán, me desollarán, me arrancarán la piel. Todos me violarán. Otra vez».

—¡¡*NoporfavorporfavorPORFAVOR!!*

—¡Esta mujer debería estar muerta! ¿De dónde saca la fuerza? —otra voz, diferente. No es el inquisidor, ni Letvik. Pero su voz está llena de fascinación, de entusiasmo—. ¡Quince miligramos de diazepam y diez de ketamina!

—¡Sujetadla! —vociferó otra mujer.

Y Greta quiso gritar, revolverse, cambiar de forma, pero le introdujeron algo en la boca y le apretaron las mandíbulas. Después le clavaron agujas en los brazos. Y la oscuridad la abrazó.

***

—¿Se encuentra mejor, querida? —la joven le hablaba otra vez.

—¿Qué ha sucedido? ¿Dónde estoy? —preguntó.

—En un hospital —otra voz—. Sufrió un ataque hace dos días, tuvimos que sedarla. Pero no se preocupe, la hemos estabilizado.

—¿Qué me vais a hacer? No soy de la *Vieja Raza*, mi corazón no os servirá de nada —consiguió balbucear.

Las mujeres rieron al unísono.

—Todavía delira —dijo la mayor.

—Voy a quitarle la vendas, no se asuste —la voz de la más joven colocó sus manos en su cabeza.

Tan sólo una pequeña lámpara iluminaba una esquina de la habitación. Doctores y enfermeras temían por la vista de la enferma. Su ceguera podría ser irreversible. Sin embargo la vieja era en sí misma un milagro. Se recuperaba con celeridad y no había perdido ninguna de las funciones de su cuerpo. ¿Cómo era posible? ¿Cuánto tiempo había permanecido enterrada bajo aquellos escombros? ¿Y cómo había llegado allí?

El año anterior un grupo de arqueólogos había estado excavando las ruinas de una antigua fortificación que sirvió como cámara de torturas para la Inquisición. En el subsuelo habían descubierto pasadizos que conducían a cavernas secretas. Allí, en las entrañas de una mazmorra, habían hallado a esta mujer. Sólo que no era una mujer. Cuando la trajeron al hospital era un monstruo, una momia. Las enfermeras no tenían palabras para describir el saco de huesos y pellejos, casi sin rostro, que habían conectado a sondas y catéteres. Varias de ellas vomitaron al verla, pero el saco todavía respiraba. Seis meses más tarde, tres de ellos en coma con vía intravenosa, el saco de huesos se había convertido en una mujer: arrugada, pero una mujer viva capaz de hablar.

—¿Puede verme? —preguntó el médico jefe.

Greta parpadeó. Podía, pero no con claridad. Distinguía formas borrosas, sus ojos vislumbraban la luz. Su rostro cadavérico sonrió.

Lo había conseguido. Había devorado el corazón y las entrañas de Letvik y absorbido todo su poder. Se había alimentado de las ratas y el agua que se filtraba a través de la tierra. Cuando la desenterraron, ya casi había consumido toda la magia que le quedaba.

Sabía que era poco más que una bolsa de piel y huesos, pero estaba viva. Había alcanzado el nuevo milenio. La nueva Era.

Dos meses más tarde pudo levantarse de la cama. El hombre de la voz fuerte y segura la interrogó muchas veces. No era un obispo, sino un cirujano. También le visitó *un psiquiatra*. ¿Qué era eso? El mundo había cambiado mucho más de lo que jamás se hubiera atrevido a imaginar.

Pero los doctores no se conformaban con su silencio. Querían saber. Querían examinarla.

La introdujeron en un aparato circular, lleno de luces blancas. Le dijeron que querían ver su cerebro. Llegaron más hombres, con más preguntas. Tampoco eran inquisidores, la Inquisición había desaparecido.

—¿La Inquisición? —Liliana, pues así se llamaba la joven enfermera, sonrió con benevolencia. La psique humana es frágil y quebradiza y Greta no era la primera mujer que veía enloquecer—. La Inquisición fue abolida hace siglos —le dijo mientras le medía la temperatura—. ¿Por qué? ¿Ha vivido en la Edad Media o en el Renacimiento, Perséfone? —bromeó utilizando el nombre con el que los médicos la habían bautizado al haber regresado del mundo de los muertos.

Pero Greta no sabía lo que era la Edad Media. Sólo sabía que debía huir o la harían hablar. En el mundo siempre había habido brujos y siempre los habría. Si no escapaba pronto, alguno de ellos la encontraría.

Liliana descorrió las cortinas y le arregló la cama, ayudando a la anciana a apoyarse en el respaldo.

—Basta de televisión por hoy —dijo apagando el aparato—. Luego tiene pesadillas —le riñó como a una niña—. ¿Quién es Hans? —preguntó mientras levantaba las persianas.

—¿Hans?

—Sí. Le ha llamado en sueños. ¿Es un familiar? ¿Podemos localizarle?

Greta negó con la cabeza. Nadie podía localizar a Hans. Sólo ella, en sueños. Ella sí podía hablar con el fantasma

212

muerto de su hermano. Tiene siete años y tiene hambre y quiere volver a casa.

—Esta semana la trasladarán a otro hospital. Uno especializado en enfermedades extrañas. Seguro que ellos consiguen hacerle recordar.

«Me arrancarán el corazón».

—¿Cuántos años tienes, Liliana? —preguntó Greta, levantando la mano para intentar rozar la mejilla de la joven.

—Veintisiete —contestó sosteniendo con cuidado su mano.

Greta asintió. Veintisiete años. La piel de la joven no revelaba magia alguna. No era una bruja.

—Pronto estará tan sana como una rosa de mayo —insistió Liliana mientras comprobaba sus constantes vitales—. ¡Hasta le ha crecido pelo! Y por cierto, ¿es pelirroja? —dijo al ver que su calva iba poblándose de un fino vello rojizo.

—Lo era, hace mucho tiempo —Greta se oyó hablar a sí misma. ¿Ésa era su voz? ¿A quién le recordaba su voz? «A la de Helga», pensó, «Tengo la voz de Helga».

—¿Sabe que algunos ya hablan de milagro?

—¿Milagro, mi niña? —repitió Greta con voz desgajada.

—Dicen que sólo eso puede haberla salvado.

«Sólo una bruja puede sobrevivir a eso». Eso fue lo primero que oyó al despertar.

Dos noches más tarde, Greta se levantó de la cama y se arrastró hasta la ventana. Estaba en la octava planta. La bruja contuvo el aliento. El televisor ya le había mostrado el mundo, pero la visión la aturdió. El hospital estaba en lo alto de un cerro, alrededor de un bosque. Bajo la colina, la ciudad no era sino una alfombra de estrellas. Las luces de las farolas y la iluminación de casas y edificios le hicieron temblar. Sí, estaba asustada. Aquél era un mundo al que no pertenecía, pero siempre había aprendido rápido, muy rápido. O eso le había dicho Irati.

Greta alzó la mirada. Casi no podía ver las estrellas, tan sólo la luna llena y Júpiter a su lado gobernaban la noche. Abrió las ventanas con esfuerzo y sacó su frágil mano al exterior. Su corazón latía apresuradamente. Todavía podía morir; no sabía cuánta magia quedaba en su interior. La luz de la luna iluminó su lánguida piel y sintió cómo su mano se impregnaba de su energía. Se despojó del camisón y quedó desnuda frente al ventanal. Un suave viento caliente sopló sobre su rostro. La vieja dejó a la luna bañar su cuerpo de momia, sus huesos torcidos, su carne arrugada y enfermiza. Sólo cuando el astro terminó su recorrido regresó temblorosa a la cama.

Greta reptó hasta la ventana las siguientes noches. Al tercer día, mientras Liliana le cambiaba las vendas, comenzó a cantar. No era música, sólo sonidos rotos y ásperos.

Liliana parpadeó. No sabía si Greta cantaba en sueños o deliraba. Se acercó más a ella.

—Perséfone, ¿se encuentra bien? ¿Puede oírme? —susurró con preocupación—. ¿Qué le sucede?

Y Liliana sintió que se mareaba. El rostro de Greta se tornó borroso, las paredes parecieron moverse, la habitación se hizo más pequeña. Liliana intentó incorporarse.

—Todavía no, Liliana —carraspeó Greta—. Todavía no.

Greta le aprisionaba la muñeca con una fuerza inexplicable. Liliana quería soltarse, pero no podía. Todo su cuerpo chillaba de dolor. Sentía que le arrancaban los huesos y que su piel se resquebrajaba, llenándose de llagas y pústulas que ardían. Apenas podía respirar. La habitación giró y Liliana cayó sobre la cama. Lo único que podía ver era el techo de yeso blanco. La luz que se filtraba entre las cortinas le dañó los ojos y los cerró lanzando un grito de dolor. La canción que Greta cantaba le golpeaba las sienes.

—¿Qué me pasa? —susurró con voz rota.

Y al abrir los ojos se vio y se oyó a sí misma cantando.

—¿Qué sucede? —repitió. La garganta le dolía. ¿Por qué se veía a sí misma?

—Shhhh, no hables, mi niña —dijo su doble—. No hables, Liliana.

Y Liliana obedeció a la voz.

—Cierra los ojos —repitió su propia voz. Voz de terciopelo que la envolvía con amor.

Y Liliana cerró los párpados, sumisa. La puerta se abrió.

—¿Liliana, qué sucede? En dos horas se llevan a Perséfone —informó una de las enfermeras—. ¿Está preparada?

Greta terminó de cambiar las vendas de Liliana, que ahora yacía tendida en la cama, habitando un cuerpo roto.

—No sé si podrá viajar —la voz de Greta contestó con la dulzura de Liliana—. Estaba muy nerviosa y he tenido que sedarla —dijo inyectándole con torpeza un calmante en las venas.

Después Greta se levantó y perdió el equilibrio, casi cayendo al suelo. Estaba utilizando toda la magia que le quedaba para que el intercambio funcionara.

—Cuando he llegado deliraba —continuó Greta—. Llamaré al doctor para que la examine —y abandonó la habitación con pasos torpes y presurosos.

Pero Greta no fue a buscar a ningún doctor. Se alejó del hospital y se ocultó en el bosque. Allí buscó las raíces de poder que aquella tierra ofrecía y con ellas fortaleció el hechizo de intercambio.

Una semana más tarde, mientras dormía acurrucada bajo un árbol, tuvo sueños fríos. Sintió cómo su viejo cuerpo se extinguía y a Liliana muriendo dentro de él. Sólo entonces supo que ya no corría peligro. El cuerpo que ahora habitaba le pertenecía a ella sola. Su legítima dueña ya no lo reclamaría. Pero había consumido toda su magia. Fue entonces cuando decidió ir al único lugar donde recuperarla: el bosque del dios lobo.

INTERLUDIO 8

Mamá me obliga a ir a casa de Cecilia. No quiero. No la conozco. Seguro que me aburro. Pero mamá dice que tenemos que ir porque ella y su madre eran amigas de pequeñas. Acaban de llegar a la ciudad y Cecilia va a ir a mi colegio. Mamá quiere que nos hagamos amigos.

***

Cecilia tiene el pelo castaño y lo lleva peinado con una coleta. Sus ojos son marrones y muy oscuros. Está viendo la tele cuando llegamos, pero enseguida quiere jugar. Tiene una colección de piedras. Todos los domingos le compran una. Me dice que valen muchísimo dinero y me regala una repetida: una amatista de color violeta, muy bonita. Después nos ponemos a hacer magia. Pero de la de mentiras, de la que se hace con cartas y pañuelos. Entonces ya no me puedo aguantar más y le digo que yo sé hacer magia de verdad. No me da miedo decírselo porque casi no la conozco. No me importa que piense que estoy loco. Pero me sabe fatal cuando se ríe y no me cree, entonces digo: «Vale, te lo demostraré». Y le cuento lo del circo.

Había una vieja que hablaba con las lechuzas. Era muy gorda y tenía el pelo completamente blanco y era una bruja de verdad. Después de la función entré en su tienda y le dije que, en los sueños, yo también puedo hablar con las lechuzas. Pero no me hizo caso. Luego quiso adivinar mi nombre. Dijo que hay muchas formas de descubrir un nombre. Cogió arena de un frasco y la esparció por el suelo, formando un círculo. Los dos nos sentamos en el medio y bebimos de una botella de líquido azul. Era una bebida muy dulce, aunque la lechucera dijo que llevaba sangre de brujas. Entonces llegó mi madre y lo estropeó todo. La bruja se mareó y ya no hubo más magia. Mamá me ha prometido volver, pero todavía no hemos vuelto. Creo que no quiere que vea más lechuzas. Ahora le dan miedo.

Le cuento todo a Ceci. Sus ojos brillan y sonríe. Me cree, no como papá y mamá, que nunca creen nada de lo que cuento y que, cuando les hablo de la lechuza y de los sueños, ponen cara de preocupados, aprietan los labios y mamá parece que va a llorar. A lo mejor piensan que estoy loco porque ellos no pueden hablar con las lechuzas ni caminar en sueños. Y a veces pasa otra cosa: la lechuza me habla despierto. Hoy la he visto reflejada en una de las ventanas del coche. Pero cuando me he dado la vuelta, ya no estaba. Le he preguntado a mamá si eso era un sueño y se ha echado a llorar. Nunca más le hablaré de mis sueños.

«¿Con sangre?», pregunta Ceci. Y yo pienso: «¡Sí, con sangre todo es más fácil». Ceci trae el costurero de su madre, lleno de agujas. Nos pinchamos en un dedo. Yo chupo la sangre de Ceci y ella la mía. Y entonces ya estoy seguro de que el líquido de la bruja sí tenía sangre de brujas.

Nos tumbamos en su cama y nos cogemos de la mano. Miro por la ventana. Ya es de noche. Pronto será mi cumpleaños, justo el día que empieza el invierno. Quiero invitar a todos mis amigos. Y a Ceci. Me gusta imaginar la magia que podríamos hacer todos juntos.

Algunas estrellas cuelgan del cielo como diamantes. Pienso en una de ellas y digo la palabra.

Ceci y yo nos levantamos de la cama aún cogidos de la mano y miramos por la ventana. La ciudad ha desaparecido. Frente a nosotros se extiende un prado de hierba azul. Y en el centro del prado hay un roble plateado.

Estamos en el sueño.

22

La ley prohibía las fogatas al aire libre y, aunque las multas eran demasiado altas para los feriantes, nadie se acercaría al campamento esa noche. Sin que nadie lo notara, una bruma fantasmal se congregó en torno al circo, ocultando el resplandor de las llamas.

Los artistas danzaban en torno a la pira en un ritual que recordaba bailes prehistóricos. Los largos cabellos de las mujeres giraban como las aspas de un molino. Lucecillas azules, rojas y amarillas colgaban de cables. Los contorsionistas se retorcían al son de flautas y acordeones. Los niños, como astutos chamanes, aporreaban los tambores de la tribu y los encantadores del aire realizaban piruetas imposibles. La carne, pinchada en varas de hierro, se asaba jugosa entre las llamas.

—¿Por qué nunca bailas, Irati? Ven, baila conmigo —Errai, el tragafuegos, le besó la punta de los dedos con una reverencia.

—Gracias, Errai —la bruja masticó su nombre entre dientes, lamentando no conocer el verdadero para obligarlo con sólo un susurro a alejarse de ella—. Soy demasiado vieja para alternar con jóvenes tan fogosos como tú —se burló.

Irati odiaba bailar. Esa noche tendría pesadillas.

Baila. Baila. Baila.

—¡Tú no eres vieja! —la pequeña Ara seguía pintada de purpurinas y polvos dorados—. Cuando quieres, eres joven. Te he visto.

—Es que tú eres una niña muy lista. Puedes ver lo que los otros no ven.

—¿Tengo poderes? —Ara revoloteó entre sus faldas.

—Es posible. ¿Te gustaría hacer magia? ¿Te gustaría… —la vieja guardó un segundo de silencio buscando el suspense y agitó los dedos imitando el movimiento de las patas de una araña—...ser una bruja?

—Depende. ¿Tendré que ser tan gorda como tú?

—¿Crees que soy gorda? —Irati palpó sus grandes caderas fingiendo extrañeza.

—¡Eres enorme! —gritó Ara extendiendo los brazos.

—Eso es lo más importante —afirmó Irati. Y cruzó las manos sobre el regazo con solemnidad—. Cuando más grande eres, más magia te cabe dentro.

—Entonces prefiero seguir siendo bailarina.

—¡Baila, Irati! —la voz de Stephano se impuso sobre la música.

Baila. Baila. Baila.

Pero Irati no soportaba bailar.

Corolco la tomó de la mano y rió, achispado. Esa noche vestía vaqueros y camiseta y sólo sus extravagantes cabellos azules llamaban la atención. Errai la agarró de la otra mano. Ivana la abrazó por detrás y la alentó con risas para que se contoneara. Por un momento, todo dio vueltas. La hoguera, los niños, los gritos, las canciones... El fuego.

Dimitri cantaba en ruso, su lengua materna. Ciro reía y bailaba. ¿Por qué? ¿Por qué hacían eso? No deberían obligarla... ¿Quién? ¿Quién de ellos era el que la manipulaba como a una marioneta?

«No, por favor. Por favor».

Las palabras vinieron a su boca, pero las contuvo. No quería hacer daño a nadie.

Baila. Baila. Baila.

Errai le hizo girar con la delicadeza de un príncipe de cuento. ¿Era él? Irati miró a su alrededor. En algún sitio escuchó una risa infantil. Alguien tocaba una flauta. Eran los gemelos. Ellos manejaban a todos como a marionetas. Ése era su don.

Yo no he hecho nada, por favor.
Baila. Baila. Baila.

Stephano posó un beso sobre sus cabellos nevados. Sus labios calientes quemaron al contacto con su cráneo.

—¡Bailemos un vals! —gritó, ebrio, el feriante.

Yo nunca os haría daño.

Un acordeón chirrió con los acordes de *La Bella Durmiente*.

No he sido yo. Tenéis que creerme. Por favor.

—Baila, baila, baila —todos daban palmas. Era la primera vez que conseguían que Irati se uniera a sus danzas—. ¡Baila, baila, baila!

No.

Y entonces las palabras acudieron. Primero como un susurro, y enseguida como un viento helado que se abrió paso entre la bruma. Un canto de muerte.

La bruja cayó. De su garganta brotó un rugido. La música se detuvo. Los feriantes miraron a su alrededor. La niebla que los protegía se cernió sobre la fogata, y con un alarido de la vieja, un águila de cuello rojo se lanzó sobre los que la sujetaban. El viento arreció. Las llamas se apagaron y el tendido eléctrico cayó entre chisporroteos, dejando el campamento envuelto en la penumbra. Los animales rugieron y relincharon asustados. Las jaulas que los contenían eran golpeadas por la furia de la tormenta.

—¿Qué pasa? —la pequeña Saris se aferró a las faldas de Ivana.

—¡Los caballos! —gritó Stephano—. ¡Se escapan!

Una caravana volcó.

—¡La carpa!

Irati seguía en el suelo. El ruido de los postes cayendo la aturdía. La lona que cubría la pista se soltó de sus ganchos, como la vela de un navío en mitad de un vendaval.

—¡Sujetadla! ¡Que no se vuele! ¡Que no tire los postes!

El circo se hundía en un mar de colores demenciales. Los cables chasquearon el aire, flagelando el campamento.

El rugido de Dalila se elevó por encima de todo lo demás. La tigresa había quedado atrapada entre las jaulas derribadas por el viento. Las lechuzas ululaban enloquecidas. Tania, aterrada, contemplaba cómo Dalila se le acercaba.

—¡Corre, Tania! —Stephano, atrapado entre dos largueros, no podía sino ver a la fiera acercarse a su hija.

—¡Irati! —gritó la niña—. ¡Ayúdame!

Dalila tenía miedo.

Irati trató de levantarse, pero el huracán que había desatado bloqueaba su magia. Dalila y Tania estaban demasiado lejos. El olor a miedo de la tigresa la delataba. Estaba a punto de atacar a la niña. Irati se concentró y cerró los ojos.

«No temas —susurró en el idioma del viento—. Usa su nombre. Haz que te reconozca».

—¡Corre! —volvió a gritar Stephano, intentado liberarse.

«No, no te muevas. Busca su nombre».

—Dalila —balbuceó Tania con voz temblorosa.

«Ése es su nombre de circo. Descubre el verdadero, Tania».

La tigresa rugió de nuevo y se preparó para saltar. Debía atacar. Antes de que le hicieran daño.

—No me hagas daño, Dalila. Yo te quiero. Yo no te haría daño. Dalila. Dalila. Dalila —repitió Tania apretando los puños.

«Busca su nombre. Cierra los ojos. Confía».

Tania cerró los ojos.

—Dalila, ¿cuál es tu nombre? Dímelo —la tormenta cesó a su alrededor y el silencio envolvió a niña y animal.

Cuando abre los ojos, el campamento ya no está. Se ve a sí misma en la selva. Su madre la amamanta. Aunque no hay lluvia, un trueno estalla y golpea a su madre, que ruge de dolor. Cae al suelo. Sangra. Un nombre queda atrapado en el rugido. *Dliergj*. Me llamo *Dliergj*.

—Dliergj. Yo soy Tania. Te quiero. No te haré daño. No me hagas daño.

La selva desapareció y volvió el campamento, donde ahora la tigresa colocaba sus patas delanteras en el suelo y se tumbaba al lado de Tania, esperando a que la tormenta pasase. La niña cayó desmayada sobre la gravilla roja.

Stephano logró liberarse. Corrió hacia la niña, la tomó en sus brazos y se alejó de la fiera mientras Errai y Dimitri la hacían regresar a la jaula con sus látigos.

Aturdida, la bruja regresó a su caravana. Ya nadie la haría bailar. Una vez dentro encendió las viejas velas que necesitaba para dormir. Todo su cuerpo temblaba. ¿Cómo había dejado que aquello pasara? Preparó una nueva infusión mientras los demás recomponían el campamento.

Antes de acostarse, Irati tachó la última fecha del calendario. Faltaba poco para su cumpleaños. Otro año más. No sabía en cuál había nacido, pero el momento era inolvidable: solsticio de invierno, cumpleaños de dioses, Navidad.

23

Greta sabía que el dios había muerto —eso había dicho Irati antes de sepultarla—, al igual que Angélica y sus hijos.

Todos han muerto. Por ti, mi amor. Todo por ti.

Pero ¿y ellas? ¿Seguirían las sacerdotisas guardando un lugar donde ya no quedaba nada que guardar? Quizás Irati había mentido. Quizás el dios todavía estaba allí, escondido.

Greta avanzó con cautela entre el ramaje. El sol caía tras la montaña tal y como lo hizo años atrás. Pero el lago se había secado y valle y montaña ya no eran invisibles a los ojos humanos. No era verano, sino otoño. El tiempo había penetrado en el valle. Allí ya no quedaba ningún dios.

En los alrededores aún se hablaba de las brujas de las cuevas, aunque ya nadie creía en su existencia. Se habían convertido en cuentos para niños, en fábulas de tabernas. Greta rezaba para que todavía quedara algo de verdad en alguna de ellas.

Paseó entre los árboles con su nuevo y joven cuerpo, dejando que las flores silvestres le acariciaran los tobillos. Alondras, mirlos y petirrojos cantaban a su alrededor. Pronto se encontró en el claro en el que se ofreció al dios siglos atrás. Se tumbó sobre la hierba y contempló cómo el cielo se iba tornando más oscuro. Greta se sentía tranquila. Pensó en la dulce Liliana. Ella tampoco pudo elegir. No fue Irati quien le mostró cómo hacer el intercambio con el que le había robado su juventud. Ese hechizo lo descubrió ella misma. Aprendió más en un año sin Irati que en todos los que pasaron juntas.

Un ruido entre las sombras la alertó. El cuchillo que le colgaba del cinto se ajustó a su mano con agilidad. Una figura culebreaba silenciosa y escurridiza entre la espesura. Y muy despacio, como un lobo acechando a un cordero, Greta se abalanzó sobre ella.

La descubrió agazapada bajo un fresno. Era una mujer vieja, muy vieja. Su rostro quedaba oculto bajo una maleza de harapos grisáceos que una vez pudieron ser verdes. Por un momento Greta temió que fuera la propia Irati. Le destapó el rostro y alzó el cuchillo.

—¡No me hagas daño, no tengo nada de valor! —la mujer alzó la cabeza—. ¿Greta? —preguntó al sentir su olor a lobo.

Greta enfundó el cuchillo en su cinto. La mujer estaba ciega.

***

Erina vivía escondida en la montaña, en una cueva apenas visible desde el llano. La entrada se mantenía oculta gracias a una coraza de malezas y espinos. El camino seguía siendo un angosto sendero que ascendía pegado a las paredes rugosas de la montaña. El precipicio amenazaba con devorarlas a cada paso, pero la sacerdotisa conocía bien la montaña y no necesitaba ojos para asirse de sus brechas.

Era la segunda vez que Greta visitaba la cueva. Las sacerdotisas habían vivido en ella durante milenios. Hasta que Irati acabó con todo.

—Cuando el dios lobo murió, la magia del valle desapareció y el tiempo penetró en nosotras —explicó Erina a Greta—. Idiana murió enseguida. A Yedneke la enterré hace doscientos años. Sólo quedo yo. Y cuando muera, todo lo que fuimos desaparecerá conmigo.

Greta quiso saber por qué ninguna de ellas dejó el bosque.

—Hace siglos abandonamos el mundo y con él, el tiempo. No sobreviviríamos más allá de estas montañas. No podemos existir fuera de este lugar. Somos, fuimos —se corrigió—, como las *Viejas Razas*, como Irati. Nuestra magia se extinguió con el dios lobo. Pero tu olor es inconfundible. Para mí, querida niña, tú siempre olerás como él.

—¿No puedes hacer nada para conseguir otra vida?

—La eternidad que nos fue concedida se apagó poco a poco. Yo moriré aquí, junto a mis hermanas Idiana y Yedneke. Y junto a Angélica —añadió.

—¿Angélica está enterrada aquí?

—Te mostraré su tumba.

La gruta era profunda y sinuosa. A unos cincuenta metros de la entrada se ensanchaba y el techo formaba una cúpula pedregosa a través de la cual penetraba un único rayo de sol. Erina caminaba sin necesidad de luz, pero Greta portaba una antorcha para iluminar sus pasos.

En una esquina aparecieron tres pequeños montículos.

—Murió después del parto —le informó señalando el que pertenecía a Angélica.

Greta la miró extrañada.

—¿Angélica tuvo un hijo aquí?

Y Erina le explicó cómo, tras ser poseída por el dios, Angélica, que todavía era fértil, quedó impregnada con su simiente.

—Quedó muerta en vida —dijo—. Su cuerpo permaneció aletargado, su vientre se hinchó. Cuando llegó el momento de dar a luz, utilizamos nuestros viejos conocimientos para extraer con vida al niño. Después su cuerpo murió por completo. No fue consagrada al espíritu. Nunca realizó los ritos de la *Vieja Raza*. Quizás por ello su humanidad la hizo más fértil que a ninguna de las mujeres de las que descendía.

—¿Y el niño? ¿Qué fue de él? —Greta tenía los ojos fijos en la tumba.

—Lo entregamos a una mujer en una aldea al otro lado del valle. También acababa de parir, pero su hijo nació muerto. Lo intercambiamos y la mujer lo crió como suyo. Si supo que el niño no había nacido de su vientre, no dijo nada.

—¿Por qué lo entregasteis?

—¿Y para que lo queríamos? —contestó Erina regresando a la entrada de la cueva—. Nuestro poder había muerto, ya no quedaba nada.

—¿A quién lo entregasteis?

—No lo sé, Idiana lo llevó y lo entregó. Por eso fue la primera de nosotras en morir. El contacto con el mundo de fuera acabó con ella. Regresó tan sólo para morir. Pero eso —dijo apretándole la mano a Greta— ocurrió hace siglos. El niño no fue iniciado en nuestros secretos, no fue consagrado. Nadie despertó al espíritu para él. Vivió y murió como humano, y nosotras —rió con una carcajada quejumbrosa—, sólo somos reliquias, muertos vivientes.

—Puede ser, pero él fue un séptimo hijo —dijo Greta al recordar que Angélica ya había tenido seis antes—. Y los séptimos hijos siempre son poderosos. ¿No pudo él transmitir su poder a su propia descendencia?

—Sí —admitió Erina—. Los séptimos hijos son los que traspasan la magia de las *Viejas Razas* con mayor potencia.

Erina encendió una nueva hoguera, clavó sus ojos ciegos en las llamas y añadió con una sonrisa:

—Su estirpe sigue viva. Su sangre es fuerte. Desciende de la *Vieja Raza*, como Irati, y desciende del dios lobo. El fuego lo dice. Lo veo. Su progenie está mezclada con la humanidad, pero la sangre de la Antiguos todavía late entre los hombres.

Greta contempló a Erina y supo que la última sacerdotisa no era sino un pequeño gorrión arrugado que, como la sibila de Cumas, ya sólo quería morir.

***

Se quedó con ella durante casi un año. No más. Las viejas leyendas no se equivocan al decir que, tras vivir un año en la cueva de las sibilas, ya nunca podrás regresar al mundo exterior.

Y mientras esperaban las hogueras del verano, Greta protegió la gruta cuando unos cazadores invadieron el bosque. Consagró sus corazones y los ofreció al fuego según los ritos sagrados para esconder la caverna de ojos humanos y nadie más se acercó a ellas. Fue un año apacible. Sin sobresaltos ni magia. Sin nadie a quien temer, sin nadie a quien matar. Un año para que la vieja sacerdotisa le relatase los secretos que no debían morir con ella. Erina le habló de Irati y de su clan. Lo último que le dijo fue cómo localizar a su descendencia y el precio que tendría que pagar por ello.

***

Greta abrió la tumba. Una delicada tela plateada cubría el cadáver de Angélica. Erina, Yedneke e Idiana habían tejido un sudario para ella. Los dedos de Greta rozaron con suavidad el paño. Se asombró al comprobar que el cuerpo de la muchacha, como el de una santa, se había mantenido incorrupto. No sabía qué hilos usaron para el sudario, pero había cumplido su función.

—Toma unas hebras de su cabello, una uña ensangrentada y la placenta del bebé y ofrécelas al fuego.

Esperaron al veintiuno de junio para que las hogueras estuvieran cargadas de poder. Untaron sus cuerpos con aloes y encendieron una fogata en el centro del valle donde Greta entregó su cuerpo a un dios.

—Entrega tu sangre, mézclala con la de Irati —ordenó Erina—, únela a la del clan que persigues. Invoca a su espíritu ancestral.

Greta lanzó los restos de Angélica a la hoguera junto con la placenta del bebé superviviente. Después buscó un punto en su piel que no hubiera sido profanado por aguja o cuchillo y, con su propia sangre, libó las llamas.

Y arrodilladas, las dos brujas cantaron a los dioses.

24

En su sueño Irati estaba bailando. Gritando. Ardiendo. Sus pies eran ligeros, vivarachos. Calzaban unas zapatillas rojas que contrastaban con la blancura lechosa de su cuerpo desnudo. Pero sólo parecían rojas. El carmesí de sus pies no procedía de ningún tinte. Lo que las hacía resplandecer era el fulgor del hierro ardiendo.

Al despertar rasgó la camisa húmeda que se le pegaba al cuerpo. Su pecho estaba cubierto de cicatrices púrpuras. Las sienes le palpitaban. Permaneció unos segundos sentada en la cama, alzó una mano temblorosa y se rozó con las yemas de los dedos el cuello cabelludo. El manto blanco, su cabello albino, había desaparecido en las llamas del sueño.

La mayoría de sus pesadillas eran como las de cualquiera: despertaba sudando y el miedo la envolvía. Pero a veces, cuando soñaba que la quemaban viva, su cuerpo amanecía con los estragos causados por las llamas.

Respiraba con dificultad. Su garganta se desgarraba con cada bocanada de aire. Se sentó renqueante en el pequeño tocador y, como si se arrancara un esparadrapo, apartó la gasa azul que cubría el espejo. Su rostro, todo su cuerpo, era un amasijo de carne putrefacta.

¿En qué año sucedió aquello? Ya no lo recordaba. El tiempo para ella era sólo un ovillo de lanas enredado por un gato. Pero había sido al principio, antes de olvidar su primer rostro. Sin embargo nunca la olvidaría, nunca olvidaría su primera vez…

—Eres muy bella —le dijo él llevándola a la cama. Su primer marido. Fuerte, joven, hermoso.

Baila.

O algo así. Ya no sabía si aquéllas fueron las palabras que su esposo pronunció o las de un poeta que contó su historia en una taberna años más tarde. En su relato la aldea era un castillo y ella una reina.

Baila. Baila.

Tuvieron una hija nacida de su vientre. La llamó Aliso, pero el nombre duró poco más que un suspiro. La niña murió al poco de nacer: cayó en un sueño profundo y se durmió para siempre en sus brazos, arrullada por sus cantos de madre primeriza, joven e inexperta. Poco después sucedió lo mismo con los hijos de otros campesinos de su aldea. Hoy se sabe que la meningitis, el sarampión y la viruela no son cosas de brujas, pero antes te quemaban por algo como eso.

Baila. Baila. Baila.

La noche con la que soñaría durante siglos comenzó sin miedo. El cielo rosado del verano iluminaba el atardecer. El viento bailaba con las flores del bosque. Irati creía haber encontrado una forma de luchar contra la enfermedad que se había llevado a su hija. Se dirigió al río en busca de las hierbas que crecían bajo sus aguas, ocultas al mundo de los hombres.

Los bosques de hayas, abetos y arces la rodeaban, tranquilizándola, pero no alejaban la pena que seguiría sintiendo durante años. Tampoco la protegían. Nada ni nadie la avisó. *Baila. Baila. Baila.* Y sin embargo debería haberlo sospechado. Las miradas de los vecinos, los comentarios de las viejas, los niños que huían aterrados cuando la veían, el rechazo nocturno de su esposo, sus ojos llenos de miedo.

No. Por favor.

La cogieron por sorpresa en el bosque y la llevaron de vuelta al pueblo arrastrándola, amarrada al arnés de un caballo. Allí, por la noche, en mitad de la plaza, delante de todos, la desnudaron.

—¡Baila, baila, baila! —gritaron a coro. A su alrededor los niños daban palmas. Día de fiesta. Le colocaron unas zapatillas de hierro ardiendo en los pies y le hicieron danzar hasta reventar—. Las hemos fabricado para ti —berrearon entre escupitajos. Su marido estaba entre ellos. No dijo nada, no hizo nada, no replicó, no la defendió. Sólo volvió la mirada y desapareció.

—No, por favor, por favor. Yo no he hecho nada. Yo nunca os haría daño. Por favor. Por favor. No he sido yo. Por favor —suplicó, lloró, pero nadie se apiadó de ella.

Baila.

Ésa fue su primera vez. Su primera muerte. La más dolorosa, la que más la asustó. Tras el fuego llegó la oscuridad, que como un paño empapado la envolvió en su frío abrazo. Ese día descubrió que todo lo que su madre le contó antes de morir era cierto. Que descendía de la *Vieja Raza*, que podía revivir de las llamas y que el sol del solsticio le había otorgado el don más grande: la había unido a los bosques de la Tierra y podría revivir bajo sus árboles de poder. Hasta que el último de ellos desapareciera del mundo.

Tres días después despertó. El cuerpo le dolía, sus huesos chillaban. Envuelta en una capa de sangre, cubierta de una fina membrana transparente, volvió a la vida. Al principio no pudo ver nada. La luz de la luna la cegaba. A su alrededor no podía distinguir sino sombras danzantes, demonios que la arrullaban. Encogida sobre la hierba y aterida de frío, comenzó a apreciar el mundo a su alrededor. Sobre ella, un árbol. Hundió las manos en la tierra y apretó los músculos de las piernas. Al ponerse en pie cayó de bruces al suelo. Una niña recién nacida que aún no sabía caminar.

Pero enseguida recordó cómo poner un pie tras otro, cómo respirar. Recuperó el habla y los recuerdos. Se encontraba en lo más profundo del bosque, en un claro, bajo un roble de inmenso tronco y ramas grandes y frondosas como las alas de un ángel.

Tenía hambre y cazó. No fue difícil. Sus ojos distinguían las sombras de la noche, su olfato captaba el olor de los roedores corriendo entre la maleza, el aroma de zorros y corzos, la fragancia de la miel en los panales o el perfume de azucenas, orquídeas y magnolias. Un nuevo mundo. En la siguiente luna sus oídos distinguieron el rumor de los humanos en el valle. Y en la siguiente se sintió más fuerte que nunca.

Se encaramó a una higuera y desde allí contempló cómo el mundo seguía sin ella, como si nunca hubiera existido, o nacido o muerto. Los niños jugaban en el arroyo, las madres lavaban la ropa y los hombres cazaban.

Envenenó una rata con una de las flores azules, la matalobos. Esperó a que se pudriera y se hizo su primer corte. El primero de muchos. Cortes largos, profundos, mágicos. Cortes que no desaparecen con el tiempo. Al no tener un cuchillo, utilizó una piedra. La afiló, la quemó y la untó con la sangre de un jabalí agonizante. Después regresó al árbol en el que había renacido y, bajo su tutela, consagró su cuchillo a los dioses y hundió la punta en su antebrazo. Todavía no tenía ninguna destreza. El corte fue grande y un charco rojo se extendió a sus pies. Casi perdió el conocimiento. Esa misma noche cogió el cuerpo de la rata envenenada y la bañó en su sangre. Después invocó a los pútridos efluvios de la peste hasta que el animal quedó impregnado de ellos. Lanzó la rata al río y dejó que éste la llevase a la aldea. Con el alba alcanzó el valle e infectó el burgo. Pocas semanas más tarde todos los aldeanos morían entre vómitos y espasmos y la aldea tuvo que ser purgada por el fuego. Niños quemados en hogueras.

Baila, Irati, Baila.

—¿Irati? —Stephano abrió la puerta de la *roulotte*. No estaba cerrada. Pero aunque lo hubiera estado, ninguna llave ni runa podía impedirle el paso. La magia de la bruja podía ser superior fuera, pero no en el interior del circo.

Stephano e Irati se habían conocido siglos atrás, cuando ella abandonó la seguridad de su isla para ir en busca de Greta. En el camino se unió a una compañía de cómicos que recorrían el continente representando comedias. Estaban dirigidos y protegidos por un joven hombre lobo. Ésa era la apariencia que Stephano usaba en aquel siglo, cuando ya contaba con el favor de los doce dioses de Grecia. Desde entonces siempre permitía a Irati unirse a ellos cuando necesitaba asilo.

Pero ahora debía expulsarla. Los había puesto en peligro y los doce no volverían a otorgarle su protección. Cuando Stephano entró en la *roulotte*, Irati ya se había ido.

INTERLUDIO 9

Hoy me he quedado dormido en clase y me he puesto a gritar. Mireya también ha chillado del susto. Fran, Iker y Unai se han reído. En el sueño he visto a una chica. Es mayor que yo, pero no es una señora. Tiene el pelo largo y liso y muy negro y sus ojos son esmeraldas. Camina por el bosque descalza. Unos hombres la agarran y la arrastran por el suelo. Le ponen unos zapatos rojos. Y la chica baila, baila, baila. Y chilla y chilla. Sus pies están ardiendo, llenos de fuego. Y todo el bosque se quema y yo me quemo con el bosque y también chillo. Entonces me despierto y veo que estoy en clase.

La señorita Teresa dice que el sueño es por un cuento de brujas que debo haber leído. Luego ha llamado a mi madre. Mañana iremos al médico para que me hagan más pruebas.

25

Tres años habían transcurrido desde que Greta invocó la visión de la lechuza junto a Erina. Tres años que la habían envejecido hasta hacerla aparentar cincuenta. Ése era el precio que había pagado por la revelación. La vieja sacerdotisa no había mentido al decir que el rito la debilitaría. La juventud robada a la joven Liliana la abandonó en cuanto se alejó del valle.

Porque había invocado al árbol sagrado.

Porque había forzado al espíritu a manifestarse.

En la noche del solsticio de verano, un roble blanco e inmenso se materializó junto a la hoguera que habían encendido Erina y ella. Su tronco medía más de veinte metros de alto y tres de ancho, con una copa tan grande que recordaba a la cúpula de una catedral. Fuera del mundo. Del tiempo. Se preguntó cuántos años tendría. ¿Miles?

Y entonces la vio. La lechuza se descolgó de las estrellas, tan blanca como el propio árbol, y se posó en la rama más alta. Greta sintió su enfado. El ave había sido obligada a mostrarse a alguien que no pertenecía al clan. Pero no podía rebelarse a la invocación. Alzó las alas y voló hacia las estrellas, sin poder evitar que Greta la siguiera con la mirada.

Y las estrellas formaron un mapa en el cielo.

Cuando el sol del amanecer se alzó en la mañana, el árbol ya no estaba.

—Sigue el curso marcado por las estrellas —dijo Erina—. Ellas te conducirán al último descendiente. Aunque no haya sido iniciado en los caminos de su clan ni conozca a su animal de poder, es posible que su sangre todavía sea poderosa.

—Cada seis meses haz una ofrenda al fuego —continuó—. Derrama tu sangre sobre las llamas, mézclala con la de Angélica, con sus cabellos, sus uñas, sus restos... El espíritu se verá obligado a manifestarse en tus sueños y visiones. Las estrellas te marcarán el camino. Pero habrás de renovarte continuamente o morirás.

Y Greta se fue y abandonó a Erina en su cueva. Hubo un instante que pensó en devorar su corazón, como el de la vieja que mató a su hermano. Pero Erina soltó una carcajada en el momento en que el pensamiento se formó.

—No eres la primera que desea mi corazón y no serás la última, Greta —y con ojos que podían ver lo invisible, la vieja sacerdotisa se encaminó de nuevo a su cueva a esperar a que el tiempo finalmente la consumiera.

***

El camino fue largo y tortuoso. Cada seis meses hacía una invocación que la envejecía más y más. Como un vampiro, se alimentaba de vagabundos y prostitutas, de humanos despreciados por sus semejantes. Pero todo eso cambiaría muy pronto. En el último año las visiones habían aumentado. Según sus ensoñaciones, estaba cada vez más cerca. Tenía pesadillas de niño. Soñaba que ella misma era un niño. En el último trance había estado a punto de morir ahogada. Se había visto a sí misma cayendo en un lago helado. Antes de ahogarse, una *rusalka* la había devuelto a la vida. Despertó vomitando agua dulce.

Ahora trabajaba de enfermera en un hospital, su vida era solitaria y silenciosa. No aparentaba más de cincuenta años y esperaba sin prisas la llegada del verano, del sol y de su próxima visión. Su apartamento, un pequeño piso de dos habitaciones, estaba cerca del puerto de pescadores. Una pequeña terraza le permitía observar la playa sentada en una mecedora sobre la que se balanceaba todas las noches.

Vigilaba el recorrido de las estrellas y la luna, intentando dilucidar sus secretos. En una esquina, sobre un pequeño escritorio de falsa madera de nogal, colocó su ordenador portátil. Una pequeña televisión completaba su conexión con el mundo exterior. Pronto el verano despuntó con su cálido aliento.

La playa estaba vallada. Los bomberos vigilaban atentamente las hogueras que centelleaban a orillas de un mar calmo. Ya nadie reconocía el valor de aquel antiguo rito de fertilidad y poder, pero aun así lo llevaban a cabo como diversión. O quizás como respuesta a una arcaica intuición.

Los niños compraban petardos en puestos callejeros y los adultos preparaban las fogatas con muebles viejos. Muchos se adornaban con guirnaldas de artemisa y agitaban manojos de hiedras. En la mar ya se balanceaban, serenas y apacibles, las barcazas que por la noche se quemarían, ignorantes del destino que el culto al sol tenía dispuesto para ellas. Un armazón metálico con forma de toro cargaba sobre su espinazo los juegos pirotécnicos con los que se iluminaría la noche. A Greta le desilusionó que el toro no fuera real. Todavía quedaban lugares en el mundo en que los toros portaban el fuego sobre sus pitones como los sacerdotes que una vez fueron.

La fiesta comenzó llena de alegría, gritos y vino. Los hombres corrían borrachos. Las jóvenes, excitadas por el fuego y el alcohol, escapaban de los mozos que las perseguían con deseo. Las viejas reían, los viejos cantaban y los niños perseguían al toro de fuego. Por un momento, Greta casi creyó que el tiempo no había transcurrido. Sólo los coches de motor y la música estridente le decían que aquél era un mundo nuevo. Bajó a la playa para unirse al éxtasis de los fuegos artificiales explosionando en el cielo y muriendo en

el mar. Se atrevió a pisar las cenizas candentes de las hogueras, aplastándolas con fuerza, dejando que las brasas des-
pertaran los caminos del fuego a través de las plantas de sus
pies. Y cuando la fiesta llegó a su apogeo con la quema de un
muñeco de trapo, sustituto de la ofrenda para abrir las puertas entre mundos, casi pudo vislumbrar la figura de un ave
alzándose sobre el fuego.

Pero no era suficiente. Con sigilo, sin llamar la atención,
se calzó sus sandalias y se alejó de la playa. Una de sus compañeras de trabajo tropezó con ella.

—¡Vamos, mujer! Es pronto para irse —la animó cogién-
dola del brazo—. Date una alegría al cuerpo, siempre encerrada. No deberías estar tan sola. ¡Hoy nadie se va a dormir!

Greta rió, azorada. Siempre que podía evitaba entablar
amistad con vecinos y compañeros de trabajo. Sabía, como
ocurre en todas las poblaciones pequeñas, que hablaban de
ella a sus espaldas, pero se refugiaba en su vida solitaria ale-
gando mala salud.

—¿Qué dices, mujer? Todavía eres joven. Ven, yo te bus-
caré un hombre —rió la enfermera.

—¡Otro día! —contestó Greta, dejándose arrastrar por
una chiquillería que apareció al trote tras la esquina.

La bruja se alejó de calles y hogueras. El viento era cálido
y la noche hermosa. No había luna y las estrellas brillaban
con fuerza diamantina. Sin mirar atrás, arrancó la vieja fur-
goneta adquirida en un desguace y puso rumbo a la masa
forestal que nacía en las colinas. En la parte trasera, ocultas bajo unas mantas, cargaba cinco litros de gasolina, siete
neumáticos y el cuerpo amordazado de un viejo vagabundo
borracho. Con eso y los restos de Angélica encendería su
propio fuego.

Al llegar a lo alto del monte respiró el aroma a monte
adusto y a matorrales ásperos. Extrajo el cuerpo inerte del

vagabundo y lo colocó sobre la hierba. Su pulso era muy débil, pero todavía respiraba. Recogió varios ramales secos y los depositó sobre él. Antes de encenderlos le degolló, dejando que su sangre se mezclara con la madera de la purificación. Se desangró sin llegar a despertar. Entonces Greta encendió la hoguera, roció los siete neumáticos con gasolina y uno a uno les prendió fuego. Siete soles rodaron desde la cumbre del collado. Lo último que hizo, como siempre, fue soltar los cabellos de Angélica para que fueran purificados por el fuego. Para que las llamas revelaran la descendencia de la *Vieja Sangre*. Supo que esa noche tendría buenos sueños.

Al día siguiente, el cielo amaneció cubierto de humo.
Cinco bomberos permanecen desparecidos.
La pequeña localidad costera bullía con el fragor de los helicópteros y el estruendo de los medios de comunicación.
Tres pueblos de las inmediaciones tuvieron que ser evacuados en mitad de la noche. Todavía no se pueden evaluar los daños.
Greta observó con deleite cómo las llamas casi se asomaban a través del televisor. Casi podía escuchar la sinfonía rugiente de la noche anterior. Se frotó un par de quemaduras con el jugo del acanto que había recogido horas antes y sorbió la infusión de ajenjo y achicoria arrancados a la hora de Marte. Le gustaba ver arder y, mientras escuchaba las noticias, rememoró cómo había esperado a que el incendio se propagara, transformando el bosque en una cárcel de fuego.
Cuando regresó a la playa, algunas hogueras todavía chispeaban. Tomó un puñado de cenizas calientes y puso rumbo a su casa. Abrió la puerta de su pequeño piso y aspiró el olor a fuego que se adentraba por la terraza abierta. Esparció las cenizas sobre su cama, se desnudó y roció su cuerpo con el

polvo negro de la penitencia y el luto. Después se tendió boca arriba con los brazos sobre el pecho y cantó una nana oscura aprendida tiempo atrás frente a otro fuego menos ardiente que el que había prendido aquella noche. La canción que la vieja Helga le cantó le había servido bien. Poco a poco su respiración se ralentizó hasta casi detenerse. Su corazón ahora latía muy despacio. Sin embargo durante varios minutos su boca continuó hablando en la lengua ancestral. Cuando por fin calló, cuando el mundo que la rodeaba desapareció y llegó la oscuridad, Greta ya no respiraba. Su pulso había desaparecido por completo. Su consciencia se alejó de ella y sus ojos quedaron en blanco. Las cenizas son peligrosas, pueden alejarte del mundo, hacerte olvidar, pero abren las puertas de los palacios del conocimiento.

Nada la diferenciaba ya de los muertos.

Una sala.

No, una habitación.

Y risas.

Niños que corren.

Alguien recita una canción con voz de caramelo.

No es una canción. Es un villancico. Cantan a la Virgen. Es una oración.

La niebla todavía está presente.

Un aleteo.

El espíritu está presente.

Es un colegio.

Un sonido estridente rasga una pared.

Una profesora con hábitos religiosos escribe en una pizarra verde. Está de espaldas, Greta no puede verla, tampoco puede ver los rostros de los niños. Ella es un niño. Es uno de ellos.

El amor de Dios.

La Virgen está lavando.

Padre nuestro, que estás en los cielos.

Y entonces la lechuza la ve. Sabe quién es. Sabe que no es un niño y, a través de la niebla que separa los sueños, alza el vuelo hacia el cielo, huyendo de ella.

Sobrevuela un mar de edificios. Se aleja de ella, se aleja del sueño. Pero la fuerza del fuego es poderosa. Greta persigue a la lechuza y vuela como una sombra negra.

Y a sus pies, antes de despertar, lo ve y lo reconoce: uno de los antiguos templos de Nubia, dedicados a Amón y a Isis. Emerge rodeado de edificios modernos, de calles infestadas de viandantes, de coches y zumbidos de helicópteros.

La niebla deja de ser niebla.

Se transforma en un humo denso, asfixiante.

El olor a quemado llega hasta ella.

Todavía dormida se remueve entre las sábanas.

A sus pies, se extiende una alfombra negra y humeante.

Es el bosque que ella misma ha quemado.

Abre los ojos.

El techo de cal le confirma que ha despertado.

El olor a quemado permanece.

Greta se asomó a la terraza. La pequeña ciudad costera despertaba entre toses y gritos, cubierta de humos y cenizas que sofocaban la bruma del mar.

Se desconocen las causas del incendio.

Al menos un hombre ha perecido entre las llamas.

Los investigadores temen que haya sido provocado.

Las noticias eran aburridas. Ya no se creía que hubiera más víctimas.

Les mantendremos informados a lo largo del día.

Apagó el televisor y encendió su ordenador. Depositó su taza humeante sobre el escritorio y se conectó a la red. No le llevó ni diez minutos descubrir el nuevo emplazamiento del templo: había sido transportado piedra a piedra desde el mismo Egipto hasta la capital del reino. Un regalo entre los pueblos. Greta sonrió. Pronto, muy pronto, pensó.

Se miró en el espejo. Las cenizas recién consagradas con las que se había ungido le habían transmitido una visión poderosa. Se había untado con el fuego de los dioses y de nuevo su cuerpo pagaba la osadía. No sólo había envejecido casi veinte años en una sola noche. Todo su cuerpo crujía. Cojeaba. Pero ella reía, porque sabía exactamente adónde debía ir.

INTERLUDIO 10

Estoy gritando. Papá entra corriendo. Ya no dice que los sueños, sueños son. ¿Por qué? Me gustaba cuando lo hacía. Me hacía sentirme bien. Me pregunta qué he soñado. Digo que no me acuerdo. *Mentira.* Mamá está en la puerta. Me parece que no se atreve a entrar, como si mi cuarto estuviera hechizado. El otro día dije que alguien perseguía a Cecilia en sueños. No me pude callar. Tenía miedo. Pero, como siempre, ninguno de los dos me creyó. Nunca me creen. Pero ahora Ceci ha desaparecido. La han secuestrado o se ha perdido. Como Óscar, el chico que me regaló sus cromos en un sueño.

***

He visto a Cecilia correr por los pasillos del castillo. Sé que es su castillo porque es el mismo con el que soñamos el día que jugamos a sueños en su casa. En su sueño yo no estoy. Sólo está ella, pero yo soy ella y veo lo que ella ve. Y mi corazón late rápido, rápido como un tambor. Subo las escaleras corriendo. Y luego las bajo hasta que llego a un ático con buhardilla. El ático es viejo. Las tablas del suelo están rotas y sucias y crujen y se mueven y todo es gris, como una película vieja. Hay una ventanilla en el techo y una puerta de madera muy pequeña en una esquina. Corro por los tejados. Hay chimeneas que echan humo y cenizas de muertos. Y a lo lejos, una luz. Pequeña, amarilla, se mueve y chispea como una estrella. Pero no es una vela. Antigua, de otro tiempo, de otro mundo. Quiero gritar. Decirle a Cecilia que se despierte. Pero no puedo. Estoy dentro de ella y no puedo despertarme. La lechuza no me ayuda. Ella se ha quedado sobre el roble blanco que tiene ramas como alas de ángel. En el prado azul.

Y en los tejados no puedo parar de correr. Corro con los pies de Cecilia hacia la vela. *No. No. No. Es un brujo. Es un brujo. Quiere tu corazón. Para devorarlo. No lo toques. No le des la mano. No le digas tu nombre.*

Me atrapa.

Y grito.

Y despierto del sueño que no es mi sueño.

Me levanto de la cama y me acerco al balcón. La luna ilumina todo el prado. Las calles han desaparecido. La hierba es azul.

En el centro del claro, como siempre, está el roble de ramas blancas donde los sueños se juntan. Respiro profundo y cierro los ojos. Cuando vuelvo a abrirlos, estoy bajo el árbol.

Otra vez.

Otra vez, me digo a mí mismo. Hasta que la encuentre.

Oigo la voz de la lechuza. Dice que es peligroso. La veo aletear hacia mí, pequeña y blanca, ojos amarillos. Viene de lo alto, descolgándose de las estrellas. *Podrán verte. Podrán olerte,* dice y se me aprieta el corazón. ¡*No importa*!, grito sin echarme a llorar. Si pude encontrar a Ari, también podré encontrar a Cecilia. Me agarro de una de las ramas más bajas y pienso en Ceci, en su pelo castaño y sus ojos marrones y digo su nombre en el idioma de los sueños.

Otra vez.

26

Irati detuvo el coche en una bifurcación. La carretera, desierta e iluminada tan sólo por la luz de la luna, conducía a la autopista que la alejaría del circo y la sacaría del país. La bruja cerró los ojos intentando olvidar a Tania y a Dalila, a Stephano, a Saris, a Leo... A todos. No tardaría mucho, había aprendido a olvidar con rapidez. Con el tiempo sus rostros se borrarían de su memoria, como los de Angélica y Oleni. Personas que una vez conoció una mujer que ya no era ella.

Los doce la habían expulsado del santuario. No necesitaba que Stephano se lo dijera, lo supo en el momento en que sucedió. Su propia piel le quemaba, así de sencillo. Si no hubiera abandonado el circo, habría ardido en su interior. Y los doce tenían potestad para impedirle revivir.

Se concentró en la energía que emanaba del cruce y murmuró uno de sus conjuros más antiguos. Su piel se alisó y una a una las arrugas de su cuerpo desaparecieron, su cabello se tornó negro como el de un cuervo. Su cuerpo se contrajo. Al abrir los ojos comprobó en el espejo retrovisor que no aparentaba más de treinta años.

Un manojo de ruda brotaba salvaje en la linde de la carretera. Irati recordó al muchacho que había entrado en su caseta meses antes. Sin que él se diera cuenta, le había introducido un ramillete de ruda en el pantalón para espantar a los malos espíritus. Había querido adivinar su nombre, pero no pudo. Cuando intentó asomarse a sus recuerdos, la visión de Greta la desconcentró. Sólo ahora, al percibir el olor de la ruda en la carretera, Irati se daba cuenta de lo que significaba: Greta seguía viva y había contactado con aquel muchacho. Si quería localizarla, primero debería encontrar al niño. Él era el único indicio de que Greta seguía viva.

En aquella encrucijada la energía de lo oculto podía ser despertada. Irati aún tenía la cajita con los cabellos del niño. Los había recogido del suelo cuando él se fue. Bajó del coche y soltó uno de ellos al viento. De pronto la carretera apestaba a leche, a colonia de niño y a sudor de juegos.

Irati conducía con la ventana abierta, inhalando la fragancia despertada por el cabello. Tras varias horas entre la maleza de edificios, apareció frente a una zona ajardinada de chalets y casas de dos pisos. Al otro lado de la carretera se extendía un enorme parque plagado de almendros. Y más allá, donde su vista se perdía, dicho parque se transformaba en un frondoso bosque de cedros y abetos.

El aroma la atrajo hacia una zona con vigilancia y decidió esperar a la mañana. No tenía prisa. Dio la vuelta al coche y puso rumbo al centro.

Allí se sentía más a gusto, más anónima. Es imposible llamar la atención entre la fauna de la capital. Hacía tiempo que no se instalaba en una urbe como ésa. Tan sólo se había adentrado en ella la noche que rondó el antiguo templo para seducir al muchacho de aura azulada y nombre de dios. Una forma fácil y sencilla de renovar las energías primordiales.

«Refuerza y amplía nuestros poderes, los canaliza, los libera —le había explicado a Greta muchos años antes—. No hacemos daño a nadie, no llamamos la atención y a los hombres les gusta» —Irati sonrió casi con nostalgia al recordar aquella primera vez que mostró a Greta cómo utilizar los ritos sagrados de la sexualidad.

Pero esta vez buscaba a un niño cuyo nombre no había podido descubrir, cuyos pensamientos no había podido manipular. Un niño conectado a Greta de alguna forma que todavía desconocía.

Se alojó en un hotel del centro. Eligió una de las habitaciones más altas y se asomó a la ventana. La ciudad se extendía a sus pies. Las antiguas callejuelas estrechas y empedradas contrastaban con las modernas luces de neón de cines, discotecas y espectáculos nocturnos. Por un momento sintió deseos de lanzarse al vacío pero, simplemente, tomó una silla y la acercó a la ventana para contemplar con tranquilidad el recorrido nocturno de las estrellas.

A la mañana siguiente compró un traje azul oscuro y un bolso. Se recogió el cabello con horquillas. Ahora era una joven esposa que vivía en una zona residencial.

Una cruz esculpida en alabastro se alzaba sobre una puerta ojival a la que conducían tres pequeños escalones. A pocos metros, en otro edificio contiguo, una chavalería esperaba en fila junto a sus madres. Un enorme patio acogía a decenas de adolescentes uniformados que jugaban al fútbol mientras las chicas cuchicheaban en corros. Un colegio religioso.

—¿Puedo ayudarle? —una pequeña mujer, de unos cincuenta años, con hábito y cofia negra se dirigió a Irati. Llevaba un rosario cogido de la cintura y una cruz colgada del cuello.

¿Hermanas de la Caridad? ¿Teresianas? ¿Carmelitas?

—Gracias, hermana. Acabamos de mudarnos y quería solicitar plaza para mis hijos. ¿Con quién debo hablar?

La mujer la acompañó al interior del edificio.

—¿Se encuentra bien? —la monja la miró con preocupación al atravesar el umbral.

Irati estaba completamente blanca, le costaba respirar. Tuvo que apoyarse sobre una pared para no desmayarse.

—Siéntese aquí —la hermana le indicó un pequeño banco de madera—. Le traeré un vaso de agua y una aspirina. ¿No estará embarazada?

—No —su voz se tornó áspera y grave. La monja se alejó de ella con cierto nerviosismo.

Irati reclinó la cabeza. El techo estaba decorado con querubines rollizos, serafines y diversos seres angelicales y tiernos. Un escalofrío le recorrió la nuca. Siempre que uno se adentra en un recinto sagrado, sea del dios que sea, ha de tener cuidado. Cabe la posibilidad de que allí haya alguien que sepa hacer algo más que rezar.

Sin embargo, eso no era lo que la aturdía. El problema era que el colegio olía a brujas y muertos. Un olor demasiado familiar.

Sin esperar a que la hermana volviera con el vaso del agua, abandonó el lugar sin mirar atrás, casi corriendo, como una ardilla huyendo de un halcón. Caminó por la calle dando tumbos. Se detuvo en un parque y se sentó en un banco. Cerró los ojos.

Muchas iglesias antiguas mantenían el olor de tiempos pasados. Ningún incienso podía cubrirlo. Algunos de aquellos lugares sirvieron en el pasado como escenario de martirios y todavía estaban llenos de fantasmas. Pero lo que la agitaba no era el olor viejo del pasado, sino el del presente. Allí ahora se escondía una bruja. Su olor a amapola, a sangre y a lobo era inconfundible.

Cuando se tranquilizó, volvió al edificio. Conocía formas de entrar sin ser vista, pero primero necesitaba información.

El colegio estuvo en silencio toda la mañana, sólo se oía el trinar de los pájaros. Había poco tráfico e Irati no vio nada que llamara su atención, pero cuando sonó el timbre del recreo y el patio se cubrió de niños, Irati recordó sacrificios que prefería olvidar.

Volvió a la habitación del hotel, fue directa al baño y vomitó. Niños. Hay sacrificios que se hacen mejor con niños.

Sus almas son puras y muchos las codician. Pensaba que todo eso había quedado atrás y sin embargo allí seguía. Otra vez. El olor a carne quemada la perseguía.

Se tumbó sobre la cama esperando a que la ansiedad la abandonara, pero las imágenes la acosaban, la golpeaban. Dejó pasar las horas, esperando la caída del sol, la llegada de la noche, de las sombras, de la luna. Faltaban pocos días para el solsticio, para el tiempo de los sacrificios, para su propio cumpleaños. Su día de poder. Era un buen momento para practicar el ritual. Hacía años que no lo llevaba a cabo, pero no tenía opción: esa noche saldría de caza.

27

Greta descendió las escaleras del avión y se dirigió a la sala de recogida de maletas.

—¿Necesita ayuda? —una azafata sonrió a la pequeña mujer que caminaba con dificultad—. Si quiere, puedo llamar al servicio de asistencia para que la acompañen.

—No es necesario, querida. Soy más fuerte de lo que parezco —dijo ajustando sus gruesas gafas y alejándose con su bastón. En el mismo aeropuerto tomó un taxi que la condujo a una pensión en el centro de la ciudad.

—Su habitación está en el tercer piso —se excusó el recepcionista, un hombre gordo y cano de unos sesenta años—. No tenemos ascensor, es un edificio muy antiguo.

—No se preocupe. He subido cuestas peores —rió Greta, arrastrando con una mano su maleta de ruedas.

Cuando terminó de subir las escaleras todo su cuerpo temblaba como una hoja rota. Necesitaba fuerzas, necesitaba sangre. «Pronto, muy pronto, no tendré que hacer esto nunca más».

—¿Hay algún bosque por aquí cerca? —preguntó al día siguiente al recepcionista.

—¿Quiere ir al zoo?

—¡Ah! ¿Allí está el zoo? —se sorprendió con una sonrisa de monja piadosa—. Sí, me gustaría ver las lechuzas.

—Lo mejor será que coja el autobús para evitar a las prostitutas —carraspeó el hombre.

—¿Prostitutas? —Greta frunció el ceño, apretó los labios y fingió desagrado.

El conserje le explicó que allí cerca, un poco más allá del templo de los egipcios, nacía un inmenso bosque, pero era una zona peligrosa.

Greta dio un respingo.

—¡Como en los cuentos de brujas! —dijo con ironía.

—¿Cuentos de brujas?

—Sí. Los bosques, en los cuentos, siempre están llenos de monstruos.

El hombre asintió con la cabeza.

—No sólo en los cuentos, señora. Tenga cuidado y no se acerque por allí.

***

—¿Con usted? —se sorprendió la joven al asomarse por la ventanilla del pequeño utilitario que conducía Greta. Su acento era de muy lejos y el halo violáceo de su cuerpo revelaba que era una niña de poder. Por fin. La primera que encontraba desde su resurrección. Las profecías decían que en la siguiente Era renacerían los niños de aura azul. Esa muchacha de piel de ébano lo confirmaba.

—¿Supone un problema para ti?

La joven se encogió de hombros.

—No es lo habitual —de pronto torció la boca con desagrado—. Si eres de la pasma ya te estás largando. Ya hemos pagado.

—No soy policía —Greta sacó un billete morado del bolsillo. Los ojos de la joven parpadearon. Nunca le habían ofrecido tanto.

—Uno para ti… —Greta dejó el dinero sobre el asiento—, y otro para tu dios —añadió extrayendo otro billete. El viento otoñal que se filtraba a través de la ventana lo agitó como a la pluma de un gorrión.

La joven abrió la portezuela. Unas sandalias de tacón rojo dieron paso a piernas de pantera que culminaban en un cuerpo esbelto. Bajo su minúsculo vestido chillón no había medias ni ropa interior. Olía a sudor, a colonia barata, a semen, a miedo.

—¿Cómo te llamas, cariño?

—Llámame *Amor* —a sus clientes les gustaba.

—No, dime cuál es tu nombre —sonrió Greta—. El que te puso tu madre.

Hay muchas maneras de descubrir un nombre, pero no el de un niño de poder. Un niño de poder te tiene que regalar su nombre.

—Me llamo Mudiwa, en tu idioma significa *amor*.

***

Greta conducía el coche con suavidad. Pronto dejaron atrás los caminos de regreso a la ciudad y se introdujeron por caminos perversos que la muchacha jamás había visto.

—¿Adónde vamos? —preguntó Mudiwa.

—Estoy buscando el claro de luna.

—¿El qué?

—El claro de luna —repitió Greta—. En bosques como éste siempre hay un claro de luna.

El coche saltó sobre los guijarros del camino.

—¿Cuántos años tienes, Mudiwa?

—Catorce.

—¿Y de dónde vienes? ¿De Zimbawe?

—Sí. ¿Cómo lo has sabido?

—Por tu nombre. Mudiwa es un nombre de la lengua shona.

—¿Has estado en Zimbawe? —Mudiwa la miró asombrada.

—Hace años, para bañarme en las cataratas.

—Yo nunca las he visto —Mudiwa miró al cielo y recordó la vida que había dejado atrás, la aldea, la pobreza, el hambre… Ya no tenía hambre, pero deseó poder volver a casa con su madre, sus hermanos, dormir descalza bajo las estrellas y soñar que había un mundo mejor.

«Pero nunca las verás, cariño».

Greta detuvo el motor y se giró hacia Mudiwa. Estiró la mano y rozó su piel de niña. Sostuvo su rostro entre las manos y la besó. Su lengua era cálida y sensual. Le mordió el labio.

Mudiwa gimió con dolor, pero no se quejó. El brillo púrpura de los billetes la mantenía en silencio. Además, había aprendido a no quejarse. Intentó moverse, tomar la iniciativa, tocar a Greta, proporcionarle placer, era lo que se esperaba de ella, lo que debía hacer. Por un momento fantaseó con que la vieja se enamoraba de ella y que la llevaba a su casa y la protegía para siempre. Pero Greta detuvo sus manos, le abrió la camisa transparente y contempló con deseo sus hermosos pechos. Colocó sus manos sobre su oscura piel y deslizó los dedos sobre una marca rosácea en forma de araña que tenía sobre el pecho izquierdo. Sus ojos negros, exactamente iguales el uno al otro, no revelaban su potencial, pero aquella señal sí: era otra de las marcas de las energías primordiales. Greta volvió a morderle el labio inferior. Esta vez brotó un hilillo de sangre.

—Me haces daño.

—Lo sé, lo sé… —susurró Greta como una madre que administra una medicina amarga. Greta apartó una mano y la llevó hacia el cuchillo que ocultaba en el asiento—. Cierra los ojos, mi niña.

La muchacha era hermosa, su sangre caliente delataba una vida larga y sana. Casi lamentó tener que matarla. No le bastaba con robar la energía de su sexo, de su fertilidad; necesitaba su corazón.

Le clavó el cuchillo en el estómago. Mudiwa gritó, pero Greta era fuerte, muy fuerte. Hablaba en una lengua extraña que a Mudiwa le pareció reconocer. Cantaba a algo viejo que la obligaba a permanecer inmóvil. En su agonía recordó cómo el *nganga* de su aldea, el hombre medicina, la curó cuando tenía sólo cuatro años. Una víbora la había mordido. El *nganga* vestía una cabeza de antílope y cantaba con la misma voz que ahora la paralizaba. Casi sintió como si el veneno de la serpiente regresara a sus venas. Casi escuchó el viejo nombre de Unwaba, el camaleón. Y el de Ukqili, el creador, el sabio. Por fin dejó de recordar y lo último que vio fue una marisma inmensa: «*Uhlanga* —pensó—. El pantano de la vida». Greta le cubrió los ojos con la mano. No quería que su mirada de muerte la tocara. Si la muchacha conseguía reencarnarse, si eso era lo que su dios quería para ella, sólo esperaba que naciera en otro país, en otro mundo, en otra Tierra.

Cuando su corazón se detuvo, Greta la sacó del coche y la arrastró al centro del claro. Allí, bajo la luna, le arrancó el corazón. Después metió su cadáver en el coche y lo quemó.

Regresó caminando, sin mirar atrás. Volvía a tener el pelo rojo y la piel blanca.

28

Cuando la luna creciente se alzó para vigilar la ciudad, Irati murmuró una palabra. Si alguien la escuchase, quizás pensaría que allí había una lechuza, pero nadie la oyó.

La bruja abrió la ventana y dejó volar otro de los cabellos del niño, después levantó su mano izquierda y, durante unos segundos, sus dedos se impregnaron del mortecino fulgor lunar. Una a una las cicatrices que su mano guardaba se hicieron visibles. Irati las contempló un instante y reabrió una de ellas. El picor fue intenso. Cada vez le dolía más. Apretó el puño y su sangre se derramó sobre la ciudad mientras seguía cantando.

¿Qué fuerzas conectaban a Greta con el niño? Irati permaneció varias horas ante la ventana con la mirada perdida y la palma de la mano ofrecida al viento del invierno. Y cuando al fin cerró la mano supo que alguien había sido convocado por su sangre y su voz. ¿Greta? No debía perder tiempo. La invocación no duraría toda la noche y su presa podría huir.

Las luces de neón iluminaban los rostros de los viandantes. La noche rugía con manadas de personas aferradas a bolsas navideñas. Percibía el latido de sus corazones. Sentía que alguien se le acercaba entre el gentío. Irati se detuvo y se concentró. Los colores desaparecieron y la noche, a sus ojos, quedó pintada en blancos, negros y grises. La bruja permaneció quieta, muy quieta, hasta que vio dos figuras refulgiendo con la fosforescencia plateada de la luna. El hombre era alto y delgado y, cogida de su mano, caminaba una niña de unos diez años. Irati tropezó con ellos. La niña cayó al suelo.

—¿Estás bien? —Irati la ayudó a incorporarse. Los colores regresaron a la noche.

El hombre rió.

«Risa nerviosa» —pensó Irati.

—Sí, no se preocupe, estamos bien, ¿verdad, Cecilia? —el hombre agarró a la niña con rudeza.

—¿Te llamas Cecilia? Es un nombre muy bonito —Irati se interpuso en su camino y con cuidado apartó el cabello del rostro de la chiquilla. Quería verle los ojos. Pero el hombre tiró de ella y se alejó, perdiéndose en una muchedumbre multicolor.

Sobre el asfalto, una gota de sangre derramada por la niña al caer brillaba como un pequeño rubí. La bruja la acarició, se la llevó a los labios y la saboreó. Era amarga y dulce. Bien, Irati seguiría al asesino que olía a pesadillas y hechizos antiguos. El que la luna le ofrecía.

Caminaban por delante, no muy lejos. No los veía, pero los olía; el rastro era inconfundible, como si dejaran un reguero de sangre.

Bip. El sonido metálico de un mando a distancia. Un coche. Un motor que arranca.

«Corre. Vuela. Mézclate con el viento».

La multitud se apartó a su paso sin llegar a ver la sombra que les helaba los huesos al pasar. El coche se detuvo frente a un semáforo. El intermitente encendido marcaba hacia la derecha. El vehículo aceleró. La bruja arrancó una pequeña rama de uno de los olivos cargados con luces eléctricas y alzó el vuelo con el cuerpo de una lechuza.

¿La vieron? Sí, todos los que caminaban por la calle. Pero sólo fue un espejismo, una alucinación. Miraron al cielo, pero ya sólo quedaba una pequeña mancha negra que se alejaba aleteando en la noche.

El coche se adentró por caminos poco transitados hasta alcanzar los bosques de la sierra. La lechuza les siguió sin dificultad, pues las luces de los faros les delataban continuamente. Se detuvieron en un chalet en lo alto de una colina. Estaba protegido por un muro y una alambrada.

El hombre descendió del coche, nervioso. ¿Por qué había ido a la ciudad con la niña? Porque la luna se lo había pedido. Había sido una temeridad, una imprudencia. Alguien podría haberla reconocido. La policía la buscaba. Debía apresurarse, matarla esa misma noche, enseguida. Debía intentar de nuevo el sacrificio. Los viejos libros así lo indicaban. A través de ellos había logrado caminar en sueños y encontrar a la niña que le otorgaría el poder que tanto ansiaba. Porque ella era la Elegida, ¡por fin la había encontrado! ¡Con ella invocaría a las *Viejas Razas* de poder! Pero antes necesitaba despojarse de la suciedad de la ciudad, limpiarse del embrujo en el que la luna lo había apresado.

***

Irati, aún con su aspecto de lechuza, les observó adentrarse en el chalet. Aleteó, ululó y su cuerpo se estremeció. Sus huesos chillaron mientras recuperaba su aspecto humano.

Una voz infantil:

—Mátalo —le dijo una niña.

—Mátalo —le dijo un niño.

—Mátalo. Mátalo. Mátalo.

Más voces se unieron. Voces de niños sacrificados confirmando que el hombre era un brujo.

Subió los peldaños del porche y extendió la mano. Con la sangre de amapola que aún manchaba sus dedos trazó un círculo sobre la cerradura y lo cruzó con su propia saliva.

Clic.

La puerta se abrió, como una vieja amiga que reconoce tu voz.

La niña estaba sentada en un enorme sofá color caoba. Tenía las piernas cruzadas y los codos apoyados en las rodillas. Su barbilla descansaba sobre las palmas de las manos mientras sus ojos marrones contemplaban unos dibujos enloquecidos gritarse unos a otros en un gran televisor. Los miraba sin emoción, como si no los viera. El abrigo del hombre colgaba de un perchero, pero él no se encontraba en la habitación. El sonido del agua, tranquilo y apacible como el de un manantial, fluía a través de unas escaleras de madera de cedro. Irati se acercó a la niña, la miró a los ojos, después examinó las líneas que cruzaban las palmas de sus manos. Ambas mostraban que sus sueños y vida estaban entremezclados. Irati se llevó un dedo a los labios. Cecilia la miró, pero no parecía verla. La bruja subió los peldaños siguiendo el sonido del agua, se detuvo frente a una puerta blanca y la empujó con suavidad.

El hombre yacía desnudo en la bañera, descansaba con los ojos cerrados en una estancia llena de olores conocidos. Varios incensarios quemaban las hierbas con las que el brujo pretendía limpiarse de su conjuro. Cuando abrió los ojos, un animal mitad mujer mitad lobo se lanzó sobre él, arrancándole el estómago de un mordisco. La bestia que hacía un instante era Irati se apartó del hombre, limpiándose la sangre de la boca.

Él todavía respiraba. Un millar de avispas lo devoraban por dentro. El monstruo que tenía delante colocó su zarpa en su rostro aterrado, formando con sus dedos una estrella de cinco puntas. Después cogió su corazón, todavía palpitante, y regresó a la planta baja.

Al llegar al salón era otra vez una mujer. Sólo la sangre que le chorreaba de manos y boca revelaba el horror.

La niña la miró. Sus ojos no reflejaban ni miedo ni angustia. Estaba ausente, como en trance, con sus pequeñas manos apretadas en un puño.

—Hubo una vez una bruja llamada Cecilia que cantaba como los ángeles y le cortaron la cabeza. ¿Tú sabes cantar? —Irati se sentó junto a ella.

La niña negó con la cabeza.

—No te preocupes. A ti nunca te pasará nada parecido.

La niña continuó mirando la televisión sin emoción. Sus ojos apenas registraban lo que veían. Ojos de muerto. ¿La habían hipnotizado? ¿Drogado? Estaba fuera del mundo, perdida en un sueño.

—Toma, prueba esto —Irati se mordió en un dedo y se lo acercó a los labios—. Es sangre de brujas de Babilonia, te sentará bien, te protegerá.

Cecilia contempló la mano de Irati y la lamió con avidez. Poco a poco sus ojos volvieron a la realidad.

—¿Dónde estoy? —preguntó asustada.

—¿No te acuerdas?

—No. Me perdí.

—¿Dónde?

—No sé, en el tejado. ¿Dónde está mi madre?

Irati la miró. Ojos marrones, ojos de niña. Ningún monstruo miraba a través de ellos.

—Tus padres vendrán enseguida a buscarte. ¿Quieres un refresco?

La niña asintió. Irati fue a la cocina y trajo una bebida. Colocó su mano sobre el rostro de Cecilia y vio al niño que había entrado en su caseta. Pero la visión era confusa. La mente de Cecilia bailaba entre la realidad y el sueño. Greta no estaba allí. Irati susurró una palabra que la haría olvidar. Cecilia olvidaría al brujo, a ella y a la casa.

Descolgó el teléfono y marcó un número.

—¿Policía? Si tiene usted la bondad, debería enviar a alguien: acaban de matar a un asesino de niños.

Depositó el auricular sobre la mesilla, sin colgarlo, para que pudieran rastrear la llamada y, con tranquilidad, se dirigió al escritorio. Rompió una de las patas.

—No parece una escoba, ¿verdad? —su voz era alegre, no quería asustarla. Cecilia negó con la cabeza—. En realidad, las brujas no necesitamos escoba para volar —explicó mientras abría la puerta.

Caminó por el jardín.

—¿Hay alguien más? ¿Queda alguien? —preguntó con la voz de los muertos.

—No —respondieron—. Sólo era él. No tenía amigos.

—¿Y vosotros? ¿Tenéis amigos?

—Síííííí.

—¿Podemos irnos ya? —preguntaron.

—Podéis partir —contestó Irati.

La bruja esperó unos instantes, sintiendo como las almas se liberaban, dirigiéndose al ámbito de donde los muertos no regresan. Cuando el lugar quedó vacío se dirigió a la parte trasera de la casa, en lo alto de la colina, sobre un risco. Miró hacia atrás. La niña la contemplaba desde un ventanal. Bajo el promontorio, el viento agitaba las copas de los árboles, formando un mar verde y ondulante. Irati guiñó un ojo a Cecilia y, con el trozo de madera aferrado a una mano, se lanzó al vacío.

29

En las páginas amarillas aparecieron montones de colegios religiosos. Algunos sólo se ocupaban de la enseñanza básica, otros de la secundaria y la mayoría agrupaban todos los programas de educación.

Greta cerró las páginas con un golpe seco. Buscaba un colegio religioso. Ella sabía —su última visión así lo había revelado— que el niño estudiaba con personas que vestían hábitos cristianos. Tendría que visitarlos todos, uno a uno. Pero no le importaba, pues estaba segura de que el niño se hallaba cerca. Podía sentirlo. Esa misma noche había vuelto a soñar con él. Jugaba, corría. Y la lechuza volaba a su lado, protegiéndole.

Cambió de hotel y compró un mapa que colgó en una pared de la habitación. Marcó cada colegio con un rotulador fluorescente y comenzó la búsqueda.

Dos semanas más tarde, dio con él. Lo supo en cuanto lo vio. Era un antiguo edificio de ladrillos pegado a un parque y a una iglesia. Unos escalones conducían a la hermosa puerta de arco ojival sobre el que se mostraba un crucifijo tallado en alabastro. Tras una verja que no se atrevió a traspasar, varias mujeres de entre veinticinco y cuarenta años cargadas con carritos de bebé y bocadillos, esperaban a que sus hijos salieran. Una religiosa abrió la puerta. Dos profesores laicos saludaron a las madres con apenas una sonrisa.

Greta se alejó. Se sentía mareada, apenas podía mantenerse en pie, pero había encontrado el colegio. Antes de adentrarse en él debía comprobar algo. Desde que invocó a la lechuza con Erina para que le mostrara el camino, Greta había temido no ser la única en ver el mapa que se formaba en el cielo cada seis meses. Temía que otros también lo vieran. Y sobre todo temía que Irati soñara lo mismo que ella y descifrara el mapa.

Mientras caminaba por las calles olfateando colegios, había visto publicidad de un circo en que una mujer hablaba con lechuzas.

Tenía que ir y asegurarse de que esa mujer no era Irati, pero en cuanto se acercó a las instalaciones sintió que algo la repelía. Sólo llegó hasta una encina que se alzaba sobre una loma. Unos postes de madera le impidieron seguir. A pesar de que aparentemente no eran sino unas pequeñas picas clavadas en la tierra, el roble con que habían sido fabricadas era tan poderoso que ni siquiera se atrevió a rozarlas. ¿Quién las había colocado allí? ¿Irati? ¿Algún feriante? ¿Qué dioses les protegían?

No iba a poder entrar en el circo físicamente, así que escogió a un niño de doce años, moreno y con gafas y se introdujo en su mente. Allí, sin hacer ningún ruido, presenció la función. Tan sólo una vez obligó al muchacho a no levantar la mano, a no ofrecerse cuando los payasos pidieron voluntarios para salir a jugar con los ellos. El chaval se sintió manejado, como una marioneta.

No, no es así. Eres tú, nadie te obliga. Hoy no quieres que nadie te vea —susurró Greta desde el fondo de su mente.

Y el niño se quedó quieto, muy quieto, contemplando la función tal como le decía la voz. A través de sus ojos Greta vio cómo Irati utilizaba sus lechuzas para robar nombres y sintió rabia y dolor. Todo aquello le recordaba demasiado a Irati robándole el nombre a ella cuando sólo era una niña.

«¿Cómo te llamas? ¿Cuál es tu nombre?» —le había preguntado sin trucos, sin magia, sin más.

Y ella se lo había dicho. Entonces ya sabía odiar, pero no mentir.

Greta contempló cómo Irati hacía volar a las lechuzas. ¿Sabrían los feriantes quién era la bruja que se escondía entre ellos?

Entonces sintió que una niña vestida con un traje brillante y pintada con purpurinas miraba con curiosidad al niño en quien se ocultaba.

—¿Quién eres? —preguntó la pequeña Ara—. ¿Qué haces ahí escondida?

Y Greta abandonó la mente del niño, se levantó de la encina y se alejó del circo sabiendo que debería darse prisa. Irati no estaba allí por casualidad. También había visto el mapa. ¿Sabría ya a quién conducía? No. Sólo Erina y ella lo sabían.

***

La lista de profesores, sacerdotes y religiosas que conformaban el claustro del colegio fue fácil de conseguir. Una hucha de la Cruz Roja, un traje chaqueta cerrado al cuello y el cabello recogido en un recatado moño le dieron el aspecto de voluntaria piadosa. No pedía dinero, sólo una firma para acabar con el hambre. Una firma, un nombre. Y a cambio de sus nombres, Greta prendía de sus solapas un pequeño alfiler con el símbolo de la paz.

—Tome, hermana, firme aquí.

—Escríbalo usted misma, así no me equivoco.

—Le pondré este distintivo, señorita. Deje, ya se lo sujeto yo.

—¡Ay, lo siento! ¿Le he pinchado? Disculpe.

—Colóqueselo usted misma.

—Dios se lo pague.

Una a una chupó las pequeñas gotas de sangre que conseguía extraer de los profesores. Las saboreó hasta encontrar una que delataba un cuerpo enfermo y un alma atormentada. ¿Qué órgano estaba corrupto? ¿El páncreas? Sí, aquél era un hombre con miedo a la muerte, enfadado con su dios. Un hombre que le abriría esa puerta que por sí sola no podía atravesar.

—Disculpe, padre —le dijo cruzándose en su camino—, necesito su ayuda.

El hombre la miró expectante y Greta, sosteniendo en su mano la aguja impregnada con la gota de sangre moribunda, pronunció su nombre:

—Lucas... necesito hablar de Dios —era la voz de una sirena arrastrando a un marino al fondo del mar. Y con su voz, su sangre y su nombre, Greta condujo al sacerdote a un apartamento alquilado, le sentó en un sofá y encendió sus velas.

Si Lucas hubiera sido de carácter fuerte, si no hubiera estado enfermo, si no sintiera que Dios lo había abandonado, quizás hubiera podido escapar. Pero el cáncer no sólo lo devoraba, también lo envilecía.

—Puedo curar su enfermedad, Lucas. Puedo hacerle inmortal —la voz melosa de Greta inundó la conciencia del sacerdote, cuyas manos temblaron con la promesa de la eternidad.

—¿Cómo sabe que estoy enfermo? —balbuceó.

Greta sonrió con condescendencia y le acarició las manos.

—Porque conozco su dolor, Lucas. Porque la Virgen me ha hablado y los dioses quieren que le ayude, Lucas. Pero primero necesito su ayuda, padre. Necesito su bendición para entrar en su iglesia —Greta supo que si le ofrecía algo más que promesas, él sería suyo para siempre.

Atravesaron las puertas del Hospital Infantil Niño Jesús. Dijeron que pertenecían a una organización de ayuda infantil. Las credenciales del sacerdote bastaron para ganarse la confianza de médicos y padres. Greta hizo trucos de manos, cantó canciones y contó cuentos de brujas buenas.

Escogió a una niña de cuatro años que sufría una encefalitis. Se llamaba Miriam. Su cuerpo estaba sano, era su cerebro el que estaba dañado, afectando su visión, audición y habla. Pero la niña tenía algo a su favor: un aura blanca que brillaba cuando la luna llena iluminaba el cielo.

Al llegar la noche la madre de Miriam cayó dormida en un sopor profundo provocado por las hierbas de Greta. Entonces, con la ayuda del sacerdote, Greta trazó con su sangre extraños símbolos en el pecho de la niña. Y como Irati hizo con Letvik, colocó su mano derecha sobre el pecho de Lucas, la izquierda sobre el corazón de Miriam y cantó hasta que sus tres corazones latieron como uno solo.

A la mañana siguiente, la niña despertó.

—¿Podrá curarme a mí también? —el cura no sabía si lo que había visto era obra de un dios o de un demonio. Pero volvía a tener fe.

—Es posible, Lucas.

Y con esa sencilla frase, el cura le entregó su alma.

INTERLUDIO 11

La madre Ángeles entra en clase. Está muy seria y da miedo. Sólo sabe reñir. Da palmadas, pero no de felicitación. Son palmadas que significan «sentaos, callaos, no os mováis o seréis castigados». Nadie la mira a los ojos. Con ella vienen Teresa y Marga, que no sé si es la directora del colegio o no. Cuando la veo me pongo nervioso. Tiene el pelo de fuego y los ojos más azules que he visto en mi vida. A veces nos da clase. No me gusta su sonrisa. Me recuerda demasiado a la de las sirenas. ¿Vienen a decirnos que ya han encontrado a Cecilia y que está muerta?

Teresa nos dice que Marga viene para hablar de la excursión a la ermita. A todos nos gustan las excursiones, pero yo me acuerdo de la del año pasado, del lago y de Ari. Ari está junto a la ventana. Da un respingo. No me mira. Sigue sin hablarme.

Pronto será mi cumpleaños. Ya no quiero celebrarlo. No hasta que encuentren a Cecilia. Rezamos por ella y por Óscar, para que la Virgen nos los devuelva. Pero yo sé que Óscar ya no volverá.

Busco a Cecilia todas las noches. Me duermo y me despierto en los sueños. Me asomo a la ventana, al prado de hierba azul. Parpadeo, salto y me subo al roble de ramas blancas. Pienso en Ceci. Digo su nombre. Nada funciona, no la encuentro. Hasta que hoy por fin hago algo diferente: cojo la amatista que me regaló y duermo con ella apretada contra mi pecho.

Estoy en un jardín, junto a una casa, al borde de una montaña, cerca del río. Hay fantasmas. Son niños. Sé que están muertos. Los oigo. Sus voces están muertas. No los veo, pero ellos a mí sí. Uno me conoce. Yo conozco su voz: *Te buscaba a ti, me encontró a mí.* Es Óscar. Digo su nombre y entonces lo veo: está lleno de sangre. Con la mano extendida señala a una ventana. Ceci está en la casa, sentada, muy quieta, mirando la tele. Pronto será un fantasma. «¡Ceci, Ceci!», grito. Golpeo la ventana. Y lloro porque no me oye. No me oye. Está demasiado dormida.

Oigo un aleteo.

Me despierto.

30

Desde que los hombres habían aprendido a volar, era muy arriesgado surcar el cielo. No sólo se corría el peligro de ser arrollada por avionetas o helicópteros, también existían torretas de control y satélites desde los que se vigilaba el firmamento. Si la vieran, la buscarían, la rastrearían y finalmente la atraparían. Les había sucedido a otros, podía sucederle a ella. ¿Qué le harían? En un mundo dónde la ciencia y la razón habían ganado todas las batallas, ¿qué harían con alguien como ella? ¿La diseccionarían, la someterían a pruebas, a experimentos? No la matarían. Los de ahora preferían investigar, descubrir, entender. Pero serían salvajes e inclementes, como los dioses.

Con el rugido del viento en su rostro, Irati olvidaba las amenazas y los peligros. Allí arriba, rodeada de estrellas, se sentía libre y en paz. Olvidaba que abajo existía un mundo de leyes y normas regidas por la razón.

Cuando era niña volaba sobre el bosque surcando las copas de los árboles. Sin temor, agarraba cualquier rama y se lanzaba al vacío como un águila sobre un cordero, asustando a pájaros, ardillas y zorros. Por la mañana se levantaba temprano y corría a los acantilados a esperar el amanecer. Y cuando la luz clareaba en el horizonte separando el mar del cielo, se montaba sobre la rama y volaba. Jugaba a estirar el brazo y a apagar las estrellas, como si sus dedos pudieran dirigir los rayos del sol. Tenía nueve años y era feliz.

Algo se acercaba. Un zumbido. Zig-zag, zig-zag. Un aleteo constante, metálico, duro. Permaneció unos segundos entre las nubes, sin moverse, esperando a que el helicóptero desapareciese. Nadie la vio, sólo la lluvia la acompañaba. Era peligroso volar, así que descendió a tierra, dándose el gusto de entrar en su hotel por la ventana.

Cerró puertas y ventanas, descolgó el teléfono y colgó el cartel de *No molesten*. Después abrió uno de sus bolsos de viaje y extrajo la punta de lanza que utilizaba como cuchillo. Sonrió al pensar que era la misma que los buscadores de tesoros y ocultistas rastreaban bajo catedrales en ruinas y ciudades extinguidas. La Lanza del Destino. En Viena custodiaban la que decían había otorgado a Carlomagno sus victorias. En el Vaticano había otra, también sacrílega. Incluso en Armenia exhibían una que fue desenterrada por los cruzados, pero ninguna era como la que Irati sostenía en las manos. Había separado la punta y la había adaptado, afilándola y añadiéndole un mango para facilitar su manejo como cuchillo.

«Los arqueólogos me quemarían por algo así» —pensó.

Su piel blanca relucía sobre la hoja de hierro. Con rapidez, acostumbrada a su tacto y a su peso, la desenvainó y la depositó en el suelo, frente al espejo.

El corazón que había arrancado todavía estaba caliente. La sangre que empapaba su vestido se había coagulado. Se desnudó contemplando su imagen en el espejo. Con la yema de un dedo recorrió todas y cada una de sus cicatrices, recordando los lugares dónde habían sido infligidas. Algunas por ella misma, otras no. Todas la hacían lo que era. «¿Y qué soy?», se preguntó.

Buscó la cajita que contenía los cabellos del niño. Con delicadeza extrajo uno de ellos. No necesitaba más. Lo sostuvo en la mano izquierda y después tomó el cuchillo con la derecha. ¿Dónde? ¿Dónde debería clavarlo? Sus ojos se posaron en la cicatriz rosada que le cruzaba el muslo derecho. Sí, éste es mi lugar de poder. El más fuerte. El primero.

Cerró los ojos y cortó a lo largo de la línea que le cruzaba la pierna. Posó la palma de la mano sobre la herida abierta, calmando el dolor, deteniendo la hemorragia. Después, con la sangre que le manaba del muslo trazó un círculo a su alrededor.

El corazón que la luna le había brindado le serviría para rastrearla.

—*Greta* —Irati pronunció el nombre verdadero de la que había sido su amada.

Hincó los dientes en el corazón y lo devoró. Pero unos segundos después lo vomitó sobre el suelo. Sus ojos quedaron en blanco, sus pupilas desaparecieron y su cuerpo se electrificó. La habitación había desaparecido y, en la oscuridad, las estrellas brillaban formando un patrón. El mismo que llevaba viendo todo el año en el cielo. Aquello confirmaba que todos los brujos y seres de poder que caminaban la Tierra habían visto el mapa y, al igual que ella, se sentían impelidos a seguirlo.

Abrió la mano y miró el cabello.

—Llévame —dijo soltándolo—. Muéstrame lo que me une a ti, niño. Lo que te une a ella, a la que murió, a mi amada, a Greta. Muéstrame lo que nos une a todos...

***

Una habitación. Un despacho. Libros, estanterías. Un hombre y una mujer conversan frente a frente, sentados en dos sofás de cuero marrón.

La mujer, alta, de cabello rojo, muy delgada, no más de treinta y cinco, habla con voz dulce:

—Debemos apresurarnos. Sólo faltan tres días para el solsticio y necesito a esos niños. Sobre todo a Daniel. Me ha costado mucho encontrarlo.

En la habitación el cuerpo de Irati se estremece. ¿Greta? ¿Eres tú?

—¿Para qué necesita al chico? —pregunta el hombre. Un alzacuellos blanco. Un sacerdote.

—Sus padres no saben quién es su hijo. Ni siquiera saben quiénes son ellos mismos. Descienden de una estirpe antigua —explica la mujer—. Al menos uno de ellos. Pero su sangre no sirve. Necesito la sangre del último descendiente —el hombre la mira con escepticismo. Ella esboza una ligera sonrisa—. Pero no tiene por qué creerme. Sólo haga lo que yo diga.

La mujer se levanta y se acerca a la ventana.

—A cambio me ayudará con mi enfermedad. Y me enseñará a ser como usted —balbucea el cura.

—Para ser como yo necesitará el corazón de una bruja. Pero no se preocupe, ya he localizado una. Está cerca.

En la habitación, Irati exhala un gruñido.

—¿Qué ha sido eso? —pregunta Greta.

—¿El qué? —el hombre abre la puerta y echa un vistazo—. Aquí no hay nadie.

La mujer alza la mano ordenando silencio.

—He oído un gruñido, como de un animal.

—Quizá haya sido un gato. O las tuberías, es un edificio muy antiguo.

—Algo nos observa.

***

Irati salió del trance. Se incorporó. Seguía bañada en sudor y sangre. Tomó la manta y se abrigó. La herida se estaba cerrando, pero le dolía. Poco a poco dejaría de temblar.

Permaneció unos instantes mirando la luna, pensando en Greta.

«¿Es posible que no esté muerta? ¿Cómo ha logrado sobrevivir? ¿De qué forma me ha localizado? ¿Y qué quiere? ¿Venganza? ¿Matarme?».

Sabía lo que Greta buscaba en aquellos niños: sus almas. Probablemente ya no le quedaban más vidas, y robarles las suyas era la forma más fácil de conseguir tiempo. Sobre todo para una bruja que no ha nacido bruja. ¿Estaba Greta seleccionando niños índigo para un sacrificio colectivo?

«Yo la enseñé —pensó Irati—. Yo la detendré».

31

Daniel abrió la ventana y el frío le arañó el rostro como un gato rabioso. Pero él nunca había visto nieve en la ciudad, así que se puso a gritar de contento, olvidando los sueños de la noche anterior, olvidando a los niños desaparecidos. Olvidando a Óscar y a Cecilia.

Te buscaba a ti, me encontró a mí.

La madre comprobó aliviada que el chico no corría peligro y le permitió salir a jugar al jardín. Ella tenía miedo. Ya no estaba tan segura de que los sueños de Daniel fueran sólo fantasías. Ya no estaba segura de nada. Cecilia había desaparecido y Daniel lo había soñado... ¿antes de que sucediera? No, Daniel soñó que secuestraban a Cecilia la misma noche que desapareció. Alguien entró en su piso y se la llevó.

El invierno anterior había sido un tormento para el chico. Tras caer al lago había estado un mes muy enfermo, en cama y delirando. Su amiga Ari había entrado en coma. Y después... La madre no sabía realmente lo que había sucedido después. Habían llevado a Dani a casa de Ari y... Sí, Dani la había despertado. No se lo había dicho a nadie, pero estaba segura de ello. Cuando ella entró en la habitación, Dani sufría un ataque de epilepsia. Nunca antes había tenido ninguno. Y ahora, un año después, los niños desaparecían a su alrededor. Óscar, Cecilia... Los dos habían estado con Daniel justo antes de... No, la madre no quería pensar. «No pienses en ello. Piensa en Daniel. Es su cumpleaños. Se merece una fiesta bonita».

***

Treinta minutos después, Daniel estaba en el coche con la nariz estampada contra la ventanilla. Un gorrión pasó volando y él pensó en la lechuza. Miró a su alrededor, pero no la vio.

Al llegar al colegio sus amigos lanzaban bolas de nieve a un gato que corría por la tapia del patio. La alarma sonó a las nueve en punto y una joven religiosa les ordenó entrar en clase. El campo de juegos quedó desierto. El gato saltó con agilidad por los muros y recorrió la azotea. Los hábitos de las religiosas colgaban rígidos y agarrotados de los tendedores, como cuervos y palomas congelados tras la helada nocturna.

El felino lanzó una última mirada al patio, se aseguró de que nadie lo observaba y abandonó su forma animal. Sus huesos crujieron, su cuerpo se desencajó y se contorsionó hasta tomar la forma de una mujer: cincuenta años, cabellos grisáceos, arrugas profundas. La mujer se contempló en un charco. Sí, su aspecto era el adecuado. Sólo sus verdes ojos de gato delataban a la bruja que vestía ese cuerpo. Irati se cubrió con los hábitos del tendedero y se introdujo en el edificio. Recorrió los pasillos evitando cruzarse con nadie, buscando el olor del niño.

Sus pasos repiquetearon sobre las baldosas. Sentía las miradas de los ángeles sobre sus hombros. Llegó hasta un gran portal con forma de arco de medio punto y, sin siquiera abrir la puerta, supo que detrás había una capilla. ¿Qué había hecho Greta para pasar desapercibida allí? Un chirrido. La madera, a pesar de estar cuidada y pulida, era vieja y pesada. Aspiró el olor del incienso y con paso firme se acercó al altar. Debía encender una vela. Una al menos. Debía presentar sus respetos al dios que allí moraba. En aquel lugar no debía romper ninguno de sus mandamientos.

—¿Cómo se encuentra, hermana? —un sacerdote la miró receloso—. ¿Es usted nueva? ¿La han trasladado?

Sesenta años. El mismo de su visión, el que hablaba con Greta. Su nuevo acólito. «¿Serían amantes?».

—No, sólo he venido a visitar a la hermana...— dudó, intentado recordar el nombre de la monja que había conocido dos días antes— ...Ángeles.

—Creo que está dando clase de Matemáticas, no estará libre hasta dentro de una hora. ¿Le gustaría comulgar, hermana?

Irati temió que Greta le hubiera prevenido contra brujas que, como ella, siempre rechazarían los sacramentos.

—Gracias, padre. Ya he comulgado, sólo buscaba un momento de tranquilidad para estar con el Señor.

Ese sacerdote era quien había permitido a Greta caminar por aquellos corredores con total impunidad. Irati miró a su alrededor. Estaban solos.

«Debería matarlo —pensó—. Aquí mismo. Ahora».

—¿Desea algo más, hermana?

Irati esbozó una sonrisa. Sus manos temblaron, pero las mantuvo apretadas en su regazo.

—No, padre —estaba en terreno sagrado. En terreno de un dios poderoso. Si atacaba sin permiso, tendría que pagarlo.

Irati se dirigió hacia el reclinatorio y encendió una vela a la Virgen, dando la espalda al cura. Sin que él lo advirtiera, puso la mano en el fuego y dejó que le quemara. Siguiendo el ritual de obediencia se giró y, frente al altar, hincó una rodilla en el suelo, agachó la cabeza, se marcó con el gesto de la cruz y abandonó la capilla. La ofrenda había sido hecha. Si no ofendía al dios de aquel altar, no correría ningún peligro.

Uno a uno atravesó los pasillos hasta que llegó a una puerta de madera vieja. Al otro lado se oía bullicio de voces infantiles. Los niños se levantaban de sus pupitres riendo y jugando. Era difícil mantenerles quietos. Ninguno prestaba atención a los libros o a la pizarra. Sólo pensaban en el recreo y en construir muñecos de nieve.

—Tengo una noticia muy buena. Todos sabéis que Cecilia se había perdido, ¿verdad? —preguntó alegremente Teresa.

Los niños guardaron silencio. Todos sabían que la habían secuestrado, al igual que a Óscar.

—¡Pues debéis saber que Cecilia ya está en casa! La han encontrado y está perfectamente. Pronto volverá al colegio. Por eso vamos a rezar un Padrenuestro para dar gracias al Señor por devolvérnosla.

Todos los niños comenzaron a rezar. Cuando la oración concluyó, la profesora se acercó a los radiadores. Teresa colocó las manos sobre ellos. De repente el aula estaba demasiado fría.

—Perdone, ¿puedo hablar un momento con usted, Teresa? —una voz sinuosa sobresaltó a la maestra, que lanzó un grito, asustando a los niños.

Una pequeña monja permanecía quieta en la puerta, como un cuervo silencioso. Teresa no la había oído llamar. ¿Cuándo había entrado?, se preguntó mientras se acercaba a ella, frotándose los brazos para entrar en calor.

—¿Qué sucede, hermana?

Irati le sonrió con dulzura, extendió las manos y cogió las de la maestra. Llevaba un rato ahí. Su mano izquierda, ungida en el fuego de la capilla, portaba parte de la magia del lugar, permitiéndole abrir puertas sin ser percibida.

—*Teresa* —le susurró Irati al oído.

¿Qué estaba sucediendo?, se preguntó la profesora al sentir el contacto helado de sus manos. De repente no recordaba lo que iba a decir. Ni siquiera era consciente de que los niños, entre cuchicheos, se acercaban a las ventanas. Irati le acarició el cabello y le dijo algo más. Entonces Teresa recordó que ése era su día libre, que no tenía que dar clase. Podía volver a casa y dormir, lo que le vendría bien porque estaba cansada, muy cansada. Cogió su bolso y se fue del colegio sin hablar con nadie. Dormiría profundamente hasta el día siguiente y el sopor no la abandonaría hasta que, al lavarse el pelo, una extraña suciedad del color de la tierra mojada cayera de su normalmente impecable cabello castaño.

Cuando la profesora se hubo ido, Irati cerró la puerta. El niño que había entrado en su tienda la miraba con sus ojos verdes desde la tercera fila. El resto de chicos y chicas jugaban asomándose a las ventanas.

—Todos a vuestros sitios —ordenó con voz autoritaria—. Y ahora —continuó cuando todos se hubieron sentado— decidme cómo os llamáis.

Leire, Iker, Ainoa, Fran, Ian, Verónica, Sandra, Héctor, Unai, Alex, Marcos, Yerai, Sonia, Idaira, Isabel, Omar, Mireya, Daniel...

Daniel.

En la visión, en el trance de la noche anterior, Greta había pronunciado un nombre: Daniel. Ése era el niño que Greta buscaba, el que había entrado en su caseta de circo. ¿Quién era? Probablemente un niño de aura azul. Por eso no había podido descubrir su nombre. Su aura lo protegía. La nueva Era resultaba propicia para los niños índigo. ¿Era ésa la razón por la que Greta lo buscaba? Sí, pero había algo más. Sentía algo en el niño que la atraía. ¿Qué era?

Irati volvió su atención a la clase y se dirigió a los alumnos con una sonrisa llena de candor. Les propuso pintarse la cara y ella misma les dibujó un símbolo rúnico en la frente. Una marca que les protegería al menos durante esa noche de los seres que pudieran visitar sus sueños. Y antes de que sonara el timbre que señalaba el final de las clases, les permitió salir al patio para que jugaran con la nieve. Cerró la puerta y revisó el escritorio de la profesora. En una pulcra y limpia agenda de color azul marino, Teresa había apuntado sus teléfonos y la dirección de sus casas.

Irati abandonó el aula y regresó a los pasillos. La puerta que daba a la calle se entreabrió dejando ver un cabello rojizo resplandeciente. «Cálmate», se dijo a sí misma mientras avanzaba. «No es ella». Pero la risa era la de ella. Y la voz. Y el olor. Irati se detuvo. Una mujer de cabello escarlata se inclinaba para acariciar la barbilla del niño Daniel.

—Ya verás qué bien lo pasaremos en la excursión —le oyó decir antes de que él saliera corriendo. Después continuó hablando con la madre. La misma mujer de aspecto juvenil que había entrado en su tienda de pitonisa buscando a su hijo.

Irati dio un paso hacia delante. Tenía que estar segura. Tenía que mirarla a los ojos.

—¿Hermana? —el sacerdote surgió de pronto de un pasillo, bloqueándole la visión—. ¿Encontró a la madre Ángeles?

—Sí, gracias. Ya me marchaba —consiguió decir apartándose hacia un lado para observar a Greta. Pero ella ya no estaba allí.

Irati se alejó presurosa, evitando ser percibida, y se encaminó al tejado.

***

Daniel señaló la mancha negra que se ocultaba entre los arbustos cubiertos de nieve.

—Es el gato de esta mañana. Nos ha seguido —dijo agachándose.

La madre se giró hacia dónde el chico le indicaba.

—Los gatos no siguen a las personas, Dani. Será otro diferente, todos se parecen. Entra en casa.

—No. Es el mismo. Gato... gatito... ¿tienes hambre?

—Dani, no te acerques —la madre sujetó al niño de la mano y tiró de él.

El felino se ocultó entre los matorrales y atravesó el seto que daba a la otra casa.

El chico permaneció unos instantes observando el seto. «No es verdad», pensó, «los gatos no se parecen todos». Aquél le seguía y, de alguna forma, le recordaba a su lechuza.

—¡Dani! —le llamó su madre—. ¡Te he dicho que entres! —su voz era una mezcla de grito y quejido.

Esa misma mañana las televisiones informaron de que Cecilia había sido localizada en un chalet, en la sierra, a pocos kilómetros de la ciudad. La policía todavía rastreaba el lugar con sabuesos. Los informativos anunciaban a cada hora que en los alrededores de la propiedad, en una laguna natural, estaban apareciendo cadáveres descompuestos de niños. La ciudad temblaba.

El gato permaneció oculto entre la maleza, esperando a la noche. Las voces de los padres de Dani le llegaban con claridad.

—No estamos para excursiones en estos momentos, la verdad —protestaba el padre.

—Sabes perfectamente que es una tradición del colegio. Todos los años les llevan a conocer un lugar sagrado antes de Navidad —la madre bebía una infusión para relajarse—. Y supongo que quieren recuperar la normalidad cuanto antes.

—Me da igual. Dani no va a ir a ningún sitio sin nosotros. Por lo menos hasta que sepamos qué ha pasado con esos críos...

—¡Dani no tiene nada que ver con ellos! —gritó la madre, histérica.

—¡Ya lo sé! ¡Pero tiene sueños muy raros! ¡No digas que no te has dado cuenta, porque sé que te da miedo entrar en su cuarto por la noche! —el padre se dio la vuelta y miró las estrellas para no perder los nervios.

Dani, que lo había oído todo, se alejó de puntillas, entró en su dormitorio y cerró la puerta. ¡La habían encontrado! ¡Cecilia estaba viva! Sintió que por fin algo iba bien. No entendía nada, pero estaba viva. ¿Cómo la habían encontrado? Él sabía que Cecilia estaba perdida en un sueño muy profundo. Daniel se arrebujó bajo la manta deseando que, tal y como decía su madre, la lechuza sólo fuera una pesadilla, una alucinación. Volvía a tener miedo. Los parpados le pesaban. Quizás lo mejor sería no dormir esa noche. No soñar.

Algo se movía en el balcón, pero Daniel ya no podía oírlo. Dormía profundamente sin percatarse de que un gato negro de ojos verdes lo vigilaba. El felino permaneció bajo el frío, sin moverse. Sólo cuando las luces de la casa se apagaron por completo, se atrevió a abandonar su forma animal.

Dani respiraba tranquila y pausadamente. Su pecho subía y bajaba con el ritmo del sueño. La bruja se sentó en la cama y puso una mano sobre él. Dos dedos en la frente, dos en las mejillas, uno en el mentón. Una estrella en su rostro.

—*Sueña* —susurró.

Le cogió de la mano y con un dedo recorrió las finas líneas de su vida. Cerró los ojos. Pero Irati no pudo distinguir su futuro. Las imágenes se mezclaban: en unas el niño era quemado; en otras enterrado. Lo vio envejecer. Lo vio vivir joven para siempre. Volar como una lechuza. Correr como un lobo. Todos los posibles futuros estaban contenidos en su mano. Eran infinitos e Irati no podía saber cuál tenía más probabilidades de suceder.

Extrajo una espina de rosal del puño de su camisola y la clavó en el meñique del muchacho, que se estremeció unos instantes pero no llegó a despertarse. Después buscó un punto limpio en la palma de su propia mano y hundió allí la espina. Cuando brotó la sangre, tomó de nuevo el dedo de Daniel: una gota roja cayó de él.

Las sangres se mezclaron.

Y de pronto Irati se levantó y retrocedió, tambaleándose, hasta que su espalda golpeó contra la pared. Las sangres eran iguales. Las sangres revelaban que Daniel era su último descendiente.

Era imposible, pensó. Imposible. Su pequeña Aliso murió al poco de nacer en aquella aldea que nunca olvidaría. Y Angélica... No. No quería pensar en Angélica. Había muerto. Ella la dejó morir. Toda su descendencia había ardido en el interior del bosque. Eo, Tambre y todos los demás murieron. ¿O había sobrevivido alguno? ¡No, todos entraron en el bosque, ella los vio entrar! Selló el bosque, lo protegió para que nadie pudiera seguirlos. Todos ardieron, estaba segura. Después de sepultar a Greta en las mazmorras había regresado a su isla donde sólo quedaban cenizas. Entonces, ¿de quién? ¿De quién descendía Daniel?

Irati recordó a las sacerdotisas: Yedneke, Erina, Idiana. ¿Seguirían vivas?

Abrió la ventana y voló hacia la noche.

32

Pasaron el día en el autobús. Al principio fue divertido. Cantaron y rieron, pero pronto el cansancio del viaje los adormeció. El autocar rodaba cuesta arriba dejando atrás carreteras empinadas y serpenteantes. La nieve, silenciosa y pesada, caía con lentitud sobre los riscos. Los picos de montaña, todavía lejanos, los vigilaban desde lo alto como colosos petrificados esperando despertar. Nadie más atravesaba las montañas aquel día y las ruedas del autocar crujían sobre la nieve inmaculada.

Habían salido muy temprano de la escuela, excitados, alegres, llenando el patio de carcajadas. Ninguno imaginaba que iría a la excursión, pues todos los padres se habían negado a firmar las autorizaciones. Sin embargo, en el último momento, Greta convenció a siete madres para que permitieran a sus hijos viajar. Fue fácil, muy fácil. Pronunció sus nombres con una voz a la que ninguna pudo resistirse. Apacible y cautivadora como una nana. La voz de sus propias madres meciéndolas.

María Jesús. María de las Belenes. María de los Dolores. María de la Encarnación. María Beatriz, María de las Nieves...

Un niño soltó una carcajada estridente. Nadie llamaba a su madre *María de las Nieves.*

Harás lo que yo diga, mi niña. No digas que no. Sonríe, mi amor. Di que sí. Escribe tu nombre. Aquí, muy bien.

Todas firmaron. Y los niños subieron al autobús.

A pesar de la ilusión con la que iniciaron la marcha, al cabo de unas horas empezaron a inquietarse. Los niños tenían miedo. Una mano les apretaba el corazón. Querían volver a casa.

—No podemos, chicos —dijo Greta—. Dios nos espera en lo alto de la montaña. Quiere que vayamos a conocerle.

Horas más tarde, cuando el sol cayó tras las montañas, les explicó que el tiempo había dificultado la marcha. Tendrían que pasar la noche fuera.

—Dormiremos en una cueva, como los hombres de las cavernas. ¡Será una aventura! —les animaba la bruja mientras bajaban del autocar.

Llegaron a una pequeña explanada. Junto al río había una cabaña de madera. Estaba cerrada. En verano se abriría ofreciendo información sobre los picos sagrados, los lagos y las cuevas donde, tiempo atrás, las brujas llevaron a cabo sus ritos.

Al día siguiente, durante el solsticio, los círculos de poder que todavía estuvieran situados en bosques primigenios como aquél se abrirían, uniendo los caminos invisibles de la Tierra.

Mientras el padre Lucas conducía a los niños hacia las cuevas, Greta permaneció con el conductor que aún intentaba hacer funcionar la radio y el teléfono móvil.

Los chicos cuchicheaban entre ellos.

—Nos han secuestrado.

—Seguro que piden un rescate por nosotros.

—Mis padres no tienen dinero.

—Los míos sí.

—¿Adónde nos llevan?

Hablaban bajito, acurrucados unos sobre otros, cubiertos con mantas.

El padre Lucas encendió una hoguera en el centro de la caverna.

—Nos hemos perdido, chicos —admitió al fin Greta.

—Yo no quiero pasar la noche aquí.

—¿Lo saben nuestros padres?

—Quiero ir a casa. Tengo miedo…

—No os preocupéis, lo tenemos todo bajo control. ¡Es una aventura! —repitió—. Además, ya he hablado con vuestros padres para tranquilizarles. Les he dicho que mañana volveremos.

—¿Dónde está Armand? —preguntó uno de los chavales, refiriéndose al conductor.

Greta sonrió.

—Ha decidido quedarse en el autobús para que nadie nos lo robe. Pero no os preocupéis por él —les tranquilizó—, también le he dejado una manta para que no pase frío.

El conductor yacía con la caja torácica abierta, despeñado entre los riscos. Le habían arrancado el corazón.

El padre Lucas entregó a cada uno un saco de dormir.

—¿Veis? Son camitas térmicas especiales para las montañas. ¡Lo tenemos todo previsto! —dijo Greta—. Mañana llegaremos a la ermita, rezaremos, veremos a Dios y después regresaremos, pero no antes. Dios se pondría muy triste si nos vamos sin decirle nada. Ahora debéis descansar —al escuchar la voz dulce y cariñosa de la maestra, Daniel no pudo evitar pensar, con un escalofrío, en los cuentos en que las brujas engatusan a los niños para comérselos después.

Cuando Greta estaba cerca, el chico sentía un frío extraño. No le gustaba la forma en que lo miraba. De pronto recordó algo que había olvidado. Un día, en clase, pudo oír lo que la profesora pensaba:

¿Eres tú, Daniel? ¿Eres tú el niño de poder que busco, que necesito? Lo había escuchado con total claridad, como si se las hubiera dicho al oído, pero cuando levantó la vista, la profesora seguía sentada en su mesa, sin hablar. Sus labios no se movían, tan sólo le miraba con fijeza.

Luego escuchó otras palabras, palabras extrañas que había oído antes, pero sólo en sueños.

Daniel. Daniel. Daniel —repetía Greta. Sus fríos ojos se le clavaban como agujas en un alfiletero. Quería adentrarse en él, manejarle por dentro, descoser su cabeza.

—¿¿QUÉ?? —había gritado el chico tapándose los oídos. Después se había desmayado.

Mientras los chicos se embutían en los sacos de dormir como capullos de mariposa, Greta atizó el fuego que había encendido en el centro de la gruta y lanzó unas hierbas a las llamas. Introdujo un palo de madera de roble en la crepitante hoguera y dejó que se quemara. Después, con la ceniza que soltaba la madera pintó varios símbolos a la entrada de la caverna. Runas de protección. Por último depositó tres ramilletes de ruda junto a tres grandes pedruscos. Viejos trucos de bruja de aldea.

—Dulces sueños, chicos —dijo antes de entonar una canción que les hizo dormir. Y Greta cantó frente a la hoguera con la misma voz y cadencia con que la vieja Helga había cantado para ella y su hermano en otro tiempo.

La lechuza ululó.

**

Daniel soñaba. El claro en mitad del bosque. El árbol de hojas blancas. La lechuza apoyada en una rama.

—¿Qué sucede? —preguntó el niño—. ¿Quién eres? ¿Por qué me sigues?

—*Te lo he dicho muchas veces, niño. Soy parte de ti.*

—¡¿Qué quieres?! —gritó Daniel intentado despertar.

—*Quiero que vivas. Cuando llegue el momento, atraviesa el fuego.*

—¿Qué fuego?

—*Debes caminar el fuego.*

—¿El fuego? —Daniel se restregó los ojos, intentando ver con claridad. Sentía como si tuviera una gasa pegada a los ojos.

—*Estás en peligro. Te ha encontrado.*

—¿Quién?

—*La que busca tu corazón.*

—¿Para qué? ¿Qué quiere?

—*Devorarlo.*

Daniel miró hacia atrás. Sintió que alguien le espiaba desde la espesura.

—¿Quiere matarnos?

—*Sí.*

Daniel sacudió la cabeza. De lejos le llegaba el murmullo ensordecedor de la canción de Greta. Una música que no le dejaba pensar. Al fondo del claro aún podía vislumbrar la luz anaranjada del fuego y de la cueva. Todavía podía ver la realidad. Daniel miró de nuevo a la lechuza.

—¿Por qué? —el fuego y la cueva se acercaban. La canción de Greta se oía más y más.

—*Para ser inmortal, niño. Para tener tu poder.*

—Yo no tengo poder.

—*Sí lo tienes. No dejes que te lo arrebate.*

—¿Y qué hago?

—*Mátala.*

Una voz gritó su nombre.

—¡Daniel!

—¿Mamá?

—¡Daniel!

—¿Mamá, dónde estás?

Daniel se encaminó hacia la maleza.

—¡Es mi madre! Nos han encontrado —gritó.

—*Ésa no es tu madre* —la lechuza voló delante de él, pero al llegar a la linde donde los árboles se alzaban, el ave se detuvo agitando sus alas en el aire.—*Yo no puedo entrar ahí, niño.*

—¿Mamá? —repitió Daniel.

—*Ésa no es tu madre* —insistió la lechuza.

Daniel se quedó quieto.

—Pero es su voz. Me llama para que despierte. Es ella —dijo apartando las ramas que le impedían el paso—. ¡Estoy en casa, dormido! ¡Tengo que despertar! —estaba cerca, podía oírla—. ¿Mamá?

—¡Daniel!

El niño caminó entre los árboles siguiendo la voz.

—¡Daniel, estoy aquí! Sigue mi voz. Encuéntrala.

Y Daniel siguió la voz.

Una vieja a los pies de un árbol. Sentada con las piernas cruzadas. Con los ojos cerrados. Con un cuchillo clavado en la pierna. Un charco de sangre roja y brillante. El cabello sobre la espalda, formando un manto blanco.

—Hola, niño —dijo sin abrir los ojos, aún con la voz de su madre—. ¿Sabes quién soy?

***

Irati había llegado al colegio a media tarde. Nada más acercarse a las puertas supo que Daniel no estaba allí. Un tumulto de gente impedía la entrada al recinto. Los chicos no habían regresado de la excursión ni se tenían noticias de ellos desde su partida. Las madres que habían firmado la autorización no recordaban haberlo hecho. Cuando la directora del colegio, la madre Ángeles, les mostró las firmas, todas aseguraron que habían sido falsificadas. Además, el autocar no había llegado a la ermita. Nadie sabía dónde estaban.

Dos horas más tarde la desaparición sería oficial.

El día anterior, tras descubrir que Daniel era su último descendiente, Irati voló toda la noche hasta alcanzar el valle de las sacerdotisas. Tomó forma de halcón, el ave más rápida, para cruzar el mar.

Erina la esperaba junto a la entrada de su cueva. Irati no sabía cuántos años tenía, pero ya no era una mujer, sino un ser pequeño, arrugado, casi sin pelo, sin dientes. Una bruja de cuento. Era ciega, pero sus ojos blancos podían ver lo que los hombres no veían.

Erina, al igual que Greta, había sufrido también las inclemencias del espíritu. La protección del valle había desaparecido por completo y su cordura había volado con ella. Su visión de lo invisible era lo único que la mantenía en pie.

—Has tardado mucho. Mucho. Mucho. Mucho —cantó con voz de niña. Su cuerpo saltaba ágil y veloz sobre las piedras—. ¿Qué quieres saber? ¿Quieres que te cuente un cuento? ¿Que te lea el futuro? ¿Quieres la juventud eterna? No, eso ya lo tienes. ¿Quieres joyas? ¿Hablar con los muertos? Todo lo tengo, todo lo vendo.

—Sabes quién soy. Y lo que quiero.

—Oh… sí, sí, sí, si… Lo sé, lo sé —cantaba—. Quieres saber dónde está Angélica, ¿verdad? Está muerta —saltó entre las piedras, adentrándose en la caverna hasta llegar a la tumba profanada—. ¡Ahí! —su voz era alegre y vivaracha—. Ahí estuvo. Ya no. Greta se la llevó. Se llevó sus uñas, sus huesos, su piel, su lengua, sus cabellos. Todo se lo llevó. La placenta… la sangre de tu sangre…

—¿Tuvo otro hijo? —Irati supo que la vieja sacerdotisa deliraba como deliraron todas las sacerdotisas de la Antigüedad. Debía escuchar. Debía entender.

—Tuvo otro hijo, tuvo un hijo, tuvo un… ¡Niño! Un séptimo hijo que murió. Pero antes de morir… ¡tuvo una hija! Que también murió… que antes de morir tuvo otro hijo o hija. Ése o ésa tuvo o tuvieron dos hijos. Uno murió. Otro vivió y luego… también murió y tuvo, tuvo, tuvo, tuvo tres hijos… que tuvieron tres hijos… Ya nadie tiene siete hijos —se quejó—. Da igual. En una guerra de hermanos… se mataron unos a otros. Alguno se ahogó. Pero ninguno aprendió a volar en los sueños. Ninguno cabalgó la noche. Uno sí revivió. Y la lechuza lo visitó, pero no pudo enseñarle a hablar ni a soñar y murió. Pero también tuvo otro hijo... y un nieto y otro nieto de ese nieto... y al final al final al final al final... Hubo uno que nació un día de poder. ¡Por fin! —gritó—. Un día de sol... ¡Una suerte! Pero se ahogó...

Erina permaneció en silencio sonriendo. Mirando a Irati sin verla.

—¿Adivinas qué pasó?

—La *rusalka* lo salvó y así se completó el rito de los hombres lechuza —concluyó Irati.

—Sí. Sí. Sí. Sí. El niño es un dios porque desciende de dos razas de poder. Porque es el primero de una estirpe. Porque es el primero que nació bajo el sol. Porque puede soñar y hablar. Así acaba la historia. Así empieza. ¿Qué harás, Irati? ¿Qué harás? ¿Lo salvarás? ¿Lo matarás? —la vieja sacerdotisa cogió varios guijarros de la caverna y los lanzó al aire dejando que se desparramaran, cayendo en las profundidades de la Tierra—. ¿Qué harás? Mira. Mira. Ya sale el sol. Corre. Corre. Vuela. Vuela. Día de solsticio. Día de sacrificio.

Y la bruja voló. Una vez más. Veloz. Para alcanzar al niño antes de que Greta lo atrapara.

Pero Greta ya se lo había llevado. Irati extrajo la cajita de cobre en la que guardaba los cabellos de Daniel. Tres finas hebras rubias resplandecientes. ¿Serían suficientes? Dejó que una de ellas se elevara, como la pelusa de un diente de león.

Teresa la agarró del brazo con fuerza.

—¿Quién es usted? —al ver a Irati reconoció a la mujer que había entrado en su aula vestida de monja.

La bruja se soltó de un empujón. Teresa cayó al suelo mientras Irati extendía el brazo hasta tocar una de las desnudas ramas del olmo que presidía la plaza. La arrancó y, sin apartar la vista de la profesora, sin preocuparse de las miradas que se posaran sobre ella, levantó el vuelo. Y durante horas cabalgó los vientos persiguiendo el cabello del niño, hasta que se hundió en un mar de árboles nevados, desapareciendo en las aguas gélidas de un río.

Irati detuvo su vuelo. Frente a ella se alzaba un pico de montaña que arañaba el cielo. ¿Cuán lejos había llegado?

Era de noche y las siete Pléyades brillaban en el cielo. Los caminos estaban abiertos para el que supiera atravesarlos. Greta conocía aquellos caminos y tenía siete niños para oficiar el sacrificio. Uno por cada estrella que gobernaba la noche.

Irati se encontraba en un bosque antiguo. Nunca antes había estado allí, pero Greta sí. Greta sabía adónde se dirigía y se habría protegido contra ella. Si quería encontrar a Daniel, no podría hacerlo en el mundo de la vigilia. Tendría que buscarlo más allá de la realidad. En aquellas montañas existía un lugar sagrado en el que Greta pretendía oficiar un sacrificio. ¿En una cueva? ¿Bajo un árbol? Quizás en lo alto de la montaña o en el nacimiento de un río.

La bruja se sentó bajo un árbol con las piernas cruzadas y sacó su punta de lanza de entre los negros ropajes. La clavó en su pierna otra vez, dejando que su sangre irrigara la Tierra, adentrándose en sus raíces, mezclándose con la savia del árbol. Aquel niño era su último descendiente y debía encontrarlo como fuera. Cerró los ojos.

—¡Daniel! ¡Daniel! —cambió de voz; la hizo más aguda, más fina, más alegre—. ¡Daniel! —repitió emulando el tono suave y cantarín de la madre del niño.

—¿Mamá?

El niño estaba cerca, podía oírle. ¿Dónde estaba? Volvió a llamarle.

—¡Daniel!

Ruido de pasos, pequeños, delicados, sobre la hierba. Un aleteo, el niño no está sólo. Camina en sueños, está cerca. «No abras los ojos, Irati. No los abras», se dice a sí misma. «Deja que se acerque. Que él te encuentre. No te muevas. No le despiertes».

—Hola, niño —dice la bruja sin levantar la mirada ni abrir los ojos—. ¿Sabes quién soy?

—La bruja del circo —responde él con un susurro.

Irati sonríe, consiguiendo a duras penas mantener la ilusión de vieja pitonisa con la que se mostró al niño en el circo.

—Dame la mano —dice.

—No —el chico retrocede varios pasos.

—Estamos en un sueño, niño —Irati habla muy despacio. No abre los ojos. Si lo hiciera, el niño despertaría—. Necesito saber dónde estás para encontrarte. Necesito tocarte antes de que la mujer de pelo rojo te quite tu corazón.

Daniel llora en silencio.

—No llores, niño, no llores. Si lloras, te despertarás y te perderé. Dame tu mano. Déjame tocarte.

Daniel se acerca a ella y se arrodilla sin dejar que la mano temblorosa de Irati le alcance.

—Toca mi mano, niño. Toca mi mano y podré encontrarte. Dame tu mano y canta, canta para una vieja bruja.

—No me acuerdo de ninguna canción —Daniel apenas puede hablar, un hilo de voz denota el miedo que siente.

—Claro que te acuerdas —la voz de Irati es alegre—. ¿Cómo era esa canción que cantabas en el circo? En el fondo del mar... matarile... ¿Cómo era? Canta niño, canta para mí.

—Mata… rile… rile…rile… En el fondo del mar… —Daniel continúa la tonadilla, levanta su propia mano y, con la punta de los dedos, toca a la vieja.

Y con sólo rozarle, Irati puede ver dónde está. La cueva, el fuego… Greta.

—Sigue cantando, niño. No te detengas —dice apretándole la mano y acercándolo hacia sí.

Daniel se asusta, intenta apartarse, la bruja lo sujeta con fuerza.

Con la mano con la que le agarra mantiene unidos los sueños de ambos. Cuando siente que la conexión es fuerte, busca la lanza que tiene clavada en el muslo. Y despacio, muy despacio, evitando sobresaltar al niño, la extrae de su pierna. Brota un chorro de sangre oscura. La carne tiembla. Le duele, pero la bruja aguanta.

«Desaparecerá —se dice—. El dolor siempre desaparece».

Se arranca un trozo de su vestido.

—No dejes de cantar, niño. Sigue cantando, pero escucha lo que voy a decir: estos ropajes negros son como una segunda piel para mí. Son mágicos —Irati empapa el fragmento de tela negra con su sangre y se lo da a Daniel—. Ésta es mi sangre, niño. Está caliente. Siéntela.

Daniel apenas puede cantar, su voz es sólo un murmullo.

—¡No calles, niño! ¡Sigue cantando! Y ahora, guarda mi sangre. Escóndela.

Con manos temblorosas, Daniel aferra el paño caliente y pegajoso y lo mete en el bolsillo de su pantalón.

Irati respira con dificultad. Está demasiado débil. Debería salir ya del trance.

—Ahora, el cuchillo —la bruja continúa con los ojos cerrados mientras intenta que Daniel coja la lanza.

—No… sé… qué… debo… hacer —Daniel siente el frío del puñal.

—Arroja esta tela sobre el fuego. Eso te abrirá el camino y, cuando llegue el momento, utiliza el cuchillo. Yo te ayudaré. Sabrás lo que has de hacer. Ahora despierta.

—¡Despierta!

Al abrir los ojos, Daniel se encontró con la mirada enrojecida y furibunda de Greta.

—¿Con quién hablabas? —rugió, sobresaltando a los demás niños.

—Con nadie. Estaba soñando —balbuceó.

—¡No estabas soñando! ¡Hablabas con alguien! ¿Es ella? ¿Es Irati? —le zarandeó.

—¡No, no, sólo era una lechuza!

Greta se apartó de Daniel, estremecida de rabia y miedo. El padre Lucas la agarró del brazo.

—Está asustando a los niños —murmuró el sacerdote.

Greta se volvió hacia él como una loba acosada.

—¿¿Y QUÉ??

—No conviene que los niños se alteren o nos será más difícil controlarlos.

Greta se giró a Daniel.

—¿Qué te dijo la lechuza? —preguntó con una sonrisa forzada que no disimulaba su cólera.

—No me acuerdo —las lágrimas corrieron por el rostro del muchacho.

—Está bien, Daniel. No te preocupes —la voz de Greta cambió, volvió a la dulzura de cuando ejercía de profesora—. Todos estamos nerviosos. Sigue durmiendo.

Greta se acercó a la entrada de la gruta. Cerró los ojos y aspiró con profundidad el aire nevado de la noche. Permaneció allí varios minutos, olfateando las sombras, intentando descubrir si Irati, transformada en lobo o lechuza, recorría las montañas en su busca. Pero ningún aroma llegó hasta ella. El monte estaba aislado. Al menos hasta el día siguiente, Irati no podría acercarse a ellos.

Daniel cerró los ojos, pero ya no durmió más. Bajo su espalda ocultaba el puñal de los sacrificios que Irati le había dado en el sueño.

***

—¡Arriba, chicos! ¡Hora de desayunar!

La hoguera refulgía de nuevo en el centro de la cueva.

—¿Volvemos a casa? —preguntó Sandra.

—Claro que sí —Greta posó un beso en su frente—. Pero primero tenemos que ver a Dios. No hemos venido de tan lejos para irnos sin verle, ¿verdad?

La niña no dijo nada.

—Padre, acompáñeme. Tenemos que preparar el camino.

Los niños se quedaron mirando cómo los mayores se alejaban. Daniel se acercó a sus compañeros y pronunció sus nombres uno por uno.

—Cogeos de las manos y cantad conmigo —susurró.

Ahora, niño —Daniel oyó cómo Irati le hablaba desde el más allá de los sueños. Intuía que la bruja podía verle incluso despierto. Y ahora que Greta estaba lejos, se atrevía a hablarle—. *Arroja mi sangre al fuego.*

El muchacho metió la mano en su bolsillo. El pañuelo impregnado de sangre había viajado con él a través del velo de la realidad, como los cromos de Óscar.

Lo extrajo con cuidado y lo arrojó al centro de la fogata.

Greta y el padre Lucas guardaban la entrada de la gruta, les daban la espalda, no los vigilaban. Allí no había ninguna salida, ninguna escapatoria. Y los niños sólo eran niños, no se atreverían a huir en mitad de una montaña nevada.

El murmullo comenzó bajito, casi como una invocación.

¿Dónde están las llaves? Matarile, rile, rile...

Los siete chicos estaban sentados en círculo alrededor del fuego y cantaban al unísono cogidos de las manos. Greta estuvo a punto de interrumpirlos, pero decidió no asustarlos y que se tranquilizasen con sus juegos de campamentos.

—Ahora iremos al círculo de piedras, está muy cerca —dijo al cura—. No tardaremos más de una hora. Es un túmulo antiguo, construido hace siglos por los hombres. A través de esas piedras mana la magia de la Tierra. A través de ellas hablaremos con dioses poderosos y nos uniremos a los Antiguos, a la *Vieja Raza*.

En el fondo del mar, matarile, rile, rile...

—¿Morirán? —preguntó el padre Lucas con un temblor en su voz.

¿Quién irá a buscarlas? Matarile, rile, rile...

—Los sacrificios a los dioses siempre requieren sangre. Usted debería saberlo, padre.

Que vaya Isabel, matarile, rile, rile.

Greta miró a los niños de reojo. El resplandor de la hoguera difuminaba sus figuras.

—Lo sé, lo sé —balbuceó Lucas hundiendo cuello y rostro en su anorak, lleno de frío, miedo y vergüenza.

—No hay razón para tener miedo, Lucas. Nadie puede encontrarnos aquí.

Que vaya Raúl, matarile, rile, rile.

—¿Y la otra bruja? ¿Qué pasará si nos alcanza?

Que vaya Mireya, matarile, rile, rile.

Greta cerró los ojos y aspiró el perfume de la nieve.

—Para cuando ella llegue, ya nos habremos ido. No podrá seguirnos.

Que vaya Unai, matarile, rile, rile.

—¡¿Por qué no se callan?! —gritó el sacerdote llevándose las manos a los oídos—. ¡No quiero oírlos, que se callen!

Que vaya Sandra, matarile, rile, rile.

Greta agarró el rostro de Lucas con sus manos y lo obligó a mirarle a los ojos.

Que vaya Iker, matarile, rile, rile.

—Si vuelve a gritar, le mataré —Greta recorrió con un dedo las profundas arrugas que surcaban la frente del cura—. Así que tranquilo, Lucas. Yo haré que se callen.

Que vaya Daniel, matarile, rile, rile.

Greta se giró hacia los niños con su sonrisa maternal.

Daniel tenía las manos extendidas, como sosteniendo las de sus compañeros. Sin embargo se encontraba solo frente a la hoguera. Levantó la mirada y, a través de las llamas y antes de adentrarse en ellas, vio cómo Greta se abalanzaba hacia él.

33

—¿Dónde estamos? —la voz de Iker rompió el silencio.

Los chicos se aferraban unos a otros, apretándose las manos con fuerza. Aunque ningún fuego presidía su centro, ellos seguían sentados formando un círculo. Daniel levantó la vista. Sobre ellos y empujadas por un viento inexistente, se mecían las ramas de un gigantesco árbol blanco. Era el roble con el que chico soñaba una y otra vez.

Un batir de alas.

La lechuza se posó sobre las ramas. El muchacho sonrió aliviado. Era su lechuza. Estaba en el interior de los sueños, a salvo. Sin embargo no estaba dormido.

—*Estáis en una de las encrucijadas de los mundos* —el ulular del ave se introdujo en las receptivas mentes infantiles, abiertas a lo oculto.

—¿Las lechuzas hablan? —preguntó Unai hipnotizado por su blanco plumaje. ¿Venía del ave la voz que oía en su cabeza?

—Es la lechuza de mis sueños —dijo Daniel—. Pero no estamos dormidos, ¿verdad? —preguntó levantándose.

—*No, mi niño. Estáis fuera del mundo.*

—¿Qué quieres decir?

—*Hay diferentes formas de llegar hasta aquí. Los sueños son una de ellas. El fuego es otra.*

—Quiero volver a casa —dijo Isabel.

—¿Qué ha pasado con la cueva? —preguntó Fran.

—Tengo miedo —decían todos.

—*La cueva sigue donde la dejasteis* —la lechuza buscó las miradas de cada uno de ellos—. *Si regresáis, moriréis. Aquí estáis a salvo.*

—Pero tenemos que volver —Daniel observó a sus compañeros. Sus rostros sólo revelaban terror. ¿Por qué él no se sentía así? ¿Por qué no tenía miedo?

—*Porque éste es tu mundo, niño. Porque perteneces a la* Vieja Raza —sólo Daniel escuchaba ahora a la lechuza—. *Hay otras formas de regresar al lugar del que procedéis* —todos permanecieron atentos.

—¿Cómo? —preguntó Daniel.

—*¿Todavía no lo sabes?*

Daniel miró los ojos color ámbar del ave. Sí, sabía lo que debía hacer. No sabía cómo lo sabía, pero lo sabía.

—Con sangre —dijo sin permitir que su voz temblara.

—*Y con el lenguaje antiguo* —añadió la lechuza.

Daniel asintió. Sí, el lenguaje con el que la lechuza se comunicaba con él era poderoso. No eran palabras ni sonidos. Era una forma de pensar, una forma de ser que permitía cambiar los elementos, la tierra, el fuego, el aire, el mar. Incluso el tiempo.

—*Has atravesado el fuego, mi niño. Ha llegado tu momento.*

Fue entonces cuando la lechuza se lanzó sobre Daniel que, por instinto, retrocedió varios pasos, asustado.

Ha llegado el momento —las palabras resonaron en todo el llano. El árbol blanco iluminó la noche. La lechuza cayó sobre Daniel.

***

Cuando Daniel abrió los ojos el ave había desaparecido y sus compañeros le rodeaban, asustados.

—¿Qué ha sucedido? —preguntó al recobrar el sentido.

—La lechuza te atacó —dijo Sandra con voz temblorosa— y desapareció.

—Desapareció… —repitió Unai señalando el corazón de Daniel—… dentro de ti.

Daniel se tocó el pecho y, aunque no sintió nada extraño, algo le decía que todo estaba bien. Cogió del suelo el cuchillo que Irati le había dado. Lo había colocado a sus pies cuando cantó en la hoguera y el arma había atravesado las llamas, como todos los que formaban el círculo.

Los niños le miraron confusos. Estaban perdidos en un mundo lejos del mundo, dormidos fuera de los sueños, viviendo un tiempo fuera del tiempo. Sandra ahogó un grito cuando vio a Daniel cortarse en la palma de la mano. La sangre brotó y un haz de luz multicolor irradió de la herida, como ondas de agua en la superficie de un lago. Todos se impregnaron del poder que fluía de la sangre de Daniel. Sus corazones se aceleraron, sus cabellos se encresparon y sus ojos tomaron el color de sus auras. Resplandecieron, cada uno con un color. Sus auras acababan de despertar.

El color índigo de Daniel destacaba sobre los demás. Comenzó a cantar una canción que todos conocían. Y uno a uno se sumaron a él. Enseguida el coro de voces infantiles llenó la noche. Las estrellas aumentaron su brillo con cada una de las notas. Los siete monaguillos que cantaban a dioses olvidados ofrecieron sus manos a Daniel que, con la lanza de poder, les hizo el mismo corte que se había infligido a sí mismo. Los niños se arrodillaron y hundieron sus manos en la tierra, bañando con su sangre las raíces del árbol. Daniel dejó que siete gotas rojas caídas de la palma de su mano chispearan sobre la hierba, una por cada uno de ellos y una por cada una de las siete estrellas que esa noche se alineaban en el cielo. Y entonces habló con la voz que sólo los brujos más antiguos conocen, moviendo las manos como trenzando hilos invisibles, igual que Irati en el circo. Sus muñecas se retorcían en ángulos imposibles. Sus dedos se doblaban, modelando las energías arcanas que les rodeaban. Esas fuerzas podían modificar la realidad, doblegarla.

En aquel lugar, bajo aquel árbol, Daniel se fundía con la magia como un maestro de orquesta que dirige una sinfonía imposible, un pintor que da vida a otro mundo, un arquitecto que crea un universo. Un mago, un brujo, un dios.

Siete lechuzas levantaron el vuelo.

***

Irati seguía en el bosque, apoyada contra el tronco del árbol. Su pierna todavía sangraba. Había obligado a la noche a someterse a sus designios, invocando toda su magia para adentrarse en los sueños del niño. Ahora se encontraba exhausta. Se había mantenido unida a Daniel hasta que él atravesó las llamas. Después sólo logró robar una imagen: en otro mundo que ella desconocía, Daniel se transmutó en lechuza y escapó. Él y el espíritu eran uno. Pero seguía siendo sólo un niño. Y su forma animal era nueva para él. «Debo alcanzarlo. Debo guiarlo o se perderá», pensó mientras se desangraba. Si el niño permanecía demasiado tiempo en aquella forma, olvidaría quién era.

Irati intentó levantarse. No pudo. El olor herrumbroso de su propia sangre la mareaba. Hacía tiempo que no olía así. ¿Cuántas veces había yacido en su propia sangre, como el día que se infligió su primera herida? ¿Cuándo fue? ¿Cuándo había sucedido? ¿Tras su primera muerte? ¿Al morir su pequeña Aliso? ¿Después de que la quemaran en el fuego? *Baila, Irati, Baila…* La bruja perdía el conocimiento, el firmamento se abalanzaba sobre ella, la Tierra daba vueltas, caía. ¿Hacía cuánto tiempo que no moría?

Aún le quedaba un truco. Un viejo conjuro de bruja de aldea: podía atraer tormentas, hacer que un rayo quemara el árbol sobre el que se apoyaba. Si tronco y ramas ardían, tendría una hoguera. Con ella realizaría el sacrificio favorito de la Inquisición, el rito que otorga más poder: brujas quemadas en hogueras. Esta vez sería víctima y verdugo.

Pero el fuego es cruel y su muerte dolorosa.

Tu vida se marchita, y grita y te golpea.

Los fantasmas toman vida. Onjen habla sin palabras. El niño inocente a quien robó una muerte tranquila en brazos de su madre grita desde otro mundo.

Miedo. Oscuridad. Otra vez.

Es peligroso morir.Siempre. Incluso para la que es capaz de renacer de sus cenizas. Porque los niños quemados en hogueras gritan. Sus fantasmas reviven en cada una de sus muertes.

Angélica grita. Eo, Tambre, Aliso, Oleni, Dubra, Sar, Noya, Odiel, Vojkan, todos gritan. GRITANGRITANGRITAN… que quieren vivir.

Y otra vez es devorada por las llamas. Arde dentro del árbol.

Grita, Irati. Grita y revuélcate en la hierba, llena el claro de aullidos. Que tus miembros tiemblen como cuerdas de violín. Que tus ojos se derritan y se salgan de sus cuencas.

Tengo miedo. ¿Reviviré? ¿Renaceré de mis cenizas? Día de solsticio, Tiempo de sacrificios.

El árbol arde.

34

Un coche de policía vigilaba la casa de Daniel. Habían transcurrido tres días desde que Irati se inmoló en el bosque. La nieve ya se había derretido en la ciudad, retirándose de nuevo a montañas lejanas. Ninguno de los agentes percibió a la mujer que cruzaba las calles. No vieron cómo se fundía con la noche, convirtiéndose en una sombra que trepó hasta uno de los balcones de la casa custodiada por la policía. En el interior, otra sombra se inclinaba sobre una pequeña cama.

—¿Greta?

Al escuchar su nombre, la bruja de cabellos rojos se irguió, apretó la mano en un puño, ocultó algo en sus oscuras ropas y se giró hacia la ventana muy despacio. Allí estaba, en la penumbra.

—Irati —era la primera vez que la llamaba por su nombre verdadero.

—Dame lo que no te pertenece —le ordenó con voz fría.

Greta sonrió. Aquello que había encontrado estaba seguro en su ropa. Las telas estaban cosidas a su nombre y voz y, sin su consentimiento, nadie podría arrebatárselo a no ser que ella lo entregase voluntariamente.

—No —contestó con un gesto torvo.

Un haz de luz entró por la ventana.

—¡Policía, salgan ahora mismo con las manos en alto!

Pero ninguna de las dos escuchó la orden.

—Dame la sangre, el cabello y la uña —dijo Irati. Greta había encontrado el cabello y la uña entre las sábanas y un pañuelo con restos de sangre y mocos bajo el colchón.

—No —repitió Greta fijando su mirada en ella. No eran los ojos de la mujer que fue su amante, sino los de la niña que encontró perdida y llena de odio.

—Dame lo que no es de tu sangre —insistió Irati.

Greta sintió el poder de la voz. La golpeó un instante, pero no se rindió. Podía ver los hilos que Irati tejía.

Luces azules y rojas. Coches de policía. Una voz marcial ordenando que se entreguen. Una mujer gritando. La madre del niño.

—Ya no puedes dominarme con mi nombre. Ya no. Ahora somos iguales —Greta extendió la mano y la curvó, haciendo que el brazo de Irati golpeara la ventana, atravesando el cristal.

—No. Nunca lo fuimos y nunca lo seremos —Irati miró sus dedos ensangrentados, sorprendida por el conjuro de Greta. Enseguida giró las palmas de las manos y sus dedos y uñas se alargaron hacia el suelo como cuchillos.

Greta rió igual que cuando de niña se burlaba de Letvik.

—Yo también sé jugar a eso. Puedo hacer todo lo que tú hagas. Todo —e inició la transformación.

La puerta de la calle se abrió, el estruendo de las botas de los agentes retumbó en el edificio.

Los cuerpos de ambas hechiceras cambiaron a la vez. Deformaron sus pies hasta hacerse garras. Las piernas se arquearon hacia delante, como patas de cabra y sus dientes se tornaron puñales.

La policía arremetió contra la puerta en el momento en que las dos arpías saltaban por la ventana.

Cayeron sobre el jardín lanzándose dentelladas, llenando la noche de chillidos tan agudos que hicieron añicos los cristales. Los agentes no tardaron en disparar, pero las balas pasaban junto a ellas sin siquiera rozarlas, como si un campo magnético desviara los proyectiles. Uno quedó alojado en el tronco de un roble. Otro en la pierna de un agente que cayó aullando de dolor.

Varios policías se parapetaron tras los vehículos que cercaban la calle, paralizados ante las dos bestias. Pero pronto reanudaron los disparos. Greta e Irati, en sus formas semihumanas, se miraron, arrancaron una rama del roble y la levantaron por encima de sus cabezas. Alas negras se desplegaron a sus espaldas y ascendieron al cielo, huyendo de la ciudad, persiguiéndose una a otra, mordiéndose y clavándose garras y colmillos.

Cuando alcanzaron los bosques, se dejaron caer sobre la hierba y allí recuperaron su aspecto humano.

—¿Por qué? —Irati adoptó su cabello negro, su piel blanca, sus ojos de gata. El semblante con el que conoció a Greta.

La bruja de ojos azules estaba arrodillada en el suelo, respirando con dificultad. Su sangre teñía la hierba a sus pies.

—¡Me abandonaste para que me pudriera durante siglos, igual que a Angélica! —gritó. El bosque entero la oyó.

Y aunque era cierto, Irati no dijo nada. ¿Cómo decirle que tenía razón? Había traicionado a su propia hija para salvarse a sí misma.

—¡Ni siquiera volviste para ver si ella seguía viva! —continuó gritando Greta.

Cierto.

—¡Angélica! ¡Tu propia hija! ¿La recuerdas? Nacida de tu vientre, no como yo. Una muñeca rota. Eso es lo que siempre fui para ti. Un juguete.

—¿Por qué persigues al niño? ¿Para qué lo quieres? —consiguió decir Irati controlando el temblor de su voz.

Greta rió, histérica.

—¿No lo sabes? No me digas que no lo sabes… —se burló.

Sí, Irati lo sabía.

—Quieres su corazón para devorarlo y ser como él. Pero tú nunca pertenecerás a la *Vieja Raza*.

—No digas eso nunca más. ¡Nunca! —y Greta se levantó para atacarla de nuevo.

Pero Irati ya hablaba en la lengua del pasado:

Greta. Greta. Greta.

—No uses mi nombre. ¡Ya no tienes poder sobre mí! —aulló. Y de repente el bosque ya no era el mismo sobre el que habían caído, sino otro que jamás había podido olvidar: el claro en el que murió su hermano.

La luna brillaba en el cielo.

Las llamas de una extraña fogata crepitaban con colores anaranjados.Greta se miró las manos. Pequeñas, manchadas de barro y sangre. Miró abajo: un charco de agua le devolvió su imagen. Una niña. ¿Era ella? ¿Era su cara? La había olvidado. Era bonita pero muy delgada y sucia. Toda ella, una mancha de fango. Levantó la mirada. Irati le sonreía, como su madre antes de que el hambre le devorara el alma y los enviara al bosque para ser comida de lobos.

¿Cuándo volverá padre? Tengo hambre. Tengo miedo. La voz de su hermano venía de la espesura, de la tumba. Greta se tapó los oídos.

—¿Dónde estamos? ¿Qué me has hecho? —las lágrimas se abrían paso por el barro de sus mejillas.

Irati la miraba con ternura.

Y la niña gritó, como hizo mucho tiempo atrás, una palabra de poder.

—*Esas palabras son peligrosas, niña, deberías tener cuidado al utilizarlas. ¿No sabes que queman a las brujas?* —dijo Irati.

¿Era la primera vez que decía esas palabras? ¿Las había oído antes? ¿En un sueño? ¿O en una pesadilla?

—*Yo no soy una bruja* —dijo Greta. Su voz era la de una niña, dulce, suave. Una amapola rota.

—*Sí lo eres. Claro que lo eres* —Irati se detuvo frente a ella—. *Quizás antes fueras una niña normal, pero ya no. Ahora eres otra cosa.*

Y entonces la niña cayó al suelo y rompió a llorar desconsoladamente.

Fue abandonada con su hermano para que muriera en el bosque. Pero no murió, ¿o sí?

Greta recordó. Su padre abandonándoles. *Padre volverá. Padre volverá.* Pero no regresó. La vieja Helga les encontró, les cuidó, les cantó y mató a Hans. *Tengo miedo, Greta.* Y ella mató a Helga y devoró su corazón. El puñal de los sacrificios aún temblaba en sus manos.

—*Dámelo. Yo te lo guardaré hasta que lo necesites* —Irati tomó el cuchillo ensangrentado de sus pequeñas manos. —*¿Cómo te llamas? ¿Cuál es tu nombre?*

—*Greta.*

Irati la besó en la frente, introdujo su mano en las ropas de la niña y extrajo la bolsa con la sangre, la uña y el cabello de Daniel.

La voluntad de Greta desapareció en el momento en el que, por segunda vez, le dio su nombre a la hechicera.

—¿Cómo acabaste con Letvik? ¿Tenía guardada alguna vida?

La niña asintió.

—¿Se la robaste?

Greta volvió a asentir.

—¿Te quedan más vidas?

Esta vez negó con la cabeza.

Irati sostuvo el cuchillo en la mano. No era su viejo cuchillo sagrado; le había dado la legendaria Lanza del Destino a Daniel para que rasgara los velos de la realidad. Pero este puñal también era poderoso, pues era un arma robada al tiempo. Una guadaña apropiada para Greta. Pero la hechicera dudaba. Después de tanto tiempo, aún dudaba.

Levantó el puñal, como el cazador de ciervos que debe matar a la doncella porque la bruja mala lo ordena. Pero, ¿quién era la bruja mala en este cuento? Ya no estaba segura de nada. Sólo de que debía encontrar al niño.

Encendió un fuego.

—Greta, ven aquí —ordenó utilizando el mismo tono con el que, tiempo atrás, le enseñó a rezar a los dioses de los bosques.

La muchacha obedeció. Ya no lloraba. Irati la cogió de la mano y, de rodillas, empezaron a cantar.

35

Las Pléyades brillaban en el cielo. Irati pronunció sus nombres uno tras otro y el mundo se oscureció. Hacía siglos que las veneraba. Ahora les rezaba para atraer a las siete lechuzas perdidas. Las estrellas se movieron. El bosque y el claro desaparecieron y sólo quedó el fuego para alumbrar las tinieblas.

Un relámpago partió el firmamento.

Las llamas crepitaron y el mundo giró.

Irati lanzó a la hoguera los cabellos de Daniel, la uña y el pañuelo manchado de sangre.

Cuando la hoguera se apagó, se escuchó el batir de unas alas.

El árbol con ramas como alas de ángel afloró en el centro del claro. Y una a una, las siete lechuzas se posaron en sus ramas.

—Daniel —Irati habló con la voz a la que él siempre respondía.

—¿Mamá?

—No soy tu madre, niño.

—¿Niño?

—Sí, eso es lo que eres. Un niño. Tu nombre es Daniel, pero lo has olvidado. Todos lo habéis olvidado.

Irati, todavía arrodillada frente a las ascuas, soltó la mano de Greta, se levantó, alzó los brazos y trenzó un velo. Pero en aquel lugar fuera del mundo sus hilos no eran invisibles. Un haz de luz multicolor surgía de la punta de sus dedos. Cada color afectaba a una de las aves y todos confluían en la lechuza blanca que ululaba en la rama más alta.

—Ésa no es tu forma, niño. Muestra tu verdadera forma

—ordenó, y las siete lechuzas se posaron en el suelo transformadas en niños asustados.

—¿Quiénes sois? —preguntó Daniel mirando a Greta e Irati.

—Soy tu abuela, tu bisabuela, tu tatarabuela. Soy una lechuza. Soy de la *Vieja Raza*. Soy lo que queda de la *Vieja Raza*.

—Ella no es lo que aparenta —Daniel señaló a Greta con la Lanza del Destino—. No es una niña, aunque se viste con la piel de una. ¿Qué es?

—También es una bruja.

—Una bruja… —repitió Daniel, intentando recordar lo que la lechuza había dicho en sueños—. La lechuza dijo que una bruja quería matarme y devorar mi corazón —Daniel no dejaba de apuntar a Greta con la lanza.

—Y tenía razón —asintió Irati.

Greta apenas se movía. Miraba a Daniel y miraba a Irati. Temerosa, se aferró a la mano de la bruja, buscando su protección.

El niño se acercó a Greta sin soltar la lanza.

—¿Debo hacerlo? —preguntó Daniel—. La lechuza dijo que debía matarla.

—Ya no hace falta —respondió la hechicera—. Yo me ocuparé de ella.

—¿La matarás?

—Quizás.

Daniel permaneció unos instantes mirando a Greta.

—Quiero ir a casa —dijo al fin.

—Dame la mano —dijo Irati acercándose—. ¿Cómo era esa canción que cantabas en el circo? ¿La recuerdas?

El niño asintió y comenzó a cantar. Sus compañeros secundaron su melodía hasta que, al fin, el árbol que unía sueños, muerte y vida desapareció.

Irati se acercó a la hoguera, ahora extinta, y tomó un puñado de cenizas. Después fue a los muchachos y les marcó la frente con ellas mientras seguían cantando.

Irati pronunció cada uno de sus nombres en el idioma de los sueños.

—Y cuando dejéis de cantar, olvidaréis —les susurró.

La bruja miró a Daniel.

—No recordarán nada de lo sucedido —le dijo.

—¿Y yo? —preguntó el niño—. ¿Yo recordaré?

—Podría hacerte olvidar, pero no sería prudente. Eres el último de mi clan, el último descendiente del dios lobo. No debes olvidar.

—¿Por qué?

—No somos únicos. Quedan otras razas de poder en el mundo.

—Pero sólo soy un niño.

—Eso no importa —dijo Irati—. Esta ceniza te protegerá, te ocultará. Ya nadie podrá localizaros. Ahora salid del bosque. En una hora llegaréis a la carretera. Cuando os pregunten qué ha sucedido, tus amigos no recordarán y tú dirás que tampoco recuerdas.

—No podré hacerlo —dijo Daniel.

—Sí podrás. Eres un mago de la *Vieja Raza*. Nadie te hará daño.

—¿Cómo sabes que nadie podrá hacerme daño?

—Porque yo estaré cerca para vigilarte. Ahora vete —dijo señalando el camino.

Y los niños, como ratones, comenzaron a caminar guiados por Daniel, que tiraba de ellos cantando una vieja canción que hablaba de tesoros perdidos en el fondo de un mar azul.

Irati se giró hacia Greta, la tomó de la mano y la llevó hacia la hoguera.

—Es tu turno, túmbate —dijo. Y Greta obedeció, no porque la bruja la dominara, sino porque sólo era una niña. Estaba vacía. Y al igual que el resto de chiquillos que acaban de abandonar el claro, no recordaba nada.

Irati la cubrió con las cenizas del solsticio. Sepultó su cuerpo bajo ellas, cubriendo sus ojos y boca. Sólo dejó los orificios de su nariz al descubierto.

36

Tania fue la primera en reconocerla. Irati vestía otra vez su viejo cuerpo de pitonisa. Su aspecto de madre prehistórica.

—¡Irati! ¡Sabía que volverías! ¿Dónde estabas? —la niña corrió hacia ella, alegremente, pero no llegó a pasar del poste que impedía el paso a la hechicera.

—¡Tania, quieta! —Stephano alzó la mano hacia el cielo y de las puntas de sus dedos surgieron destellos plateados.

La niña se detuvo de golpe, como si una pared invisible le bloqueara el paso. Miró hacia atrás frunciendo las cejas, reprochando a Stephano que usara con ella los trucos con los que dominaba a las fieras más peligrosas.

—¡Es Irati! ¡Déjala pasar!

—Ve con tu madre, Tania —ordenó Stephano, liberándola.

La niña se alejó mirando con recelo a la bruja.

Irati se arrodilló y repitió la letanía de los suplicantes:

—Busco asilo en sagrado. Solicito protección y refugio. ¿Me otorgarán los doce su favor?

—Violaste nuestra paz. No puedes pasar. Es la ley de los doce. Tan sólo aquí —dijo extendiendo los brazos— se mantiene vivo su espíritu. No puedo arriesgarme a que su amparo y ayuda se pierdan. Ya no quedan tigres como Dalila ni niños como Leo, Saris, Tania, Ara o Ciro. Sin los doce, serían exterminados.

Irati permaneció unos instantes en silencio.

—Pero la prohibición sólo pesa sobre mí, ¿no es así? —dijo al fin—. ¿Aceptarías a otra persona?

***

Desde el momento en que Irati intuyó que Greta no había muerto sepultada en las mazmorras, supo que tendría que matarla. Pero cuando utilizó las cenizas para marcar a los niños con el olvido, recordó que con ellas también podía borrar la vida del cuerpo de Greta, arrancarle el alma, lo que había sido y lo que siempre quiso ser.

Greta había regresado del pasado como una niña sin recuerdos. Irati no podía perdonarla, pero sí hacerle un regalo: mantener vivo su cuerpo. Nada más.

Tras enterrarla en cenizas, cantó para ella durante tres noches. Y cuando el cuerpo que había pertenecido a Greta abrió los ojos, Irati regresó al circo y les entregó a la niña que ya no tenía nombre.

Stephano, guardián y sacerdote, le permitió el paso y la bautizó. La ceremonia fue sencilla. Con las manos colocadas sobre una piedra gris y desgastada que había formado parte de uno de los antiguos altares griegos, Stephano le susurró un nuevo nombre y con él la ató para siempre al circo y sus confines.

Después, en voz alta, la presentó entre los artistas como Elnaz, una de las estrellas más brillantes del cielo.

—¿Recordará alguna vez quién fue? —preguntó Stephano.

—Nunca —Irati observó a Tania y Elnaz cogidas de la mano, como hermanas. Greta había muerto. La que ahora jugaba con Tania no hablaba, no podía, no sabía. De sus labios rojo verbena tan sólo brotaba un sí o un no, tímido, inaudible. Pasarían varios meses hasta que fuera capaz de hablar como una niña normal. Muchos más para que se sintiera parte de ese circo, el único lugar donde Irati podía permitirle respirar. Stephano la vigilaría. Jamás le permitiría abandonarles.

***

Todas las tardes, Irati acudía a la encina en la que enseñó a Tania a hablar con las águilas. Permanecía escuchando el rugido de las fieras, el chasquido de los látigos, el ulular de sus lechuzas. El eco de las canciones de Ivana se fundía con el ocaso mientras Stephano pronunciaba los nombres de los artistas. Irati sonrió al escuchar el de Tania. La niña ya era capaz de ejecutar un pequeño número con Maya, la lechuza más poderosa. Casi pudo ver cómo tejía los hilos de la noche. Algún día haría temblar las estrellas.

***

Me duermo. Un gato de ojos verdes me mira desde el balcón. Araña los cristales con garras afiladas. Sus maullidos rasgan mis sueños.

Aparto las sábanas y me levanto. Camino con cuidado hasta la ventana. El gato me mira directamente a los ojos. Otro maullido. Esta noche la luna brilla en el cielo. La ciudad desaparece y sólo queda un mar de hierba azul.

Y veo el velo.

Sé que la lechuza ya no volverá. Ahora yo soy ella. Es parte de mí.

 Somos uno.

Abro las puertas del balcón.

—Pasa —digo—. Pero sé que no eres ningún gato y que esto no es un sueño.

La niebla se disipa. El velo se resquebraja. Las viejas razas de poder despiertan.

Pronto, muy pronto.

Agradecimientos:

A Miguel Ángel Lamata, por todo; si empezase a decir por qué, llenaría otro libro. A Jorge Benavides, por enseñarme tanto. A Ángel Gutiérrez, que surgió de la nada. A todos los amigos que leyeron este libro y me dieron su opinión y a todos los amigos que siguieron siendo amigos cuando desaparecí de sus vidas para escribir una novela de brujas, muy especialmente a Rosa. Gracias a mis tres sobrinos, Luis, Laura y Pablo: sois mi fuente de amor, diversión, locura e inspiración. Gracias también a sus madres, Bea, Loli y Leticia, y a nuestros padres, Manolo y Tere. Gracias a mi editora, Ángeles López, la última bruja en unirse a esta aventura. Y gracias siempre a Félix Romeo, uno de mis primeros ángeles.